Tony Hillerman

Dachsjagd

Roman

Deutsch von Fried Eickhoff

Rowohlt

Die Originalausgabe erschien 1999 unter dem Titel «Hunting Badger»
bei HarperCollins, Inc., New York

Lektorat Wolfram Hämmerling
Umschlaggestaltung any.way, Walter Hellmann
(Illustration: Jürgen Mick)

1. Auflage September 2001

Satz aus der Minion Postscript PageOne
Dörlemann Satz, Lemförde
Gesamtherstellung Clausen & Bosse, Leck
ISBN 3 498 02958 4

Die Schreibweise entspricht den Regeln
der neuen Rechtschreibung.

Für Officer Dale Claxton
Er starb in Ausübung seiner Pflicht,
tapfer und allein.

Vorbemerkung des Autors

Am 4. Mai 1998 stoppte Officer Dale Claxton von der Polizei aus Cortez, Colorado, einen gestohlenen Wassertankwagen. Die drei Männer in der Fahrerkabine eröffneten mit ihren automatischen Waffen sofort das Feuer. Claxton war auf der Stelle tot. Bei der Jagd nach den Tätern wurden drei weitere Polizeibeamte verletzt. Einer der Flüchtigen beging kurz darauf Selbstmord, den beiden anderen gelang es, in der menschenleeren Weite der Berge, Mesas und Canyons im Grenzgebiet zwischen Utah und Arizona unterzutauchen. Zu diesem Zeitpunkt übernahm das Federal Bureau of Investigation die Ermittlungen, und schon bald waren mehr als fünfhundert Beamte von mindestens zwanzig verschiedenen Strafverfolgungsbehörden des Bundes, der Einzelstaaten sowie der Stämme an der Suche beteiligt, außerdem jede Menge zwielichtiger Gestalten, die durch die vom FBI ausgesetzte Belohnung in Höhe von 250 000 Dollar angelockt worden waren.

Leonard Butler, der kluge und besonnene Chef der Navajo Tribal Police, bezeichnete die Fahndung damals wörtlich als «Zirkus». So ließ man Meldungen, nach denen die Täter irgendwo gesehen worden sein sollten, unbearbeitet in der Zentrale liegen, statt sie an die Einsatzkräfte vor Ort weiterzuleiten. Suchmannschaften folgten irrtümlich den Fährten anderer Suchmannschaften, weil die Funkfrequenzen zwischen ihnen nicht abgestimmt waren. Lokale Polizei, die mit der Gegend vertraut war, schickte man an die Straßensperren, während Kollegen, die man zur Verstärkung aus den Städten herbeigeholt hatte, orientierungslos in den Canyons herumstolperten. Die Kleinstadt Bluff wurde evakuiert und im Tal des San Juan ein Buschfeuer entzündet, um die Verbrecher zur Aufgabe zu zwingen. Monat für Monat verstrich, ohne dass man einen Schritt weitergekommen wäre. Dann, im Juli, hieß es plötzlich, das FBI gehe davon aus, dass die Täter nicht mehr am Leben seien. Gut möglich, vermutlich sind sie irgendwann vor Lachen tot umgefallen, bemerkte ein mir befreundeter Polizist sarkastisch. Im August hielten nur noch einige Scouts der Navajo Tribal Police Ausschau nach den Flüchtigen.

Ein gutes Jahr später (ich schreibe dies im Juli 1999) sind die Täter noch immer nicht gefasst. In dem hier vorliegenden Roman taucht die Fahndungsaktion von 1998 jedoch nur als fiktive Erinnerung fiktiver Romangestalten auf.

Tony Hillerman

Alle Charaktere in diesem Buch – mit Ausnahme von Patti (P. J.) Collins von der Environmental Protection Agency (EPA) und ihres Vermessungsteams – sind frei erfunden. Mein Dank gilt Ms. Collins, die mich mit den Methoden der kartographischen Erfassung von Strahlungsherden bekannt machte, sowie P. J. und der Hubschrauberbesatzung, die so freundlich waren, Chee für einen Flug durch den Gothic Canyon an Bord zu nehmen.

Kapitel eins

Deputy Sheriff Teddy Bai stand schon ein paar Minuten gegen den Türrahmen gelehnt und sah in die Nacht hinaus, ehe er merkte, dass Cap Stoner ihn beobachtete.

«Nur mal Luft schnappen», erklärte Bai. «Ziemlich verqualmt da drinnen.»

«Sie sind so unruhig heute Abend», sagte Stoner, während er herankam und sich neben Bai in den Eingang stellte. «Junge unverheiratete Burschen wie Sie dürften doch eigentlich noch keine Sorgen haben.»

«Hab auch keine», entgegnete Teddy.

«Außer weiterhin ledig zu bleiben», bemerkte Cap, «das kann manchmal schon ein Problem sein.»

«Für mich nicht», antwortete Teddy und streifte den Älteren mit einem kurzen Blick, ob seiner Miene etwas zu entnehmen war.

Doch Stoner sah unverwandt nach vorn auf den Parkplatz des Ute-Kasinos und zeigte nur die linke Seite seines Gesichts, etwas buschigen Schnurrbart, kurz geschnittenes weißes Haar und die Narbe entlang des Wangenknochens, die, so erzählte er jedenfalls, von einer Schusswunde herrührte. Eine Frau, die er wegen Trunkenheit am Steuer festnehmen wollte, hatte plötzlich eine Pistole aus ihrer Handtasche geholt und auf ihn geschossen. Das alles lag jetzt schon über vierzig Jahre zurück. Damals war er erst neu bei der New Mexico State Police und hatte noch nicht begriffen, dass man, um zu überleben, vor seinen Mitmenschen auf der Hut sein musste. Jetzt war er Captain im Ruhestand und besserte seine Pension als *rent-a-cop*-Sicherheitschef des Southern-Ute-Spielkasinos auf. Teddy dagegen stand noch im aktiven Polizeidienst und arbeitete nur in seinen freien Nächten im Kasino.

«Was haben Sie dem betrunkenen Krakeeler am Black-Jack-Tisch gesagt?»

«Das Übliche», erwiderte Teddy. «Er soll sich beruhigen, sonst fliegt er raus.»

Cap gab keinen Kommentar. Er starrte hinaus in die Nacht. «Da drüben hat es eben geblitzt», sagte er und zeigte mit der Hand die Richtung. «War kaum zu sehen. Muss ziemlich weit weg gewesen sein, drüben über Utah. Wird auch langsam Zeit.»

«Ja», sagte Teddy knapp. Er wollte, dass Cap wieder ging.

«Wird Zeit, dass der Regen kommt», sagte Cap. «Heute war der Dreizehnte, oder? Wundert mich, dass so viele hier sind, um ausgerechnet an einem Freitag, dem Dreizehnten ihr Glück zu versuchen.»

Teddy nickte nur. Er wollte keinen Anknüpfungspunkt für eine Fortsetzung der Unterhaltung liefern. Doch Cap kam auch ohne aus. «Andererseits war gestern Zahltag, und sie müssen das Geld in ihren Lohntüten ja irgendwie unter die Leute bringen.» Er sah auf die Uhr. «Drei Uhr dreiunddreißig», sagte er. «Bald Zeit für den Geldtransporter, die Einnahmen abzuholen und zur Bank zu schaffen.»

Und, dachte Teddy, schon ein paar Minuten über die Zeit, zu der ein kleiner blauer Ford Escort auf dem westlichen Parkplatz hätte eintreffen sollen. «Ich werd mal draußen eine Runde machen, Diebe verscheuchen», sagte er.

Teddy entdeckte auf dem westlichen Parkplatz weder Diebe noch den kleinen Ford Escort. Als er zu der Tür mit der Aufschrift «Nur für Angestellte» zurückblickte, war Cap nicht mehr da. Ein paar Minuten Verspätung. Dafür konnte es tausend Gründe geben. Nicht der Rede wert.

Nach der Hitze des Tages empfand er die kühle Nachtluft hier auf dem Hochland als angenehm. Er verließ den erleuchteten Bereich, um den hochsommerlichen Sternenhimmel zu betrachten. Die meisten Sternbilder standen dort, wo sie seiner Erinnerung nach stehen mussten. Ihre amerikanischen Namen und auch einige in der Navajo-Sprache, die ihn seine Großmutter gelehrt hatte, fielen ihm sofort wieder ein. Doch von den Namen, die er von seinem Kiowa-Komantschen-Vater erfahren hatte, waren ihm nur zwei im Gedächtnis geblieben.

Dies war genau die Stunde, die seine Großmutter als die «tiefe dunkle Zeit» bezeichnet hatte, doch der Mond war in dieser Nacht erst spät aufgegangen und warf einen schwachen Schein, der die Umrisse des Sleeping Ute Mountain noch erkennen ließ. Irgendwo ertönte ein Lachen. Eine Autotür wurde zugeschlagen. Dann noch eine. Zwei Wagen verließen den östlichen Parkplatz und fuhren in Richtung Ausfahrt. Von den mit Nusskiefern bestandenen Hügeln hinter dem Kasino drang das klagende Geheul von Kojoten herüber.

Auf der großen Straße weiter unten wurde ein Lastwagen heruntergeschaltet. Ein Pickup mit extragroßer Kabine fuhr auf den für Angestellte ausgewiesenen Parkplatz und hielt an. Gleich darauf ertönte ein schepperndes Geräusch, so als würde etwas ausgeladen.

Teddy drückte den Beleuchtungsknopf an seiner Timex. 3 Uhr 46. Der kleine blaue Ford hatte jetzt so viel Verspätung, dass er anfing, sich Sorgen zu machen. Ein Mann in einem Overall, eine Ausziehleiter unter dem Arm, trat in den Lichtschein. Er stellte die Leiter gegen die Kasinowand und kletterte ohne große Eile hoch aufs Dach.

«Was soll das denn jetzt?», sagte Teddy halblaut. Vielleicht ein Elektriker. Irgendein Defekt an der Klimaanlage. «Hey!», rief er und setzte sich in Richtung der Leiter in Bewegung.

In diesem Augenblick stiegen zwei weitere Männer aus dem Pickup. Sie hatten Drillichzeug an, offenbar Soldaten der Nationalgarde. Was trugen die denn da? Jetzt gingen sie eilig auf die Tür mit der Aufschrift «Nur für Angestellte» zu. Doch die Tür war von außen nicht zugänglich. Dahinter lag der Kassenraum, der sich nur von innen öffnen ließ, und zwar nur von einigen Leuten, die dazu befugt waren wie Cap Stoner.

In diesem Moment trat Stoner aus dem Seiteneingang. Er deutete auf das Dach und rief: «Was sucht der da oben? Wer zum Teufel …»

«Hey!», schrie Teddy und begann, auf die beiden Männer zuzulaufen, während er die Lasche seines Holsters löste. «Was …»

Die beiden blieben stehen. Teddy sah Mündungsfeuer, sah Cap Stoner hintenüberfallen und ausgestreckt auf dem Boden liegen bleiben. Die zwei fuhren zu ihm herum und brachten ihre Waffen in Anschlag. Er wollte gerade seine Pistole ziehen, als ihn die erste Kugel traf.

Kapitel zwei

Sergeant Jim Chee von der Navajo Tribal Police fühlte sich ausgesprochen gut. Er war gerade von einem siebzehntägigen Urlaub zurückgekehrt und froh, von seinem Posten als amtierender Lieutenant in Tuba abgelöst und wieder in das heimatliche Shiprock versetzt worden zu sein. Außerdem hatte er noch fünf freie Tage vor sich. Ein Rest Hammelragout, den er gerade aus dem Kühlschrank geholt hatte, köchelte auf dem Propanbrenner leise vor sich hin, aus dem dampfenden Kaffeetopf stieg der köstliche Duft von frisch gebrühtem Kaffee. Aber das Beste war, diesmal erwartete ihn keinerlei Papierkram, wenn er wieder seinen Dienst antrat.

Während er seine Schale mit Essen füllte und sich Kaffee eingoss, verfolgte er nebenbei die Fernsehnachrichten, und was er erfuhr, steigerte noch sein Wohlbefinden. Seine Sorge, ja man konnte schon sagen Angst, dass er schon bald erneut gezwungen sein könnte, im unwegsamen Hinterland an einer vom FBI geleiteten Großfahndung teilzunehmen, hatte sich erledigt. Die Fernsehreporterin, die live vom Federal Court House berichtete, teilte mit, die Gangster, die die Spielbank auf der Southern Ute Reservation ausgeraubt hätten, seien inzwischen «vermutlich mehrere hundert Meilen entfernt».

Mit anderen Worten, sie hatten das Four-Corners-Gebiet um Shiprock verlassen und waren damit nicht mehr Chees Problem.

Die hübsche junge Reporterin auf seinem 17-Zoll-Bildschirm fuhr fort: «Wie wir von den an der Suche beteiligten Beamten erfuhren, ist es den drei Tätern offenbar gelungen, auf einer Ranch südlich von Montezuma Creek, Utah, ein kleines einmotoriges Flugzeug zu stehlen. Die Fahndung ist bereits eingeleitet, und das FBI bittet alle, die die Maschine gestern oder heute Morgen gesehen haben, um Mitteilung.»

Chee nahm einen Bissen von seinem Ragout, trank einen Schluck Kaffee und hörte aufmerksam zu, als das Flugzeug beschrieben wurde. Es handelte sich um einen bereits älteren dunkelblauen einmotorigen Hochdecker eines Typs, den die Armee in Korea und während der ersten Jahre des Vietnamkriegs für Aufklärungsflüge eingesetzt hatte, vor allem um feindliche Geschütze am Boden auszumachen. Die bereits erwähnten Beamten vermuteten, dass die Täter das Flugzeug aus dem Hangar des Ranchers entwendet und dazu benutzt hatten, die Gegend zu verlassen.

Das klang beruhigend, fand Chee. Je weiter weg, desto besser. Nach Kanada zum Beispiel. Oder auch nach Mexiko. Chee war alles recht, solange es nur nicht das Four-Corners-Gebiet war. Im Frühjahr 1998 hatte er an einer vom FBI geleiteten, ebenso ermüdenden wie erfolglosen Großfahndung nach zwei Polizistenmördern teilgenommen. Alles in allem waren damals schließlich Beamte aus mehr als zwanzig Strafverfolgungsbehörden des Bundes, der Einzelstaaten, Landkreise und verschiedener Reservationen im Einsatz gewesen und hatten sich wochenlang abgemüht, ohne eine Festnahme zu erreichen, bis das FBI die ganze Aktion plötzlich stoppte und lapidar verlauten ließ, die der Tat Verdächtigen seien «vermutlich tot». Es war eine Erfahrung, die Chee nicht noch einmal machen wollte.

In seinem Rücken klappte die kleine, an Gummischarnieren aufgehängte Luke, die er im unteren Teil der Wohnwagentür eingelassen hatte. Die Katze kam ungewöhnlich früh heute. Das konnte bedeuten, dass ein Kojote in der Gegend umherstreifte, nahe genug, um sie nervös zu machen, oder aber, dass er Besuch bekam. Chee lauschte. Im Fernsehen lief lautstark ein Werbespot für Handys, doch sein feines Gehör nahm trotzdem das schwache Geräusch eines Wagens wahr, der draußen auf der schmalen Piste langsam näher kam, die von seinem Trailer unter den Pappeln am Ufer des San Juan River zum U.S. Highway 666 führte.

Wer konnte das sein? Vielleicht Cowboy Dashee? Unwahrscheinlich. Cowboy war stellvertretender Sheriff von Coconino County und hatte heute Dienst. Chee schluckte eine Gabel voll Ragout hinunter, dann ging er zur Tür und zog den Vorhang zur Seite. Ein noch ziemlich neuer 150er Ford Pickup kam herangerollt und hielt unter dem am nächsten stehenden Baum. Am Steuer saß Officer Bernadette Manuelito und blickte starr geradeaus. Wie es bei den Navajos Sitte war, wollte sie ihm erst Zeit geben, auf ihre Ankunft zu reagieren.

Chee seufzte. Er war innerlich noch nicht bereit für Bernie. Ihm war klar, dass er früher oder später wieder eine neue Beziehung eingehen würde, aber wenn es nach ihm ging, eher später. Hinter seinem Rücken redeten die Kollegen darüber, dass Bernie in ihn verliebt sei. Das stimmte vermutlich, doch er wollte nicht darüber nachdenken. Er brauchte Zeit. Zeit, sich an die Erleichterung zu gewöhnen, dass er vom Lieutenant zum Sergeant zurückgestuft worden war. Zeit, um die Erstarrung zu überwinden, unter der er litt, seit er begriffen hatte, dass die Beziehung zwischen ihm und Janet Pete, seiner eleganten, klugen, betörenden, treulosen Freundin, endgültig zerstört war. Er wollte nicht schon wieder Komplikationen. Doch er öffnete die Tür.

Manuelito hatte offenbar dienstfrei, denn als sie aus dem Pickup stieg, sah er, dass sie nicht in Uniform war. Sie trug ein rotes Hemd, Jeans, Stiefel und hatte sich eine Baseball Cap der Cleveland Indians aufgesetzt. Sie sah hübsch und irgendwie etwas unordentlich aus – genau wie er sie in Erinnerung hatte. Doch sie wirkte bedrückt. Ihr Lächeln war angespannt. Chee verzichtete auf den Scherz, mit dem er sie hatte begrüßen wollen, bat sie stattdessen einfach herein und deutete auf den Stuhl am Tisch. Er selbst setzte sich auf die Kante seines Klappbettes und wartete.

«Willkommen in Shiprock», sagte sie.

«Ich bin froh, dass ich aus Tuba weg bin», antwortete Chee. «Wie geht es Ihrer Mutter?»

«Unverändert», sagte Bernie.

Im vergangenen Winter war ihre Mutter mehr und mehr im dunklen Nebel der Alzheimer-Krankheit versunken, und Bernie hatte darum gebeten, wieder nach Shiprock versetzt zu werden, um besser für sie sorgen zu können. Chees Transfer im Spätsommer hatte dagegen mit seiner Rückstufung zu tun. In Tuba brauchte man keinen zweiten Sergeant, in Shiprock schon.

«Eine furchtbare Krankheit», bemerkte Chee.

Bernie nickte, blickte ihn kurz an und sah dann rasch wieder weg. «Ich habe gehört, dass Sie oben in Alaska gewesen sind», sagte sie. «Wie war es denn da?»

«Sehr eindrucksvoll. Ich bin mit dem Schiff die Küste hochgefahren.» Er wartete. Bernie war bestimmt nicht hergekommen, um zu hören, wie er seinen Urlaub verbracht hatte.

«Ich weiß nicht, wie ich mit der Sache umgehen soll», begann sie und streifte ihn mit einem Seitenblick.

«Mit welcher Sache?», fragte Chee.

«Sie sind doch mit dem Überfall auf das Spielkasino dienstlich nicht befasst, oder?»

Chee sah Probleme auf sich zukommen. «Nein», antwortete er.

«Wie auch immer. Ich brauche einen Rat.»

«Ich würde sagen, Sie stellen sich am besten, geben das Geld zurück, legen ein umfassendes Geständnis ab und …» Chee hielt inne. Er wünschte, er hätte den Mund gehalten. Bernies Blick zeigte deutlich, dass dies nicht der geeignete Augenblick für faule Witze war.

«Kennen Sie Teddy Bai?»

«Bai? Ist das dieser Mietpolizist, der bei dem Überfall verletzt wurde?»

«Teddy ist stellvertretender Sheriff in Montezuma County», entgegnete Bernie kühl. «Den Job als Wachmann im Kasino hat er bloß nebenbei gemacht, und es sollte auch nur vorübergehend sein. Er wollte sich eben ein bisschen dazuverdienen.»

«Ich hatte nicht die Absicht …», begann Chee und schwieg dann. Ehe er nicht wusste, worum es eigentlich ging, war es klüger, sich mit Äußerungen zurückzuhalten. So sagte er nur: «Ich kenne ihn nicht persönlich.» Und wartete ab.

«Teddy liegt im Krankenhaus in Farmington auf der Intensivstation», sagte Bernie. «Er hat drei Schüsse abbekommen. Einen durch die Lunge. Einen durch den Magen. Einen durch die rechte Schulter.»

Bernie schien mit Bai ja gut bekannt zu sein, dachte Chee. Er selbst hatte alles, was er über den Fall wusste, aus Zeitung und Fernsehen, und diese Details über Bais Verwundung waren nirgendwo erwähnt worden. «Das San Juan Medical Center hat einen guten Ruf», sagte er. «Ich denke, er wird …»

«Sie glauben, dass Teddy in den Überfall auf das Kasino verwickelt ist», unterbrach ihn Bernie. «Das heißt, das FBI glaubt das. Sie haben einen Polizeibeamten vor seinem Zimmer postiert.»

Chee sagte nur: «So?» Und wartete wieder. Falls Bernie wusste, wie das FBI zu dieser Annahme kam, würde sie es ihm sagen. Alles, was er aus den Medien erfahren hatte, war, dass bei dem Überfall der Sicherheitschef des Kasinos getötet und ein Wachmann schwer verletzt worden war. Während der anschließenden Flucht hatten die Täter dann noch auf einen Polizisten geschossen, der sie in Utah auf dem Highway wegen überhöhter Geschwindigkeit hatte stoppen wollen.

Bernie sah aus, als würde sie gleich anfangen zu weinen. «Das ergibt doch keinen Sinn», sagte sie.

«Ja, scheint mir auch so», stimmte Chee ihr zu. «Warum sollten sie auf ihren eigenen Mann schießen?»

«Sie denken, dass Teddy der Tippgeber war», fuhr Bernie fort. «Und dass die Gangster versucht haben, ihn umzubringen, weil er sie kannte und sie ihm nicht trauten.»

Chee nickte. Er fragte sie nicht, woher sie diese Informationen hatte, er konnte es sich denken. Selbst wenn sie mit diesem Fall nichts zu tun hatte, so war sie doch Polizistin, und wenn sie etwas erfahren wollte, dann wusste sie, an wen sie sich wenden musste.

«Klingt ziemlich schwach, finde ich», sagte er. «Auf Stoner hatten sie es doch auch abgesehen, und der war der Sicherheitschef. Der könnte doch genausogut der Tippgeber gewesen sein.»

Er stand auf, goss eine Tasse Kaffee ein und reichte sie Bernie. So hatte sie ein wenig Zeit, um über ihre Antwort nachzudenken.

«Stoner war sehr beliebt bei allen», sagte sie. «Jedenfalls bei denen, die schon Jahrzehnte dabei sind, so wie er selbst es war. Und Teddy hat früher schon mal in Schwierigkeiten gesteckt. Das liegt allerdings viele Jahre zurück. Er ist damals verhaftet worden, weil er einen Wagen gestohlen und eine Spritztour damit unternommen hat.»

«Die Sache kann ja nicht besonders schwerwiegend gewesen sein», kommentierte Chee, «sonst wäre der Bezirk wohl kaum bereit gewesen, ihn als stellvertretenden Sheriff einzustellen.»

«Die Tat fiel noch unter das Jugendstrafrecht», sagte Bernie.

«Dann kann man das heute aber nicht mehr heranziehen», bemerkte Chee. «Haben sie sonst noch etwas gegen ihn in der Hand?»

«Nicht wirklich», erwiderte Bernie.

Er wartete. Ihre Antwort deutete darauf hin, dass noch etwas kommen würde. Oder auch nicht. Vielleicht behielt sie es lieber für sich.

Sie seufzte. «Die Angestellten des Kasinos sagen, er hätte sich anders verhalten als sonst. Sie sagen, er sei auffällig nervös gewesen. Anstatt die Gäste im Auge zu behalten, sei er immer wieder nach draußen auf den Parkplatz gegangen.»

«Ah so», sagte Chee, «ich fange langsam an zu verstehen. Das FBI glaubt natürlich, dass Bai auf das Auftauchen der Gangster gewartet hat. Für den Fall, dass sie seine Hilfe brauchten.»

«Aber das stimmt nicht. Er hat auf jemand anders gewartet.»

«Das lässt sich doch leicht klären. Wenn Bai wieder so weit hergestellt ist, dass er eine Aussage machen kann, dann erzählt er den Feds, auf wen er gewartet hat. Die prüfen das nach, und wenn seine Angaben bestätigt werden, ziehen sie den Polizisten vor seinem Zimmer wieder ab», sagte Chee. Doch insgeheim fürchtete er, dass das Ganze noch einen Haken hatte.

«Ich glaube nicht, dass er ihnen etwas erzählen wird», sagte Bernie.

«Oh. Das heißt, er wartete an dem Abend auf eine Frau, oder?» Er fragte nicht, woher Bernie diese Einzelheiten wusste oder warum sie sie nicht an das FBI weitergegeben hatte. Er fragte sie auch nicht, warum sie ihm das alles erzählte.

«Ich weiß nicht, was ich tun soll», begann Bernie wieder.

«Am besten nichts», riet Chee. «Wenn Sie mit Ihrem Wissen zum FBI gehen, werden die sofort fragen, woher Sie diese Informationen haben. Dann werden sie mit Bais Frau reden. Es wird Eheprobleme geben.»

«Teddy ist nicht verheiratet.»

Chee nickte. Es konnte alle möglichen Gründe geben, warum ein Mann versuchte geheimzuhalten, dass er gegen vier Uhr morgens von einer Frau abgeholt werden sollte. Doch ein unverfänglicher Grund fiel ihm auf Anhieb nicht ein.

«Sie werden ihm zusetzen, ihnen zu sagen, wer die Gangster sind», fuhr Bernie fort. «Sie werden einen Vorwand finden, der es ihnen erlaubt, ihn festzuhalten. Aber Teddy kann ihnen nichts sagen, weil er die Männer gar nicht kennt. Ich habe Angst, dass die Feds ihm dann irgendetwas anhängen, damit sie ihn nicht gehen lassen müssen.»

«Ich bin gerade erst aus Alaska zurück», sagte Chee, «deshalb weiß ich über die Ermittlungen so gut wie gar nichts. Aber ich wette, dass die beim FBI inzwischen eine ziemlich genaue Vorstellung haben, nach wem sie suchen müssen.»

Bernie schüttelte den Kopf. «Nein, ich glaube nicht», sagte sie. «Nach allem, was ich gehört habe, tappen sie zur Zeit wieder völlig im Dunkeln. Anfangs vermuteten sie einen politischen Hintergrund. Sie gingen davon aus, dass die Täter aus einer der rechtsgerichteten paramilitärischen Gruppen stammen. Aber die Ermittlungen in dieser Richtung haben wohl nichts erbracht. Im Augenblick haben sie keine konkreten Spuren, denen sie nachgehen könnten.»

Chee nickte. Das würde erklären, wieso die Feds die Öffentlichkeit so schnell über das gestohlene Flugzeug informiert hatten. Auf diese Weise wurde der für den Fall zuständige Agent vor Ort von Druck entlastet.

«Sind Sie sicher, dass Bai auf eine Frau gewartet hat? Wissen Sie, um wen es sich handelt?»

Bernie zögerte einen Moment. «Ja.»

«Und wären Sie bereit, das den Feds zu sagen?»

«Nur, wenn es unbedingt sein muss.» Sie stellte den Kaffee auf den Tisch zurück, ohne davon getrunken zu haben. «Wissen Sie, was mir durch den Kopf gegangen ist? Ich hab mir überlegt, dass Sie, bevor Sie nach Tuba versetzt wurden, lange Zeit hier gearbeitet haben und dass Sie bestimmt immer noch eine Menge Leute in der Gegend kennen. Die Feds denken, dass sie den Tippgeber schon kennen, deshalb werden sie sich nicht anstrengen, nach dem richtigen Mann zu suchen. Ich dachte, Sie könnten vielleicht herausfinden, wer vom Kasinopersonal tatsächlich den Gangstern geholfen hat. Falls sich das überhaupt herausfinden lässt.»

Jetzt zögerte Chee. Sein Kaffee war inzwischen kalt geworden, trotzdem nahm er einen Schluck. Er wollte Zeit gewinnen, um sich über seine widersprüchlichen Empfindungen klar zu werden. Bernies Vertrauen war schmeichelhaft, aber durch nichts gerechtfertigt. Und wieso verspürte er bei dem Gedanken, dass sie mit diesem Mietcop ein Verhältnis hatte, fast so etwas wie Enttäuschung? Eigentlich sollte er doch erleichtert sein. Stattdessen wuchs in ihm ein Gefühl von Leere und Verlassenheit.

«Ich werde mich mal umhören», versprach er.

Kapitel drei

Im Speiseraum des Navajo Inn in Window Rock hielt sich nur ein einzelner Gast auf. Er saß, vor sich auf dem Tisch ein Glas Milch, ganz hinten in der Ecke und las im *Gallup Independent*. Sein Stetson aus dunkelgrauem Filz hatte schon bessere Tage gesehen. Joe Leaphorn blieb einen Augenblick in der Tür stehen, um den Mann zu betrachten.

Roy Gershwin sah älter und sehr viel verbrauchter aus, als er ihn in Erinnerung hatte. Aber schließlich war es schon einige Zeit her, seit sie sich zuletzt begegnet waren. Vor sechs Jahren hatte Gershwin ihm geholfen, einen Ranger des US-Forstdienstes zu überführen, der sein Gehalt dadurch aufbesserte, dass er auf Gershwins Weideland liegende Anasazi-Grabstätten plünderte. Es war die Zeit gewesen, als Leaphorn anfing, sich mit dem Gedanken anzufreunden, seinen Abschied zu nehmen. Doch die Bekanntschaft der beiden Männer reichte sehr viel weiter in die Vergangenheit, bis zurück in jenen Sommer, als Leaphorn, damals noch neu im Polizeidienst, einen von Gershwins Arbeitern unter dem Verdacht der Vergewaltigung verhaftet hatte. Gershwin hatte wütend protestiert, er habe einen Unschuldigen festgenommen. Er hatte Recht gehabt. Nach diesem schlechten Anfang war die Sache dann doch noch gut ausgegangen. Das war das erste Mal, dass er die tiefe, immer ein wenig barsche, vom Whisky aufgeraute Stimme des Ranchers gehört hatte. Als Leaphorn an diesem Morgen den Anruf erhielt, erkannte er diese unverwechselbare Stimme sofort wieder.

«Lieutenant Leaphorn», hatte Gershwin begonnen, «man hat mir gesagt, Sie seien jetzt im Ruhestand. Stimmt das? Wenn ja, dann dürfte ich Sie wohl eigentlich gar nicht behelligen.»

«Ja, das stimmt, Mr. Gershwin», hatte Leaphorn geantwortet. «Lassen Sie den Lieutenant also ruhig weg, und nennen Sie mich einfach Mr. Leaphorn. Ich freue mich, mal wieder von Ihnen zu hören.»

Seine Worte hatten ihn selbst überrascht. So weit hatten ihn also der Ruhestand und die Aussicht auf das, was vor ihm lag, gebracht. Der alte Rancher war nie ein Freund gewesen. Nur einer von den vielen tausend Menschen, mit denen er im Laufe seines langen Polizistenlebens zu tun gehabt hatte. Aber inzwischen war er froh über jeden Anruf, froh, überhaupt mit jemandem reden zu können.

Doch Gershwin schwieg. Eine ganze Weile lang. Schließlich räusperte er sich. «Ich vermute, Sie werden nicht sonderlich überrascht sein, wenn ich Ihnen sage, dass ich Sie sprechen möchte, weil ich ein Problem habe. Diesen Satz haben Sie bestimmt schon von einer Menge Leute gehört.»

«Das bringt die Arbeit bei der Polizei so mit sich», bestätigte Leaphorn. Vor zwei Jahren noch hätte so ein Anruf ihm nur ein ärgerliches Knurren entlockt. Heute nicht mehr. Daran war die Einsamkeit schuld.

«Also», fuhr Gershwin fort, «es gibt da etwas, von dem ich nicht weiß, wie ich damit umgehen soll. Ich würde gerne mit Ihnen darüber reden.»

«Na, dann fangen Sie mal an.»

«Es handelt sich um eine Sache, die man besser nicht am Telefon besprechen sollte», entgegnete Gershwin.

Sie hatten sich für drei Uhr im Navajo Inn verabredet. Jetzt war es wenige Minuten vor drei. Gershwin blickte hoch, sah Leaphorn herankommen, erhob sich und deutete auf den Stuhl gegenüber.

«Verdammt nett von Ihnen, dass Sie gekommen sind», sagte er. «Ich hatte schon Angst, Sie würden mir sagen, dass Sie aus dem Polizeidienst ausgeschieden sind und ich mich mit meinen Problemen an jemand anderen wenden sollte.»

«Wenn ich helfen kann, dann gerne», antwortete Leaphorn.

Sie brachten die üblichen Höflichkeitsfloskeln rasch hinter sich, sprachen dann über den kalten, trockenen Winter, die schlechten Weidebedingungen, die Gefahr von Waldbränden und waren sich einig, dass der Wetterbericht gestern Abend ganz danach geklungen hatte, als ob nun bald die Regenzeit einsetzen würde. Schließlich kam Leaphorn zur Sache.

«Und was hat Sie nun den ganzen Weg hierher nach Window Rock geführt?», wollte er wissen.

«Ich habe gestern im Radio gehört, dass das FBI die Ermittlungen wegen des Überfalls im Ute-Spielkasino in den Sand gesetzt hat. Wissen Sie was darüber?»

Leaphorn schüttelte den Kopf. «Was die Polizeiarbeit angeht, so bin ich inzwischen ganz draußen. Ich weiß nicht, wie weit sie mit ihren Ermittlungen sind. Aber es wäre ja nicht das erste Mal, dass eine Untersuchung ins Stocken gerät.»

«Im Radio haben sie gesagt, dass nach einem Flugzeug gesucht würde», sagte Gershwin. «Aber die Burschen wissen höchstens, wie man Drachen steigen lässt. Die hätten es nie geschafft, ein Flugzeug auch nur vom Boden hochzubekommen.»

Leaphorn hob die Augenbrauen. Das Gespräch fing an, interessant zu werden. Nach allem, was er zuletzt gehört hatte, war es noch nicht gelungen, die Täter zu identifizieren. Doch Gershwin war vielleicht gekommen, um ihm etwas über sie zu erzählen. Bald würde er mehr wissen.

«Möchten Sie etwas trinken?», erkundigte sich der Rancher und winkte dem Kellner. «Wirklich ein Jammer, dass ihr hier noch Alkoholverbot habt. Vielleicht eins von diesen Pseudo-Bieren?»

«Einen Kaffee, bitte», sagte Leaphorn.

Der Kellner brachte ihm eine Tasse, und Leaphorn trank einen Schluck. Gershwin nippte an seiner Milch.

«Ich kannte Cap Stoner», sagte er. «Man darf seine Mörder nicht davonkommen lassen. Diese Leute stellen eine Gefahr dar, solange sie frei herumlaufen.»

Er schien auf eine Reaktion zu warten.

Leaphorn nickte.

«Besonders die beiden Jüngeren. Die sind halb verrückt.»

«Das klingt, als ob Sie sie kennen», bemerkte Leaphorn.

«Ja, ziemlich gut.»

«Haben Sie das schon dem FBI gesagt?»

Gershwin betrachtete nachdenklich sein Glas Milch, nahm es in die Hand und schwenkte es langsam herum. Sein langes, schmales Gesicht war von unzähligen Fältchen durchzogen, die Haut ledrig, Folge eines mehr als siebzigjährigen Lebens unter glühender Sonne und in trockener, von Sandstaub erfüllter Luft. Er richtete seine hellen, blauen Augen auf Leaphorn und schüttelte den Kopf.

«Es gibt da ein Problem», sagte er. «Wenn ich das FBI informiere, dann ist das früher oder später überall herum.

Meiner Erfahrung nach früher. Sie würden mir Fragen stellen wollen und entweder zu mir hoch auf die Ranch kommen oder aber versuchen, mich über Sprechfunk zu erreichen. Und Sie wissen ja, wie der funktioniert – jeder, der will, kann mithören. In dieser Hinsicht ist der Sprechfunk wirklich eine Verschlechterung gegenüber dem alten Sammelanschluss.»

Leaphorn nickte. Die nächste kleine Gemeinde von Gershwins Ranch aus musste, wenn ihn sein Gedächtnis nicht trog, entweder Montezuma Creek oder Bluff sein. Der Mann hatte Recht. Besuche von gut gekleideten FBI-Agenten würden mit Sicherheit nicht unbemerkt bleiben, und dann würde unweigerlich das Gerede losgehen.

«Erinnern Sie sich noch, wie die Sache im Frühjahr '98 ausging?», fuhr Gershwin fort. «Das FBI hat irgendwann erklärt, dass die Männer, nach denen man gefahndet hatte, tot sind. Aber die Leute, die damals der Polizei Hinweise gegeben oder sonstwie geholfen haben, achten bis heute darauf, dass die Türen verschlossen und ihre Gewehre geladen sind und dass die Hunde draußen Wache halten.»

«Ich nehme Ihre weiteren Ausführungen jetzt einfach mal vorweg», bemerkte Leaphorn, «und Sie sagen mir, ob ich richtig liege. Sie möchten, denke ich, dass das FBI die Männer fasst, doch es soll nicht bekannt werden, wer den Hinweis gegeben hat, weil so eine Polizeiaktion auch schief gehen kann. Und deshalb wollen Sie, dass ich ...»

«Egal, ob das FBI die Männer nun fasst oder nicht», unterbrach ihn Gershwin, «die haben jede Menge Freunde. Sie nennen sich die *Rights Militia* und pochen auf die Einhaltung der in der *Bill of Rights* verbrieften Rechte. Sie verlangen, dass die Leute vom Forstdienst, dem Bureau of Land Management und dem Park Service die legitimen Ansprüche der Menschen hier beachten. Sie wollen ihr Land so bewirtschaften, wie sie es für richtig halten, und sich nicht durch Verordnungen die Lebensgrundlage entziehen lassen.»

«Sie wollen mir also die Namen der Männer nennen, und ich soll sie dann ans FBI weitergeben. Und was soll ich antworten, wenn die mich fragen, woher ich die Information habe?»

Gershwins Mund verzog sich zu einem Grinsen. «Das Problem habe ich natürlich auch gesehen. Deshalb habe ich die Namen auf einem Zettel notiert. Aber bevor ich Ihnen den überlasse, müssen Sie mir Ihr Ehrenwort geben, mich aus allem herauszuhalten. Lehnen Sie ab, nehme ich den Zettel wieder mit. Falls Sie zustimmen und wir Ihr Versprechen mit einem Handschlag besiegeln, lasse ich ihn hier auf dem Tisch liegen, wenn ich gehe, und Sie können ihn mitnehmen, wenn Sie wollen.»

«Sie meinen also, Sie können mir trauen?»

«Aber sicher», sagte Gershwin. «Ich habe ja meine Erfahrung mit Ihnen. Wissen Sie noch – der Ranger damals? Außerdem kenne ich noch eine Reihe anderer Leute, die Ihnen vertraut haben, ohne es zu bereuen.»

«Warum ist es Ihnen so wichtig, dass diese Männer gefasst werden?», wollte Leaphorn wissen. «Geht es Ihnen um Rache für Cap Stoner?»

«Ja, aber nur zum Teil», antwortete Gershwin. «Diese Burschen sind mir einfach unheimlich. Jedenfalls einige von ihnen. Ich habe selbst eine Weile bei diesen Miliz-Geschichten mitgemacht, gleich zu Anfang, nachdem ein paar Männer dazu aufgerufen hatten, sich gegen die Behörden zu wehren. Aber im Laufe der Zeit wurden sie immer unberechenbarer.»

Gershwin hatte das Glas gehoben, um den letzten Schluck

Milch auszutrinken, doch jetzt setzte er es wieder ab. «Diese Mistkerle vom Forstdienst führten sich auf, als ob die Berge ihr Privatbesitz wären», sagte er. «Wir haben hier gelebt, so lange wir zurückdenken können, und auf einmal durften wir unser Vieh nicht mehr weiden lassen. Durften kein Holz mehr schlagen. Durften keine Elche mehr jagen. Und die Bürokraten vom Bureau of Land Management waren noch schlimmer. Die haben uns behandelt, als wären wir Leibeigene. Anfangs ging es nur darum, uns beim Kongress Gehör zu verschaffen, damit diese Schreibtischhengste endlich mal wieder daran erinnert wurden, wer für ihr Gehalt aufkommt. Doch dann tauchten irgendwann alle diese Spinner und Ausgeflippten auf, die Brücken sprengen und Gewalt ausüben wollten. Da habe ich angefangen, mich zurückzuziehen, und das passte einigen von ihnen überhaupt nicht.»

«Und für den Überfall auf das Kasino sind Leute von der *Rights Militia* verantwortlich? Man kann also sagen, er hatte einen politischen Hintergrund?»

Gershwin zuckte die Schultern. «Nach allem, was ich gehört habe, beschäftigte man sich schon seit Monaten mit dem Gedanken, einen Überfall zu begehen, um sich mit dem erbeuteten Geld für den Kampf gegen die Regierung in Washington zu rüsten. Aber ich glaube, dass zumindest einige der Männer privat dringend Geld brauchten, um ihren Lebensunterhalt zu bestreiten.» Er lächelte ironisch. «Es gibt bei der *Militia* einige, die es grundsätzlich ablehnen, zu arbeiten. Vermutlich würden sie den Überfall als politische Aktion bezeichnen. Aber wer weiß? Vielleicht haben sie tatsächlich vor, Gewehre, Munition und Sprengstoff zu kaufen.»

«Ich frage mich, wie hoch die Beute wohl war», sagte Leaphorn.

Gershwin leerte sein Glas. Er stand auf und zog ein

zusammengefaltetes Stück Papier aus seiner Hemdtasche. «Hier ist der Zettel mit den Namen. Geben Sie mir Ihr Wort, dass Sie mich nicht reinreiten?»

Leaphorn hatte inzwischen in Gedanken alles schon einmal durchgespielt. Wenn er das FBI über das Gespräch unterrichtete, würden sie Gershwin befragen. Der würde selbstverständlich alles abstreiten. Ergebnis – gleich null.

«Legen Sie ihn hin», sagte er.

Gershwin ließ den Zettel auf den Tisch fallen, warf eine Dollarnote neben sein Milchglas, nickte Leaphorn zum Abschied zu und ging nach draußen.

Leaphorn trank einen Schluck Kaffee. Dann nahm er das Papier und faltete es auf. Auf dem Zettel standen drei Namen, jeweils mit einer kurzen Beschreibung dahinter. Die beiden ersten, Buddy Baker und George Ironhand, sagten ihm nichts. Am dritten blieb er hängen. Everett Jorie. Den Namen hatte er schon mal gehört.

Kapitel vier

Captain Largo blickte von seinen Unterlagen hoch, starrte Chee über den Rand seiner Brille hinweg an und bemerkte: «Sie sind ein paar Tage zu früh, oder? Mit Ihrem Kalender was nicht in Ordnung?»

«Captain, wie wär's mit ‹Herzlich willkommen, schön, dass Sie wieder bei uns sind. Setzen Sie sich, machen Sie es sich bequem›?»

Largo grinste und deutete auf den Stuhl vor seinem Schreibtisch. «Ich trau mich kaum zu fragen, aber wieso haben Sie es so eilig, wieder an die Arbeit zu kommen?»

Chee setzte sich. «Ich dachte, ich gewöhne mich schon langsam wieder an das normale Alltagsleben. Außerdem wollte ich mich erkundigen, was ich in der Zwischenzeit verpasst habe. Wie haben Sie es eigentlich angestellt, dass wir nicht in eine neue Großfahndung hineingezogen worden sind? Die Feds setzen uns doch immer gern als Spürhunde ein.»

«Die Meldung über das gestohlene Flugzeug hat uns gerade noch rechtzeitig davor bewahrt», sagte Largo. «Zum Glück. Andererseits sind natürlich alle hier wütend, dass diese Verbrecher entkommen konnten, die einen ehemaligen Kollegen getötet und einen zweiten schwer verletzt haben. Wirft nach dem Fiasko vom Frühjahr '98 schon wieder ein schlechtes Licht auf die Polizei. Möchten Sie etwas Kaffee? Holen Sie sich eine Tasse, und dann unterhalten wir uns.»

Chee kam mit seinem Kaffee zurück. Er setzte sich, nahm einen Schluck und wartete. Largo wartete ebenfalls. Er besaß die größere Geduld.

«Na schön», sagte Chee, «erzählen Sie mir von dem Überfall auf das Kasino. Alles, was ich bis jetzt weiß, stammt aus dem Fernsehen oder der Zeitung.»

Largo lehnte sich auf seinem Stuhl zurück und verschränkte die Arme über seinem mächtigen Bauch. «Letzten Samstag, nachts kurz vor vier fährt ein Pickup auf den Parkplatz des Kasinos. Ein Mann verlässt den Wagen, nimmt eine Leiter von der Ladefläche, klettert aufs Dach und kappt Strom- und Telefonleitungen – einfach alles. Während er noch damit beschäftigt ist, steigen zwei Männer in Drillich aus dem Pickup. Nicht weit von ihnen steht ein Wachmann, ein Bursche namens Bai, hauptberuflich stellvertretender Sheriff von Montezuma County. In diesem Augenblick tritt der Chef des Wachdienstes, Cap Stoner, aus dem Gebäude. Die Männer richten, ohne zu zögern, ihre Waffen auf ihn und erschießen ihn. Auch Bai wird von ihren Schüssen niedergestreckt. Er überlebt schwer verletzt. Können Sie sich an Stoner noch erinnern? Er war Captain bei der New Mexico State Police. Tat Dienst in Gallup. Ein anständiger Kerl. Die zwei Gangster dringen in den Kassenraum ein. Das Geld liegt fertig verpackt zur Abholung durch den Geldtransporter von Brinks. Den Angestellten wird befohlen, sich auf den Boden zu legen. Die beiden schnappen sich die Geldsäcke und verschwinden. Offensichtlich sind die drei Männer Richtung Westen nach Utah geflohen. Bei Tagesanbruch versucht ein Streifenpolizist der Utah Highway Police auf der Route 262 westlich von Aneth, einen Pickup zu stoppen, der mit überhöhter Geschwindigkeit unterwegs ist, und handelt sich Schüsse in den Kühler ein. Utah sagt, es sei großkalibrige Munition mit starker Durchschlagskraft gewesen.»

Largo hielt inne und wuchtete sich ächzend aus seinem Drehstuhl. «Brauche selbst was von meinem Kaffee», murmelte er und ging ins Vorzimmer, wo die Maschine stand.

Ein gutes Gefühl, wieder mit Largo zu arbeiten, dachte Chee. Der Captain war schon einmal, in Chees erstem Jahr bei der Polizei, sein Chef gewesen. Er war oft übellaunig und sehr reizbar, aber er verstand seine Sache.

Largo kam mit einer Tasse Kaffee in der Hand zurück und redete gleich weiter. «Als der Strom weg war und das Licht ausfiel, gerieten etliche Gäste in Panik und suchten hektisch nach den Ausgängen, andere räumten noch schnell die Spieltische ab und stopften sich die Taschen mit Jetons voll. Jedenfalls dauerte es eine geraume Weile, ehe man überhaupt wusste, was passiert war, und Hilfe holte.» Largo ließ sich vorsichtig wieder auf seinem Stuhl nieder. «Bis Sonnenaufgang hatten wir auf jedem noch so kleinen befahrbaren Weg eine Straßensperre stehen, aber die Gangster hatten eben einen großen Zeitvorsprung. So gegen halb zehn kam dann die Nachricht, dass auf der 262 in Utah aus einem Pickup heraus auf einen Streifenwagen geschossen worden sei. Daraufhin verlagerte sich der Schwerpunkt der Suche nach Westen. Am nächsten Tag entdeckten einige Deputies südlich von Bluff, dicht an der Grenze zu Arizona einen verlassenen, nicht mehr fahrtüchtigen Pickup, auf den die Fahndungsbeschreibung zutraf.»

«Hat man irgendwelche Spuren gefunden? Ich meine, haben die Gangster den Wagen gewechselt, oder sind sie zu Fuß weitergegangen oder was?», fragte Chee.

«Es gab um den Pickup herum Spuren von zwei Personen, aber dann kam der FBI-Helikopter», Largo hielt inne und ließ die Arme kreisen, um die Bewegung der Rotorblätter anzudeuten, «und danach war natürlich alles weggeweht.»

«Die kapieren es einfach nicht», bemerkte Chee. «Bei diesem Großeinsatz im vergangenen Jahr ist genau dasselbe passiert. Wir hatten auf der anderen Seite des San Juan River Spuren entdeckt, und die vom FBI kamen mit ihrem Hubschrauber und haben sie uns einfach weggeblasen.»

«Vielleicht sollten wir die Luftverkehrsbehörde bitten, während einer Großfahndung über dem betroffenen Gebiet ein allgemeines Flugverbot auszusprechen», kommentierte Largo ironisch.

«Hat man um das Kasino herum irgendwelche Spuren entdeckt?»

Largo schüttelte den Kopf und nahm einen Schluck von seinem Kaffee. «Zuerst sah es verdammt danach aus, als stünde uns eine Neuauflage der Aktion von '98 ins Haus. Die Feds installierten schon ihre Einsatzzentrale. Alle im Umkreis verfügbaren Polizeikräfte wurden einbezogen. Ein richtiger Zirkus. Das Einzige, was fehlte, waren die Elefanten, dafür hatten wir jede Menge Clowns.»

Chee grinste.

«Wär doch 'ne nette Überraschung gewesen für Sie bei Ihrer Rückkehr, oder?»

«Ich glaube, ich wäre gleich wieder umgekehrt und nach Alaska zurückgeflogen», entgegnete Chee. «Wie hat das FBI eigentlich die Sache mit dem Flugzeug erfahren?»

«Der Besitzer, ein Rancher namens Timms, rief bei der Polizei an, um es als gestohlen zu melden. Er sagte, er sei an dem Tag weg gewesen. In Blanding. Bei seiner Rückkehr hätte er gemerkt, dass seine Scheune aufgebrochen und das Flugzeug verschwunden war.»

«Und seine Ranch liegt in der Nähe des Ortes, wo die Gangster den Pickup stehen gelassen haben?»

«Nur anderthalb Meilen entfernt», antwortete Largo. «Wenn es hoch kommt.»

Chee versank in Grübeln.

Largo beobachtete ihn aufmerksam. Nach einer Weile sagte er: «Sie fragen sich, ob die Gangster plötzlich Lust bekommen haben, das letzte Stück zu laufen.»

«Das wäre eine Möglichkeit», sagte Chee langsam. «Allerdings unwahrscheinlich. Vielleicht wollten sie vor allem dafür sorgen, dass der Pickup nicht gleich gefunden wurde. Oder falls doch, dass er weit genug entfernt stand von der Ranch und der Scheune mit dem Flugzeug, damit niemand auf die Idee käme, eine Verbindung herzustellen.»

Largo nickte. «Hmm», murmelte er und nahm einen Schluck Kaffee. «Die Spurensicherung hat übrigens festgestellt, dass der Pickup vorsätzlich fahruntüchtig gemacht wurde.»

«Es ist nicht schwer, da draußen einen Reifen zum Platzen zu bringen oder die Ölwanne aufzureißen, wenn man es darauf anlegt», bemerkte Chee.

«Wem sagen Sie das», erwiderte Largo. «Ich weiß noch, damals in Tuba haben Sie mehrere unserer Streifenwagen werkstattreif gefahren. Sie haben allerdings immer behauptet, es sei unabsichtlich passiert.»

Chee überging die Bemerkung. «Ich hoffe nur», sagte er, «dass das Flugzeug genug Sprit an Bord hatte, um die Gangster aus unserem Zuständigkeitsbereich zu bringen.»

«Der Besitzer gibt an, der Tank wäre voll gewesen», sagte Largo.

«Ist schon merkwürdig, oder?», sagte Chee. «Ich meine, wie gut es beide Male geklappt hat – sowohl im Kasino wie anschließend bei der Flucht.»

Largo nickte. «Wenn das mein Fall wäre, dann würde ich bei dem Rancher Fingerabdrücke nehmen und klären, ob er Vorstrafen hat oder Verbindungen zu einer der Milizen unterhält.»

«Ich nehme an, das FBI wird sich darum kümmern», sagte Chee. «Diese Überprüfungen erledigen sie ja immer ganz ordentlich. Wie weit ist man eigentlich mit den Ermittlungen im Kasino? Haben Sie schon was gehört?»

«Die Feds glauben, dass der Deputy, der dort ab und zu als Wachmann tätig war, mit der Bande zusammengearbeitet und ihnen die notwendigen Informationen geliefert hat. Wann das Geld zum Abholen bereitstand, welche Leitungen sie kappen mussten, wer an dem Abend Dienst hatte.»

«Gibt's dafür Beweise?»

Largo hob die Schultern. «Nichts Konkretes, soweit ich bisher gehört habe. Dieser Teddy Bai, den sie da jetzt in Farmington im Krankenhaus unter Bewachung gestellt haben, ist in seiner Jugend mal straffällig geworden, und Zeugen wollen bemerkt haben, dass er an dem fraglichen Abend auffallend nervös gewesen sei. Er ist immer wieder nach draußen auf den Parkplatz gegangen, obwohl es eigentlich seine Aufgabe war, drinnen ein Auge auf die Gäste zu haben.»

«Klingt ziemlich dünn», bemerkte Chee.

«Es ist durchaus möglich, dass sie noch mehr gegen ihn in der Hand haben, aber Sie kennen ja die Feds. Die sagen uns Cops vor Ort doch nur so viel, wie sie unbedingt müssen. Sie denken anscheinend, wir könnten den Mund nicht halten, und haben Angst, wir würden dadurch ihre Ermittlungen gefährden.»

Chee lachte. «Wir und reden! Wie kommen die bloß darauf?»

Largo grinste.

«Hatte Bai irgendwelche Verbindungen, die zu den Tätern führen könnten?», wollte Chee wissen.

«Die Kälte oben in Alaska scheint einen Optimisten aus Ihnen gemacht zu haben», sagte Largo. Er schüttelte den Kopf. «Nein, keinerlei Hinweise bisher. Es gibt Spekulationen, dass eine der Milizen hinter dem Überfall stecken könnte, um sich Geld für Sprengstoff zu besorgen, oder dass möglicherweise die Earth Liberation Front ihre Finger im Spiel hatte. Aber nach allem, was ich weiß, unterhielt Bai zu keiner dieser Gruppierungen irgendwelchen Kontakt. Die Earth-Liberation-Leute verhalten sich außerdem ziemlich ruhig, seit sie damals in Vail den halben Ort niedergebrannt haben. Wie auch immer. Falls die Feds inzwischen etwas herausgefunden haben, dann haben sie die Navajo Tribal Police bislang jedenfalls nicht davon unterrichtet.»

«Und was denken Sie persönlich über die Sache, Captain? Haben Sie durch Ihre Quellen etwas über Bai in Erfahrung gebracht, wovon Sie dem FBI bisher noch nichts erzählt haben?»

Largo bedachte Chee mit einem Blick, der deutlich zeigte, dass er derartige Überlegungen nicht besonders schätzte und unschlüssig war, ob er die Frage überhaupt beantworten sollte.

Doch schließlich sagte er: «Falls Deputy Sheriff Bai die Seite gewechselt haben sollte, so ist mir davon nichts bekannt.»

Kapitel fünf

Officer Bernadette Manuelito hatte Chee völlig zu Recht darauf hingewiesen, dass er in der Gegend von Shiprock jede Menge Leute kannte. Und es hatte sich ausgezahlt, dass er ihrer Anregung gefolgt war. Hier ein Gespräch mit einem altgedienten Deputy in San Juan County, da eine Unterhaltung mit einem guten Bekannten in der Kreisverwaltung von Aztec, anschließend ein Besuch im Billardsalon in Farmington und in Oilmen's Bar and Grill – und am Ende hatte er eine Menge Informationen über das Ute-Kasino im Allgemeinen und Teddy Bai im Besonderen.

Das Kasino kam besser weg, als er erwartet hatte. Der eine oder andere äußerte zwar den Verdacht, dass, wie so häufig in dieser Branche, auch hier das organisierte Verbrechen seine Finger im Spiel hatte, aber niemand wusste etwas

Konkretes. Im Gegenteil. Gerade diejenigen seiner Gesprächspartner, die Chee für besonders gut informiert hielt, meinten, das Kasino werde wohl durchaus seriös geführt. Sie wollten auch keine Vermutungen darüber anstellen, wer sonst der Tippgeber sein könnte, falls sich Bais Unschuld herausstellen sollte. Alle waren sich einig, dass der Deputy in seiner Jugend ziemlich über die Stränge geschlagen hatte. In Bezug auf seine spätere Entwicklung war man unterschiedlicher Ansicht, aber die meisten glaubten, dass seine wilden Jahre hinter ihm lagen. Er hatte ein Mädchen aus dem Die-Ströme-vereinigen-sich-Clan geheiratet, die Ehe hatte aber nicht gehalten. Einer der Stammgäste bei Oilmen's sagte, seit seiner Scheidung tauche Bai ab und zu in Begleitung einer jungen Frau auf. Wer das sei, wollte Chee wissen. Das konnte sein Informant nicht sagen, doch beschrieb er sie als «niedlich wie ein kleiner Käfer». Chee wäre ein derartiger Vergleich nie in den Sinn gekommen, aber ihm schien klar, dass damit nur Officer Bernadette Manuelito gemeint sein konnte.

Außerdem erfuhr er bei Oilmen's, dass Bai Flugunterricht genommen hatte.

«Flugunterricht?» Chee war überrascht. «Wirklich? Wo?»

Sein Gegenüber war eine Kollegin, die in der Funkzentrale der Staatspolizei von New Mexico Dienst tat. Ihr Name war Alice Deal. Sie hatte gerade nach ihrem Cheeseburger greifen wollen, doch jetzt deutete sie mit der Hand hinüber zum Flugplatz von Farmington, der oben von der Mesa auf die Stadt herabblickte. Durch seine Lage erinnerte er entfernt an das Deck eines Flugzeugträgers.

Das Schild über der Bürotür von *Four Corners Flight* wies auf das umfassende Angebot der Firma hin: Charterflüge, Verkauf und Verleih von Flugzeugen, Wartung und Reparaturen, Verkauf von Ersatzteilen und allem, was man sonst zum Fliegen benötigte, sowie von der Luftverkehrsbehörde autorisierter Flugunterricht. Offenbar war im Moment nicht viel zu tun, denn als Chee die Geschäftsräume betrat, war niemand zu sehen. Nach einigem Suchen entdeckte er im Büro des Managers eine Frau. Sie telefonierte gerade. Als sie Chee bemerkte, unterbrach sie ihr Gespräch und winkte ihn herein. Dann widmete sie sich weiter ihrer Unterhaltung.

«Also, ich muss schon sagen», rief sie, «das ist wirklich kein Benehmen! Wenn Betty sich derartig aufführt, würde ich sie in Zukunft einfach nicht mehr einladen.» Sie schwieg und dirigierte Chee, während sie ihrer Gesprächspartnerin weiterhin aufmerksam zuhörte, zu einem Stuhl. Schließlich sagte sie: «Na gut, vielleicht hast du Recht. Aber ich habe hier gerade einen Kunden. Ich muss Schluss machen.» Und legte auf.

Chee stellte sich vor und erklärte, worum es ging.

«Bai», sagte sie gedehnt. «Der schuldet uns noch das Geld für die letzten beiden Flugstunden. Das FBI war auch schon hier und hat sich nach ihm erkundigt.»

«Könnten Sie …»

«Sie wollten eine Aufstellung von allen, die hier ausgebildet worden sind, auch wenn es schon Jahre her sein sollte. Später kamen sie noch mal wieder, und da ging es nur um Teddy.»

«Könnten Sie mir sagen, ob er seinen Pilotenschein schon hat?»

«Ich glaube nicht. Aber da müssen Sie Jim Edgar fragen», antwortete sie. «Eben hat er noch draußen am Helikopter gestanden und sich mit den Leuten vom Umweltschutzamt unterhalten. Wenn er da nicht mehr ist, finden Sie ihn im Hangar.»

Der Helikopter war ein großer weißer Bell mit den Kennzeichen des Energieministeriums. Oberhalb der Landekufen hatte man röhrenförmige weiße Behälter in Badewannengröße montiert. Chee überlegte, was sie wohl enthalten mochten, kam aber zu keinem Ergebnis. Eine Frau in blauem Overall machte sich gerade an einem von ihnen zu schaffen. Außer ihr waren nur noch zwei Männer in der Nähe, ebenfalls in Overalls, die sich angeregt miteinander unterhielten. Vermutlich Pilot und Kopilot, dachte Chee. Jim Edgar war anscheinend schon gegangen.

Er fand ihn ganz hinten in einer Ecke des Hangars an einer Werkbank, wo er sich, Verwünschungen murmelnd, mit einem Miniatur-Elektromotor abmühte. Chee blieb in gebührendem Abstand stehen und wartete.

Nach einer Weile legte Edgar den Schraubenzieher beiseite, lutschte an seinem Daumen, den er sich offenbar kurz vorher verletzt hatte, und sah Chee fragend an.

Chee erklärte, weshalb er gekommen war.

«Teddy Bai», sagte Edgar und betrachtete seinen Daumen. «Den ersten Alleinflug hatte er schon hinter sich, aber er war noch längst nicht reif für die Lizenz. Als Flugschüler eher mittelmäßig. Ich hab den Jungs vom FBI schon gesagt, wenn er diese alte L-17 geflogen hätte, wäre ich nicht gern an Bord gewesen.»

«L-17 – ist das das Flugzeug, das gestohlen wurde? Und warum wären Sie nicht gern an Bord gewesen?»

«Bai wurde auf einer neuen Cessna ausgebildet. Alles ganz modern. Landefahrgestell mit drei Rädern. Alle möglichen Funktionen von Servomotoren unterstützt. Völlig andere Instrumente. Die L-17 wurde während des Zweiten Weltkriegs für die Army entwickelt. Eigentlich nicht mal schwer zu fliegen, man muss sich nur mit ihr auskennen.

Vieles ist eben ganz anders als bei der kleinen Cessna, auf der Bai gelernt hat.»

«Ich hab gehört, das gestohlene Flugzeug hat schon mehr als fünfzig Jahre auf dem Buckel», sagte Chee. «Haben Sie eine Ahnung, in welchem Zustand es war?»

Edgar lachte. «Nach dem, was sie im Fernsehen gesagt haben, glaubt das FBI, die Kasino-Gangster sind damit einfach losgeflogen. Sollte das stimmen, dann können sie von Glück sagen, wenn sie heil wieder runtergekommen sind. Es sei denn, Timms, der Besitzer, hat sich doch noch entschlossen, Geld in die alte Mühle zu stecken. Als ich sie mir damals angesehen habe, hatte ich allerdings nicht den Eindruck, dass er das vorhatte.»

Chee fand die Unterhaltung immer interessanter. «Sie haben sie sich angesehen? Gab es Probleme damit? Und wann war das?»

Edgar grinste ihn an. «Sie wollen wissen, ob es Probleme gab? Wie viel Zeit haben Sie? Die Mängelliste ist nämlich etwas länger.»

«Kleinigkeiten oder auch ernstere Sachen?»

«Sowohl als auch. Timms brachte sie letzten Herbst zur Inspektion vorbei. Wollte die Flugtauglichkeitsbescheinigung erneuert haben. Für ein altes Gerät wie seins war der Termin schon reichlich überschritten, und er hätte schwer Ärger kriegen können, wenn die Luftverkehrsbehörde mitbekommen hätte, dass er überhaupt noch damit geflogen ist. Das Erste, was mir auffiel, waren die Mäuse. Timms stellt die Maschine auf seiner Ranch in einer Scheune unter. Das machen andere auch, aber dann muss man eben dafür sorgen, dass keine Nagetiere rankönnen und irgendwas anfressen. Bei der L-17 hätten also eigentlich die Verkabelung und der ganze Aufbau nachgesehen werden müssen, und die Motorleistung der Maschine war auch mehr als flau.» Edgar machte eine vage Handbewegung. «Und das sind nur ein paar Beispiele.»

«Aber er hat nicht alles machen lassen?»

«Nein. Er wollte erst einen Kostenvoranschlag. Und dann hat er gesagt, es wäre verdammt viel zu teuer.» Edgar lachte. «Er hat mir angeboten, mir den Vogel für die Hälfte der Reparaturkosten zu verkaufen. Ich habe dankend abgelehnt. Er wollte dann nach Blanding fliegen, um die Inspektion da machen zu lassen. Seitdem habe ich nichts mehr von ihm gehört.»

«Könnten Sie mir vielleicht die Telefonnummer von Mr. Timms geben», bat Chee, «oder seine Adresse?»

«Klar.»

Edgar ging quer durch den Hangar zu seinem Schreibtisch und blätterte in der Rollkartei. Während Chee wartete, überlegte er, warum er das alles überhaupt machte. Waren ihm der Frieden und die Ruhe in Alaska nicht bekommen, sodass er jetzt alles daransetzte, sich gleich wieder Schwierigkeiten einzuhandeln? Oder trieb ihn die Neugier, herauszufinden, wie die Kasino-Gangster ihr rätselhaftes Verschwinden bewerkstelligt hatten? Aber egal, was nun sein Motiv war, Captain Largo wäre sicher alles andere als erfreut, dass er wieder einmal seine Nase in die Angelegenheiten des FBI steckte.

Edgar hatte gefunden, was er suchte, und hielt ihm die Kopie eines Schreibens an die Mountain Mutual Insurance hin. «Ich musste Timms mal eine Schadensmeldung abzeichnen. Er hatte das Flugzeug bei schlechtem Wetter im Freien stehen lassen, und es war durch Hagel beschädigt worden», sagte er. «Das ist zwar schon einige Jahre her, aber soviel ich weiß, ist er seitdem nicht umgezogen.»

Chee notierte, was er brauchte, dankte Edgar und wollte sich gerade verabschieden. Doch plötzlich kam ihm ein Gedanke. Jetzt, da das Flugzeug gestohlen war, würde Timms bestimmt wieder eine Schadensmeldung einreichen.

«Mr. Edgar», sagte er. «Wissen Sie noch, wie hoch Sie damals die Reparaturkosten geschätzt haben? Ich meine, als Timms sagte, für die Hälfte davon würde er Ihnen die Maschine verkaufen?»

«Ich glaub, so an die achttausend Dollar», antwortete Edgar. «Aber wenn ich so blöd gewesen wäre, darauf einzugehen, hätte er garantiert gesagt, das ist 'n wertvoller Oldtimer, der kostet mindestens dreißigtausend.»

Chee grinste. Er konnte sich gut vorstellen, dass das etwa die Summe war, die Timms jetzt von seiner Versicherung verlangen würde.

«Dürfte ich wohl mal Ihr Telefon benutzen?», fragte er. «Und davor müsste ich noch eine Nummer nachsehen.»

Edgar nickte und reichte ihm das Telefonbuch.

Chee blätterte, bis er den Eintrag gefunden hatte, und wählte dann die Nummer der örtlichen Vertretung von Mountain Mutual Insurance in Farmington. Er stellte sich vor und fragte die Frau, die das Büro führte, ob Eldon Timms noch bei ihnen Kunde sei.

«Ja», antwortete sie knapp.

«Und sein Flugzeug ist bei Ihnen versichert?»

«Ja, bedauerlicherweise», antwortete sie. «Aber eigentlich müsste man ja von seinem ehemaligen Flugzeug sprechen, wenn man das meint, das gerade gestohlen worden ist.»

«Besitzt er denn noch ein zweites?», fragte Chee verblüfft.

«Das will ich doch nicht hoffen», sagte sie.

«Hat er den Verlust schon gemeldet?»

«Und ob. Umgehend. Gerade höre ich, da draußen stehlen ein paar Gangster ein Flugzeug und machen sich damit aus dem Staub, da hab ich ihn schon am Telefon, und er will sein Geld. Ich hab ihn gefragt: Warum so eilig? Die müssen ja schließlich irgendwo landen. Dann können die Cops sie schnappen, das Flugzeug beschlagnahmen, und Sie kriegen's wieder zurück. Darauf er: Dann können wir die Schadensmeldung immer noch zerreißen.»

«Wie hoch war die Maschine denn versichert?»

«Vierzigtausend», antwortete sie. «Er hat die Versicherung gerade vor ein paar Monaten erst erhöht.»

«Eine ziemliche Summe für ein fünfzig Jahre altes Flugzeug», bemerkte Chee.

«Fand ich auch», bestätigte sie. «Aber er sagte, die Maschine sei eine echte Rarität und sehr wertvoll, und sogar das Museum für militärische Luftfahrt in Tucson habe Interesse gezeigt, sie zu kaufen. Ich hatte das Gefühl, dass ihm der hohe Versicherungswert vielleicht eine günstige Verhandlungsbasis verschaffen sollte.»

Edgar war in der Nähe stehen geblieben, hatte zugehört und beobachtete Chee, als der den Hörer nun auflegte. «Haben Sie, was Sie brauchen?»

«Alles bestens», sagte Chee. «Danke. Ach, übrigens – was macht der Hubschrauber vom Energieministerium eigentlich hier? Und wozu braucht der diese großen, weißen Behälter?»

«Also genau genommen ist es nicht das Energieministerium, sondern das Umweltschutzamt, das den Hubschrauber braucht», antwortete Edgar. «Es handelt sich hier nämlich um den seltenen Fall einer Zusammenarbeit zwischen zwei Behörden. Das Umweltschutzamt hat sich den Hubschrauber samt Piloten vom Atomtestgelände in Nevada ausgeliehen, das dem Energieministerium untersteht. In den Behältern sind Detektoren für Radioaktivität, und die benutzen sie, um damit stillgelegte Uranminen ausfindig zu machen. Der Abraum strahlt nämlich noch, deshalb soll er jetzt endlich abgedeckt werden.»

Nachdem Chee *Four Corners Flight* verlassen hatte, schaute er noch bei der New Mexico State Police unterhalb des Flughafens vorbei und erledigte von dort aus zwei weitere Anrufe. Im Museum für militärische Luftfahrt in Tucson erklärte ihm der Leiter, ja, ein Mr. Timms sei im Juni bei ihnen vorstellig geworden und habe ihnen seine alte L-17 zum Kauf angeboten. Sie würden sie schon gern für ihre Sammlung erwerben, hätten sich aber noch nicht mit ihm einigen können. Warum nicht? Der übliche Grund, meinte der Leiter, der Mann verlange viel zu viel – fünfzigtausend.

Der zweite Anruf galt Cowboy Dashee, seinem alten Freund aus Kindertagen. Aber es ging nicht darum, Erinnerungen auszutauschen. Deputy Sheriff Dashee arbeitete im Sheriff's Department von Apache County, Arizona, und das bedeutete, dass Eldon Timms' Ranch – jedenfalls ihr südlicher Zipfel – in seinen Zuständigkeitsbereich fiel.

Kapitel sechs

Leaphorn war geprägt durch seine Kindheit in einem beengten Hogan. Seither erwachte er jeden Morgen bei Tagesanbruch. Das Schlafzimmer, das er und Emma drei Jahrzehnte lang geteilt hatten, lag nach Osten an einer belebten Straße. Als Leaphorn Emma bei ihrem Einzug darauf hingewiesen hatte, dass die Lärmbelästigung ein Nachteil sei, hatte sie erwidert, von dem nach hinten gelegenen, ruhigeren Zimmer aus könne man den Sonnenaufgang nicht sehen. Damit war die Sache entschieden.

Emma war eine echte Navajo gewesen, fest verwurzelt in den Traditionen ihres Volkes, und es war ihr ein Bedürfnis, den anbrechenden Tag rituell zu begrüßen. Leaphorn liebte sie für diese Haltung. Er selbst hielt sich nicht mehr an die alten Sitten und Gebräuche, brachte der aufgehenden Sonne keine Prise Maispollen mehr dar, doch empfand er immer noch tiefe Ehrerbietung für die Kultur seiner Vorfahren.

An diesem Morgen war er länger im Bett geblieben als gewöhnlich. Professor Louisa Bourebonette, die Anthropologin, mit der ihn eine immer tiefere Freundschaft verband, hatte bei ihm übernachtet. Sie schlief im hinteren Zimmer, und er fürchtete, sie zu wecken, wenn er aufstand und in der Wohnung umherlief. So lag er, die Arme unter dem Kopf verschränkt, da und beobachtete den Himmel, der sich im Osten allmählich leuchtend rot färbte. Er hörte, wie sich in der Küche die Kaffeemaschine einschaltete, und begann darüber nachzudenken, was zum Teufel er mit den Namen anstellen sollte, die Gershwin ihm aufgeschrieben hatte. Dass die drei, wie er gehört hatte, vermutlich in einem gestohlenen Flugzeug das Weite gesucht hatten, entlastete ihn ein wenig von unmittelbarem Druck. Trotzdem – wenn Gershwins Anschuldigungen stimmten, mussten die Namen so schnell wie möglich an die ermittelnden Beamten weitergegeben werden, um ihnen die Suche nach den Tätern zu erleichtern.

Leaphorn gähnte und streckte sich. In seinem Zimmer duftete es plötzlich nach frisch gebrühtem Kaffee, und er überlegte, ob er leise hinausschleichen und sich eine Tasse holen könne, ohne Louisa zu stören. Er war gespannt, wie sie reagieren würde, wenn er ihr nachher erzählte, in welcher Zwickmühle er steckte. Emma hätte ihm sicher geraten, die ganze Geschichte auf sich beruhen zu lassen. Übeltäter einzusperren nütze niemandem, pflegte sie zu sagen. Man müsse versuchen, die innere Disharmonie, die ihr Fehlverhalten verursache, zu heilen. Eine Gefängnisstrafe sei dazu kaum geeignet. Was diese Menschen brauchten, sei eine Mountain-Way-Zeremonie, bei der Freunde und Verwandte zusammenkamen, um ihnen beizustehen, wenn der dunkle Wind aus ihrem Innern vertrieben wurde, um sie zurückzuführen zu *hozho*, der völligen inneren Harmonie.

Ein lautes Klappern riss ihn aus seinen Gedanken. Leaphorn sprang aus dem Bett, zog sich seinen Bademantel über und lief in die Küche. Louisa stand fix und fertig angezogen am Herd und briet Pfannkuchen.

«Ich habe die Teigmischung in deiner Speisekammer gefunden», sagte sie, «aber die Pfannkuchen würden noch sehr viel besser schmecken, wenn du Buttermilch im Haus gehabt hättest.»

Leaphorn holte seinen Becher aus dem Abwaschbecken, spülte ihn aus und goss sich Kaffee ein. Er setzte sich an den Tisch und sah Louisa beim Zubereiten der Pfannkuchen zu. Unwillkürlich musste er daran denken, wie viele tausend Male er in der Vergangenheit auf genau diesem Stuhl gesessen hatte, um seiner Frau bei ihrer Küchenarbeit Gesellschaft zu leisten. Emma war klein und zierlich gewesen und hatte am liebsten Röcke angezogen. Louisa dagegen hatte heute Morgen Jeans und ein Flanellhemd an. Sie trug ihr graues Haar kurz geschnitten. Emma hatte tiefschwarzes langes Haar gehabt. Diese Haare waren ihr ganzer Stolz gewesen, und es hatte sie sehr geschmerzt, dass sie sich, als ihr Gehirntumor eine Operation unumgänglich machte, den

Kopf scheren lassen musste. Ihr Opfer war umsonst gewesen, sie hatte die Operation nicht überlebt.

«Du bist ja heute schon so früh auf», bemerkte Leaphorn.

«Was bleibt mir übrig, ihr Indianer lasst einem ja keine Wahl», gab Louisa zurück. «Die alten Männer, mit denen ich heute verabredet bin, sind bestimmt schon seit Sonnenaufgang aus den Federn.»

«Was ist mit deinem Dolmetscher? Hast du ihn inzwischen erreicht?»

Louisa schüttelte den Kopf. «Ich will es heute Morgen nochmal versuchen. Aber erst nach dem Frühstück. Die jungen Männer deines Volkes stehen nämlich gewöhnlich nicht mehr zu nachtschlafender Zeit auf.»

Sie aßen die Pfannkuchen.

«Dich bedrückt etwas», sagte Louisa. «Hab ich Recht?»

«Wie kommst du darauf?»

«Es ist mir schon gestern Abend aufgefallen, als wir im Gasthaus zusammen essen waren», sagte Louisa. «Du hast ein paar Mal angesetzt, etwas zu sagen, aber dann hast du es dir wieder anders überlegt.»

Es stimmte. Und er wusste auch sehr genau, warum er gestern Abend nicht geredet hatte. Dieses Durchkauen seiner Fälle war, solange er zurückdenken konnte, Teil seiner Beziehung zu Emma gewesen, und es wäre ihm wie Verrat vorgekommen, sich jetzt Louisa anzuvertrauen. Doch heute Morgen waren diese Skrupel verflogen. Er erzählte Louisa von Gershwin, dem Zettel mit den drei Namen und seinem halben Versprechen.

«Ihr habt euch also nicht die Hand geschüttelt und euch fest in die Augen geblickt oder irgendetwas anderes Männlich-Markiges getan?»

Leaphorn grinste. Er mochte Louisas unverblümte Art,

sich auszudrücken. «Nein», sagte er. «Kein Handschlag, bloß ein Kopfnicken zum Abschied. Gershwin hatte die Namen auf einem Zettel notiert, den er auf dem Tisch liegen ließ, als er ging. Es ist meine Sache, was ich damit anfange, aber klar ist, er verlässt sich darauf, dass sein Name nicht genannt wird.»

«Und du hast den Zettel an dich genommen?»

«Nein. Ich habe ihn gelesen und dann zerknüllt und in den Papierkorb geworfen.»

Sie schüttelte den Kopf und lächelte nachsichtig.

«Du hast ja Recht», sagte er. «Den Zettel wegzuwerfen hat nichts genützt, ich stecke trotzdem in der Klemme.»

Sie nickte, räusperte sich und setzte sich gerade hin. «Mr. Leaphorn», begann sie, «ich rufe Ihnen ins Gedächtnis, dass Sie einen Eid geleistet haben, vor dieser Grand Jury die Wahrheit zu sagen und nichts als die Wahrheit. Ich frage Sie: Wie sind Sie an diese Information gelangt?» Sie sah ihn über den Rand ihrer Brille hinweg streng an. «Du antwortest darauf, die Namen hätten auf einem Zettel gestanden, der auf einem Tisch in einem Restaurant gelegen habe. Als Nächstes wird man dich fragen, ob du die Person kennst, die ihn dort liegen gelassen hat, und …»

Leaphorn hob abwehrend die Hand. «Ich weiß», sagte er. «Ich weiß.»

«Du hast im Grunde nur zwei Möglichkeiten. Nach allem, was du mir erzählt hast, habe ich den Eindruck, dass dieser Gershwin versucht, dich zu benutzen. Aber du bist ihm gegenüber zu nichts verpflichtet und könntest die Sache also einfach vergessen. Oder du überlegst dir, wie du dem FBI die Namen quasi hintenrum zukommen lassen kannst, ohne selbst in Erscheinung zu treten. Wie wäre es mit einem anonymen Brief? Ich frage mich sowieso, warum

Gershwin nicht gleich diesen Weg gewählt hat. Das wäre doch viel einfacher gewesen.»

«Weil die Zeit drängte, nehme ich an», antwortete Leaphorn. «Es dauert ein paar Tage, bis so ein Brief zugestellt ist, und wenn es sich um ein Schreiben ohne Absender handelt, dann landet er erst einmal ganz unten im Stapel. Gershwin wird sich das überlegt haben, und ich könnte mir gut vorstellen, dass er sich zur Zeit nicht sehr wohl fühlt in seiner Haut. Er muss davon ausgehen, dass die Gangster wissen, dass er sie kennt. Wenn sie nicht schnell verhaftet werden, könnte es sein, dass sie ihm einen Besuch abstatten.»

Louisa lachte. «Damit muss er wohl rechnen nach dem, was er getan hat. Du solltest übrigens ihm gegenüber auch nicht allzu vertrauensselig sein.»

«Ich hatte daran gedacht, mir ein Geschäft zu suchen, in dem man mich nicht kennt, und von dort aus die Namen per Fax ans FBI zu schicken oder eine E-Mail zu senden. Aber heutzutage können sie alles zurückverfolgen. Und jetzt, wo sie eine Belohnung ausgesetzt haben, werden sie Dutzende von Hinweisen bekommen, wenn nicht Hunderte. Die Namen könnten leicht untergehen.»

«Gut möglich», sagte Louisa. «Aber du hast doch bestimmt beim FBI noch ein paar alte Bekannte. Warum rufst du nicht einfach einen von ihnen an und gibst die Namen weiter? Dann soll der zusehen, was er damit anfängt, und du bist die Geschichte los.»

Leaphorn lachte. «Genau das habe ich versucht. Ich habe Jay Kennedy angerufen. Vor einiger Zeit habe ich dir mal von ihm erzählt, erinnerst du dich? Er war mein FBI-Ansprechpartner in Gallup, und ich habe ein paar Mal mit ihm zusammengearbeitet. Inzwischen ist er pensioniert und lebt in Durango.»

«Und was hat er gesagt?»

«Das Gleiche wie du, nur mit anderen Worten. Dass sie ihn, wenn er die Namen weiterleitet, fragen werden, woher er sie hat. Und wenn er mich als Informationsquelle nennt, kommen sie zu mir.»

«Was hältst du davon, mit verstellter Stimme anzurufen?»

«Auch daran habe ich schon gedacht. Das FBI geht davon aus, dass die Täter per Flugzeug geflohen sind. Ich könnte ihnen die drei Namen nennen und ihnen, um ihr Interesse zu wecken, erzählen, dass einer der Männer Pilot ist. Das lässt sich leicht nachprüfen, und wenn einer der drei tatsächlich eine Fluglizenz hat, dann würden sie sicherlich genauer nachforschen. Aber die Namen weiterzugeben ist ja nur die eine Hälfte des Problems.»

Sie sah zu, wie er ein Stück von seinem Pfannkuchen zum Mund führte, und wartete. Schließlich sagte sie seufzend: «Also gut. Und was ist die andere Hälfte?»

«Dass die drei Männer, deren Namen Gershwin mir aufgeschrieben hat, mit dem Überfall möglicherweise gar nichts zu tun haben. Vielleicht will er aus irgendeinem persönlichen Grund, dass sie vom FBI in die Mangel genommen werden. Und wenn die wahren Täter nicht bald gefasst werden, könnte ihnen genau das blühen.»

«Du solltest dir, bevor du etwas unternimmst, alles noch einmal durch den Kopf gehen lassen», sagte sie und ging hinaus, um den Dolmetscher anzurufen.

Als sie zurückkam, hatte Leaphorn schon den Abwasch gemacht. Sie sah niedergeschlagen aus.

«Er ist krank. Und ausgerechnet noch Laryngitis. Er kriegt kaum ein Wort raus. Das Beste wird sein, ich fahre zurück nach Flagstaff und mache die Interviews irgendwann später.»

«Das tut mir wirklich Leid für dich», sagte Leaphorn.

Sie nickte. «Das Unangenehme ist, dass der Dolmetscher den alten Männern unseren Besuch schon angekündigt hat. Und sie haben natürlich kein Telefon, man kann ihnen also nicht absagen.»

«Wo wohnen sie denn überhaupt?»

Louisas Miene hellte sich auf. «Heißt das, du wärst vielleicht bereit, als Übersetzer einzuspringen? Einer der beiden ist nämlich ein Navajo. Er heißt Dalton Cayodito, und seine Postadresse ist das Red Mesa Chapter House. Der andere ist ein Ute. Er lebt in Towaoc auf der Ute Mountain Reservation. Wie steht's mit deinem Ute?»

«Damit ist es nicht weit her, vielleicht fünfzig Wörter oder so», antwortete Leaphorn. «Aber bei dem Interview mit Cayodito könnte ich dir schon helfen.»

«Dann lass uns losfahren», sagte Louisa mit einem strahlenden Lächeln.

«Mir ist gerade eingefallen», begann Leaphorn zögernd, «dass die Männer, deren Namen mir Gershwin gegeben hat, da oben im Grenzgebiet leben. Einer der beiden auf der Casa Del Eco Mesa. Das muss ganz in der Nähe des Red Mesa Chapter House sein.»

Louisa lachte. «Du versuchst also, das Angenehme mit dem Nützlichen zu verbinden. Oder besser gesagt, deine mit meinen Angelegenheiten. Oder – um ganz korrekt zu sein – meine Angelegenheiten mit etwas, das im Grunde gar nicht deine Angelegenheit ist.»

«Einer der beiden, die da oben wohnen sollen – vorausgesetzt, man kann Gershwins Angaben trauen –, ist ein gewisser Everett Jorie. Ich kann ihn nicht einordnen, aber der Name kommt mir bekannt vor. Wahrscheinlich habe ich in grauer Vorzeit irgendwann mal mit ihm zu tun gehabt.

Wenn wir sowieso in der Gegend sind, können wir ja mal rumfragen, ob ihn jemand kennt und weiß, wo genau er wohnt.»

Louisa sah ihn an. «Wieder ganz der Polizist», sagte sie lächelnd. «Und vor ein paar Minuten habe ich mir doch tatsächlich noch eingebildet, du würdest mitfahren, weil du gern mit mir zusammen bist.»

Kapitel sieben

Die ersten hundert Meilen saß Leaphorn am Steuer. Am Mexican Water Trading Post hielt er an, weil sie sich Sandwiches kaufen und erkundigen wollten, ob jemand hier wusste, wo Dalton Cayodito zu finden wäre. Die junge Navajo an der Kasse kannte ihn.

«Ein sehr, sehr alter Mann», sagte sie. «Er war früher ein Sänger und hat für meine Großmutter eine *yeibichai*-Zeremonie durchgeführt. Ist das der, den Sie suchen?»

Louisa nickte. «Er soll nicht weit vom Red Mesa Chapter House leben.»

«Ja, bei seiner Tochter. Ich glaube, ihr Name ist Madeleine Horsekeeper, und sie wohnt ...» Die junge Navajo hielt inne, dachte einen Moment nach und schüttelte dann den Kopf. Sie griff nach einer Einkaufstüte, warf mit raschen Strichen eine Wegskizze aufs Papier und reichte die Tüte Louisa.

«Kennen Sie vielleicht auch einen Mann namens Everett Jorie?», erkundigte sich Leaphorn. «Können Sie uns sagen, wo er wohnt? Oder Buddy Baker? Oder George Ironhand?»

Die junge Frau verneinte, doch da meldete sich aus dem

Hintergrund der Mann, der gerade das Regal mit den Frühstücksfleischdosen auffüllte, zu Wort.

«Hey, Joe Leaphorn», rief er. «Ich dachte, Sie wären schon längst in Pension. Was hat Jorie denn verbrochen? Wenn es gesetzlich verboten wäre, seinen Mitmenschen auf die Nerven zu gehen und sie zu piesacken, hätten Sie ihn schon vor Jahren aus dem Verkehr ziehen müssen.»

Eine Viertelstunde später verließen Leaphorn und Louisa den Trading Post, mit klaren Instruktionen versehen, wie Jories Ranch zu erreichen sei. Die Skizze auf der Einkaufstüte war um ein paar Striche erweitert worden, um Leaphorn zu zeigen, auf welcher Straße er wo abbiegen musste, um zu Ironhand zu gelangen. Was Baker betraf, so blieb sein Gewährsmann vage. Der sei vielleicht nach Blanding gezogen, sagte er. Anschließend hatten Leaphorn und Louisa sich jede Menge Gerüchte und Spekulationen über politische Bestrebungen und soziale Aktivitäten im Utah-Arizona-Grenzgebiet anhören müssen. Dazu kamen Vermutungen, wer das Ute-Kasino überfallen haben könnte, und lebhafte Klagen über die jüngsten empörenden Übergriffe der Forstbehörde, des Bureau of Land Management, des Park Service und anderer Behörden, ganz zu schweigen von den tagtäglichen Willkürmaßnahmen der Bürokraten in Washington, Salt Lake City, Phoenix und selbst hier im Bezirk. Diese Behörden hatten offenbar nichts anderes zu tun, als hart arbeitenden, aufrechten Leuten das Leben schwer zu machen.

«Wenn das stimmt, was er da eben erzählt hat, ist es ja kein Wunder, dass die Miliz Zulauf hat», bemerkte Louisa. «Ist es denn wirklich so schlimm?»

«Die Arbeit der so genannten Bürokraten besteht nun einmal darin, Gesetzen zur Wirkung zu verhelfen – auch wenn sie unpopulär sind», antwortete Leaphorn. «Ich glaube, dass die meisten anständige Leute sind, die nur ihre Pflicht tun, aber ab und zu kommt es natürlich vor, dass jemand arrogant und selbstherrlich auftritt.»

«Ich verstehe», sagte Louisa. «Die Männer, nach denen du dich eben im Trading Post erkundigt hast, Ironhand und Baker, die waren also auch an dem Überfall beteiligt?»

«Ja, wenn es stimmt, was Gershwin behauptet.»

Nach ihrem Aufenthalt im Trading Post fuhr jetzt Louisa. Sie schwieg und schien über irgendetwas nachzudenken.

«Weißt du», sagte sie nach einer Weile, «ich lebe nun schon so lange hier draußen, aber ich kann mich einfach nicht daran gewöhnen, dass hier jeder jeden kennt.»

«Du meinst, weil der Mann eben wusste, wer ich war? Das ist doch aber nicht erstaunlich. Schließlich war ich hier jahrelang Cop.»

«Aber gewohnt hast du über hundert Meilen entfernt in Window Rock. Übrigens dachte ich gar nicht in erster Linie an dich, sondern an Everett Jorie. Und Ironhand. Man kennt sie hier, obwohl die beiden zig Meilen entfernt da draußen in irgendeinem gottverlassenen Winkel leben. Da, wo ich herkomme, kannte man nicht mal die Leute drei Häuser weiter im selben Block.»

«In Baltimore gibt es eben auch sehr viel mehr Menschen», wandte Leaphorn ein.

«Aber nicht in unserem Block», beharrte Louisa.

«Ich wette, in eurem Wohnblock in Baltimore haben mehr Menschen gelebt als hier im Umkreis von zwanzig Meilen», sagte Leaphorn. Er dachte zurück an die Zeit, als er in Washington, New York und Los Angeles gearbeitet hatte. Die Unterschiede im sozialen Miteinander dort, verglichen mit den Gepflogenheiten auf dem Lande, wo er herkam, hatten ihn immer wieder aufs Neue fasziniert.

«Ich habe dazu eine Theorie. Sie erhebt allerdings keinen Anspruch auf Wissenschaftlichkeit», sagte er. «Ihr Städter seid Tag für Tag von so vielen Menschen umgeben, dass ihr sie nur noch als Belästigung empfindet. Deshalb versucht man in der Stadt, sich aus dem Weg zu gehen. Hier auf dem Land trifft man eher zu wenig Leute. Man ist auf jeden Neuankömmling gespannt und behandelt ihn mit einer gewissen Wertschätzung.»

Louisa nickte. «Für eine ausgewachsene soziologische Theorie müsstest du es wahrscheinlich sehr viel komplizierter ausdrücken, aber dafür weiß man gleich, was du sagen willst.»

«Hier draußen sieht man sich noch an», fuhr Leaphorn fort. «He, da ist ein anderer Mensch, und ich kenne ihn nicht einmal. In der Stadt vermeidet man Kontakt. Man versucht sich abzuschirmen, um sich einen Rest an Ruhe und Ungestörtheit zu bewahren. Und wenn man auf der Straße jemanden ansieht oder anspricht, dann wird das sofort als zudringlich erlebt.»

Louisa wandte den Blick von der Fahrbahn und lächelte ihm zu. «Ich entnehme deinen Worten, dass du dem geschäftigen, anregenden, spannenden Stadtleben nicht viel abgewinnen kannst», sagte sie. «Andererseits gibt es eine Menge Leute, die sagen, sie hielten es auf dem Land nicht aus, weil die Menschen dort unerträglich neugierig seien und sich in alles einmischten.»

Leaphorn widersprach. Sie diskutierten noch immer, als Louisa den U.S. Highway 160 verließ und auf eine unbefestigte Straße abbog, die sie über die Grenze nach Utah auf das einsame, zerklüftete Hochland der Casa Del Eco Mesa führte. Louisa fuhr jetzt langsamer, weil Leaphorn immer wieder abwechselnd auf die Karte und nach draußen sah, um festzustellen, wo sie sich befanden. Nach Westen zu türmten sich die Wolken. Erste Vorläufer einer Gewitterfront schoben sich immer wieder vor die Sonne und überzogen das darunter liegende Land mit einem unregelmäßigen Schattenmuster.

Leaphorn blickte von der Karte hoch. «Wenn ich mich nicht täusche, stoßen wir in ungefähr sieben Meilen auf eine Kreuzung», sagte er. «Auf der schlechten Straße rechts gelangt man zum Red Mesa Chapter House, auf der linken, noch schlimmeren, kommt man auf den Highway 191 und direkt weiter nach Bluff.»

«Da vorne ist die Kreuzung», sagte Louisa nach ein paar Minuten. «Fahren wir rechts oder links?»

«Links ist richtig», antwortete Leaphorn, «und dann müssen wir auf einen kleinen Weg achten, der rechts abgeht.»

Sie fanden den Weg, und eine staubige, holprige Meile später erreichten sie das Heim von Madeleine Horsekeeper, einen ziemlich neuen überbreiten Wohnwagen. Gleich daneben stand ein traditioneller Hogan aus geschichteten Steinen. Es gab einen Schafpferch, eine Buschlaube und ein Klohäuschen. Vor dem Wohnwagen parkten ein alter Pickup und ein blauer Buick Regal jüngeren Datums. Madeleine Horsekeeper war zur Tür gekommen, um sie zu begrüßen, neben sich eine streng aussehende Frau von ungefähr vierzig Jahren. Ihre Tochter, wie sich herausstellte. Sie war Lehrerin und unterrichtete an der Grey Hills High School in Tuba Sozialkunde. Hosteen Cayodito war ihr Großvater mütterlicherseits, und sie würde bei dem Interview mit ihm dabei sein, um darauf zu achten, dass korrekt übersetzt wurde, was er sagte. Oder gleich selbst übersetzen.

Leaphorn war das sehr recht. Er hatte ohnehin keine große Lust gehabt, sich anzuhören, wie die traditionellen Erzählungen, mit denen er aufgewachsen war, durch Veränderungen und Erweiterungen entstellt wurden, und wusste auch schon, was er stattdessen tun würde. Bei Louisas Bemerkung über die Leute auf dem Lande, die so unerträglich neugierig seien, war ihm plötzlich Undersheriff Oliver Potts eingefallen, inzwischen pensioniert. Wenn irgendeiner die drei auf Gershwins Liste kannte, dann er.

Kapitel acht

Oliver Potts' bescheidenes Steinhaus stand ungefähr fünf Meilen nordöstlich von Bluff im Schatten eines Pappelwäldchens am Rande des Recapture Creek. Die Zufahrtsstraße zu dem kleinen Häuschen war auf der letzten Meile noch sehr viel unwegsamer, als Leaphorn nach der Beschreibung an der Chevron-Tankstelle erwartet hatte.

Auf Leaphorns Klopfen öffnete ihm eine Navajo in mittleren Jahren. «Ollie sitzt drinnen und schont seine Augen», sagte sie und lachte. «Besser gesagt, er sollte sie schonen. Aber wahrscheinlich liest er wieder oder sieht sich eine von seinen Seifenopern an.» Sie führte Leaphorn ins Wohnzimmer. «Ollie, Besuch!», rief sie und verschwand.

Potts wandte den Kopf vom Bildschirm ab und starrte Leaphorn durch seine dicken Brillengläser verblüfft an. «Teufel auch», sagte er. «Du siehst aus wie Joe Leaphorn, aber wenn du es tatsächlich bist, wieso trägst du dann keine Uniform?»

«Ich habe die Uniform schon vor etlichen Jahren ausgezogen, fast so lange wie du», antwortete Leaphorn, «aber immer noch nicht lange genug, um mir Seifenopern anzusehen.»

Potts deutete auf einen Stuhl, und Leaphorn setzte sich. Sie tauschten die üblichen Höflichkeitsfloskeln aus und waren sich einig, dass der Ruhestand nach ein paar Monaten nur noch langweilig war. Dann herrschte Schweigen, und es war klar, dass Leaphorn jetzt mit dem Grund für seinen Besuch herausrücken musste. Er nannte Potts die drei Namen, die Gershwin ihm auf den Zettel geschrieben hatte. «Kannst du damit etwas anfangen?»

Leaphorn war nicht sicher, ob Potts ihm überhaupt zuhörte. Der frühere Undersheriff saß weit zurückgelehnt in seinem Sessel, hatte die Brille abgenommen und die Augen geschlossen. War er eingenickt, oder dachte er nach? Nach einer Weile sagte er: «Ein merkwürdiges Trio präsentierst du mir da. Was haben die drei angestellt?»

«Kann sein, gar nichts», antwortete Leaphorn. «Ich gehe nur einem Gerücht nach.»

Ein skeptisches Zucken des Mundes verriet, dass Potts ihm das nicht ganz abnahm, doch er sagte nichts, sondern nickte bloß nachdenklich mit dem Kopf. «Also Ironhand und Baker – das würde mich nicht wundern. Aber Jorie passt nicht ins Bild. Die beiden anderen haben wir unabhängig voneinander ein paar Mal verhaftet. Allerdings hatten wir gegen keinen der beiden je genug in der Hand, um ihn festnageln zu können. Bei Baker handelte es sich, glaube ich, um nicht besonders schwere Delikte. Tätlicher Angriff, Trunkenheit am Steuer und Widerstand gegen die Staatsgewalt – wollte sich nicht festnehmen lassen. Ironhand ist dagegen ein sehr viel unangenehmerer Zeitgenosse. Bei ihm ging es, wenn ich mich recht erinnere, um Angriff mit einer gefährlichen Waffe, aber man musste ihn wieder laufen lassen.

Irgendwann begannen die Feds sich für ihn zu interessieren. Jemand muss sie auf Trab gebracht haben, sich um Verstöße gegen das Gesetz zum Schutz von Altertümern zu kümmern. Sie fingen also an zu ermitteln, und dabei fiel ihnen wohl auf, dass auf Ironhands kleiner Ranch verdächtig viele Anasazi-Funde – Töpfe und andere Gegenstände – auftauchten. Sie gingen dem nach und stellten fest, dass sich auf Ironhands Boden keine einzige Anasazi-Ruine befand. So kamen sie zu dem Schluss, dass er offenbar ab und zu über den Zaun kletterte und sich aus prähistorischen Stätten bediente, die auf öffentlichem Grund und Boden lagen.»

«Ich glaube, ich kann mich noch an die Geschichte erinnern», sagte Leaphorn. «Am Ende verliefen alle Untersuchungen im Sande, stimmt's?»

Potts nickte. «Ja, leider. Wie so oft. Die Sache wurde wegen nicht ausreichender Beweise fallen gelassen.»

«Du hast eben gesagt, Ironhand und Baker zusammen, das könntest du dir gut vorstellen. Wieso?»

«Nun, erst mal sind beide hier aus der Gegend. Ironhand ist ein Ute und Baker wohl ebenfalls hier im Bezirk geboren. Beide haben die Schule ohne Abschluss verlassen, mal hier, mal dort gejobbt. Beide haben ab und zu an Rodeos teilgenommen, wenn ich mich recht erinnere. Und nicht zuletzt sind beide ungefähr gleich alt – besser gesagt, gleich jung.» Er grinste Leaphorn an. «Jedenfalls verglichen mit uns. So um die fünfzig. Baker ist verheiratet, das heißt, wenn er nicht inzwischen schon wieder geschieden ist.»

«Würdest du die beiden als Freunde bezeichnen?»

Potts schwieg und dachte nach. «Schwer zu sagen», antwortete er. «Was ich weiß, ist, dass beide früher mal eine

Zeit lang beim selben Unternehmen gearbeitet haben, entweder El Paso Natural oder einem der Pipelinebetreiber. Falls es wichtig ist, kann ich dir jemanden nennen, der das genauer wissen müsste. Aber es gibt noch eine weitere Gemeinsamkeit. Beide haben bei der örtlichen Miliz mitgemacht.» Potts öffnete die Augen, blinzelte ein wenig, setzte die Brille auf und sah Leaphorn an. «Hast du mitgekriegt, dass es hier jetzt eine Miliz gibt?»

Leaphorn nickte. «Ja. Sie haben letzten Winter drüben in Shiprock eine öffentliche Versammlung organisiert, um Mitglieder zu werben.»

«Und – bist du eingetreten?»

«Die Beiträge waren mir zu hoch», erwiderte Leaphorn grinsend. «Aber ich hatte den Eindruck, dass sie bei ein paar Leuten durchaus Erfolg hatten.»

«Wir haben ja hier in der Gegend gleich ein halbes Dutzend derartiger Zusammenschlüsse», fuhr Potts fort. «Da wäre einmal die Miliz, um uns vor dem Bureau of Land Management, dem Forstdienst und ungefähr zweiundsiebzig anderen staatlichen Behörden zu schützen. Dann die Survivalists, die uns darauf vorbereiten wollen, dass bald die schwarzen Helikopter ausschwärmen, um uns in UN-Konzentrationslager zusammenzutreiben. Die Kids aus reichem Elternhaus haben wieder ihren eigenen Verein. Nennt sich ‹Save Our Mountains› und setzt sich dafür ein, den Zugang zu den Bergen zu beschränken. Die jungen Leute von den Eliteuniversitäten sollen sich nicht mit dem Pack vom Land gemein machen müssen, wenn sie Lust kriegen, ihre Tennisplätze gegen eine andere Szenerie zu vertauschen.»

Der alte Mann hatte wieder die Augen geschlossen. Leaphorn schwieg und wartete nach Navajo-Tradition ab, ob er ausgeredet hatte. Doch Potts fiel noch etwas ein.

«Wenn ich's mir recht überlege», fuhr er fort, «könnte die Verbindung von Ironhand und Baker zu Jorie vielleicht über die Miliz gelaufen sein. Er hat nämlich auch mal dazugehört.» Potts richtete sich auf. «Eine Zeit lang hat er bei einer Radiostation in Durango die Nachmittags-Talkshow gemacht, kannst du dich daran noch erinnern? Ein militanter Rechter, wie er im Buche steht. Die intellektuellere Ausgabe dieses … wie heißt er noch? Dieser fette Idiot, du weißt schon. Jorie hat sich jedenfalls in seinen Sendungen immer stark gemacht für die Miliz. Hat Plato zitiert und Shakespeare und was weiß ich noch alles. Seine Forderungen wurden immer extremer, und schließlich wurde es selbst den Leuten von seinem Sender zu viel, und sie haben ihn gefeuert. Ich glaube, er hatte eine Zeit lang ziemlichen Einfluss in der Miliz. Baker ist, soviel ich weiß, eingeschriebenes Mitglied, und Ironhand bewegt sich zumindest in ihrem Dunstkreis.»

«Aber Jorie selbst ist inzwischen nicht mehr dabei?»

«Ich glaube nicht», antwortete Potts. «Nach allem, was man so hört, sollen sie einen Riesenkrach gehabt haben. Jorie war scheinbar der Ansicht, dass man mit Reden und Briefen an die Kongressabgeordneten auf Dauer nicht weiterkäme und die Zeit reif sei für eine spektakuläre Aktion.»

Potts sah Leaphorn erwartungsvoll an, als hoffe er auf eine Reaktion.

«Zum Beispiel?»

«Zum Beispiel das Büro der Forstbehörde in die Luft zu sprengen», antwortete Potts. «Aber das ist natürlich auch nur wieder ein Gerücht, nicht mehr.»

«Oder vielleicht einen Staudamm?», wollte Leaphorn wissen.

Potts lachte. «Du denkst an die Großfahndung letztes

Jahr. Als diese Gangster den Wassertankwagen gestohlen und den Polizisten erschossen haben. Das FBI war der festen Überzeugung, dass sie planten, den Tank mit Sprengstoff zu füllen, um den Hoover-Damm in die Luft zu jagen und Lake Mead trockenzulegen.»

«Und was denkst du, wozu sie den Tankwagen brauchten?»

Potts hob die Schultern. «Tja, wozu? Ich habe mir gedacht, dass sie wahrscheinlich irgendwo ein Feld mit Marihuanapflanzen hatten, die dringend bewässert werden mussten.»

Leaphorn nickte.

«Aber dem FBI kam diese Art Erklärung ungelegen. Ich vermute mal, dass wieder eine Haushaltsberatung bevorstand. Eine Bedrohung durch Terroristen ist natürlich eine prima Begründung für Forderungen nach einem höheren Budget. Wild gewordene Haschischpflanzer dagegen hätten nur dem Drogenderzernat genutzt. Der Konkurrenz. Dem Gegner.»

«Klingt einleuchtend», kommentierte Leaphorn.

«Und jetzt», fuhr Potts fort, «ist es Zeit, dass du mich aufklärst, worum es eigentlich geht. Ich habe gehört, du würdest inzwischen ab und zu als Privatdetektiv arbeiten. Haben die Leute vom Ute-Kasino dich engagiert, damit du ihr Geld wiederbeschaffst?»

Leaphorn schüttelte den Kopf. «Nein. Die Wahrheit ist, ich weiß selbst nicht so genau, hinter was ich eigentlich her bin. Mir sind da ein paar Dinge zu Ohren gekommen, und ich hatte gerade nichts Besseres zu tun und habe deshalb angefangen, darüber nachzudenken. Dann kam mir die Idee, es könnte ja nicht schaden, ein wenig herumzufragen.»

«Aha. Die pure Langeweile also. Ich verstehe», sagte Potts.

«Wieder mal nichts im Fernsehen, warum also nicht ins Auto steigen und drei Stunden nach Utah hochfahren und den alten Potts besuchen. Trifft es das?»

«So ungefähr», antwortete Leaphorn einsilbig. «Übrigens wäre da noch ein vierter Mann, nach dem ich dich fragen wollte. Kennst du einen gewissen Roy Gershwin?»

«Jeder kennt Roy Gershwin. Was hat er verbrochen?»

«Gibt es eine Verbindung zwischen ihm und den drei anderen?»

Potts schwieg. «Kannst du mir sagen», begann er nach einer Weile, «warum ich dir etwas erzählen sollte? Wo du es noch nicht einmal für nötig hältst, mich einzuweihen, um was es eigentlich geht? Na schön. Also, Gershwin hat früher regelmäßig an den Treffen der Miliz teilgenommen. Damals lag er mit dem Bureau of Land Management und dem Forstdienst im Dauerclinch. Es ging um die Pachtbedingungen für sein Weideland und die Genehmigung, Holz zu schlagen, soweit ich gehört habe. Seitdem war er auf die Bundesbehörden und die Regierung in Washington nicht gut zu sprechen. Baker hat, glaube ich, mal eine Zeit bei ihm auf der Ranch gearbeitet, und was Jorie angeht, er und Gershwin sind Nachbarn. Ihr Weideland grenzt aneinander.»

«Gute Nachbarn?»

Potts rückte seine Brille zurecht, schob sich im Sessel hoch und sah Leaphorn an. «Kannst du dich denn nicht mehr an Gershwin erinnern? Das ist nicht der Typ, mit dem man in guter Nachbarschaft leben kann, und Jorie ist womöglich noch schlimmer. Wenn mich nicht alles täuscht, gab es zwischen ihm und Gershwin sogar einmal eine gerichtliche Auseinandersetzung. Seine Nachbarn mit Klagen zu überziehen ist so eine Art Hobby von ihm, könnte man sagen.»

«Und weswegen?»

Potts hob die Schultern. «Wegen allem Möglichen. Mich hat er auch schon mal verklagt. Seine Kühe hatten sich auf mein Land verirrt. Ich hab sie hinter ein Gatter getrieben und verlangt, dass er mir ihr Futter bezahlt, ehe ich sie wieder herausgebe. Aber er hat sich geweigert. Weswegen er mit Gershwin Krach bekommen hat, kann ich nicht sagen. Vielleicht sind sie über den genauen Grenzverlauf ihrer Weidegebiete uneins gewesen.» Er dachte nach. «Oder Gershwin hat eines Tages das Tor auf der Zufahrtsstraße abgeschlossen.»

»Hat einer der drei, Baker, Ironhand oder Jorie, eine Lizenz als Pilot?»

Potts grinste. «Du meinst, ob sie das Kasino überfallen und sich anschließend mit dem Flugzeug vom alten Timms aus dem Staub gemacht haben? Und ich dachte, du wärst im Ruhestand.»

Darauf wusste Leaphorn nichts zu sagen.

«Du denkst also, die drei könnten es gewesen sein?», wollte Potts wissen. «Nicht ausgeschlossen. Hast du eine Idee, wohin sie geflohen sein könnten?»

«Nein», antwortete Leaphorn. «Keinerlei Vermutung und konkrete Hinweise schon gar nicht. Ich vertreibe mir mit meinem Herumfragen nur ein wenig die Zeit.»

«Etliche Rancher hier in der Gegend besitzen ihr eigenes kleines Flugzeug», sagte Potts. «Aber von den Männern, die du erwähnt hast, hat keiner eine Maschine. Ich erinnere mich allerdings, dass Jorie in seiner Sendung öfters erwähnt hat, dass er früher mal Marineflieger war. Aber nach seiner Entlassung vom Militär war es mit der aktiven Fliegerei vorbei. Gershwin dagegen hat einen regelrechten Hass auf Flugzeuge. Regt sich jedes Mal furchtbar auf, wenn eine Maschine über seine Ranch fliegt. Behauptet, der Lärm würde das Vieh verschrecken. Ich glaube, in Wahrheit befürchtet er, dass jemand aus der Luft ihn bei irgendetwas Ungesetzlichem beobachten könnte. Zum Beispiel, wie er geklaute Anasazi-Töpfe auf seinen Truck lädt. Blieben noch Baker und Ironhand. Aber bei den beiden hat es nie zu mehr als zum Führerschein und einem gebrauchten Pickup gereicht.»

«Du kannst mir doch sicher sagen, wo Jorie wohnt», sagte Leaphorn.

Potts sah ihn verblüfft an. «Du hast doch nicht etwa vor, ihn aufzusuchen? Willst du ihn etwa fragen, ob er das war, der das Kasino überfallen, einen Mann getötet und einen zweiten schwer verletzt hat?»

«Wenn er bei dem Überfall dabei war, dann werde ich ihn gar nicht antreffen. Die Täter sind doch mit dem Flugzeug abgehauen.»

«Ach ja, richtig», sagte Potts und lachte. «Und wenn das Federal Bureau der Inkompetenz das sagt, dann muss es ja stimmen.» Er stemmte sich mühsam aus seinem Sessel hoch. «Ich hole nur kurz Zettel und Bleistift. Dann mache ich dir eine Skizze, wo seine Ranch liegt.»

Kapitel neun

Cowboy Dashee kurbelte das Fenster seines Streifenwagens herunter, als Chee herankam. Er beugte sich hinaus und sah ihm entgegen.

«Die Kühlbox ist hinten im Kofferraum», sagte er. «Ich habe reichlich Trockeneis eingefüllt. Aber es ist noch genug

Platz für den Vierzig-Pfund-Lachs, den mein Navajo-Freund oben in Alaska für mich gefangen hat. Also, wo hast du den Fisch?»

«Es fällt mir wirklich schwer, dir das zu sagen», begann Chee. «Aber ein paar Mädchen in Shiprock wollten meine Rückkehr unbedingt mit einem riesigen Lachsfest feiern. Erst das Festmahl, dann Tanz ums Lagerfeuer am Ufer des San Juan. Zum Schluss sind wir alle zusammen nackt im Fluss baden gegangen und haben Riesenspaß gehabt.» Chee öffnete die Beifahrertür und stieg ein. «Ich weiß, ich hätte daran denken sollen, dich einzuladen.»

«Ja, hättest du», sagte Dashee, «besonders weil du mich bestimmt gleich um einen Gefallen bitten wirst. Nach dem, was du am Telefon gesagt hast, willst du wieder einmal dafür sorgen, dass ich Scherereien mit dem FBI bekomme. Raus mit der Sprache – was soll ich für dich tun?»

Sie standen vor dem Chapter House von Lukachukai. Chee hatte den längeren Weg hinter sich, von Farmington über die Chuska Mountains und dann noch ein Stück weit über den U.S. Highway 191 nach Süden, während Dashee von Chinle aus nur wenige Meilen hatte fahren müssen. Trotzdem war es Cowboy, der sich ein wenig verspätet hatte.

«Ich sehe, dass deine strikten Hopi-Grundsätze unter meinem Einfluss ein wenig ins Wanken geraten sind. Du gehst jetzt endlich auch etwas großzügiger mit der Zeit um», bemerkte Chee in Anspielung auf die so genannte Navajo-Zeit, die weder ein Zu-spät noch Zu-früh kennt.

Dashee ließ das nicht auf sich sitzen. Eine Weile gingen kleine Bosheiten hin und her, dann grinsten sie sich plötzlich an. Chee kam auf Dashees Frage zurück.

«Ich möchte, dass du mir hilfst, die Sache mit dem gestohlenen Flugzeug aufzuklären», sagte er.

«Du meinst Eldon Timms' Maschine? Was gibt's da aufzuklären? Die Gangster haben sie gestohlen und sind damit weggeflogen. Ich kann nur sagen, zum Glück.» Dashee senkte die Stimme. «Falls Sie das Flugzeug sehen sollten, informieren Sie bitte umgehend das nächstgelegene FBI-Büro.»

«Glaubst du wirklich, dass das Flugzeug gestohlen wurde?»

Dashee lachte. «Sagen wir mal so: Ich hoffe einfach, dass die Feds ausnahmsweise richtig liegen mit ihrer Annahme. Falls nicht, sollten wir beide möglichst schnell um Urlaub bitten. Noch so eine Aktion wie die Großfahndung vom letzten Jahr halte ich nicht aus. Hast du Lust, ein zweites Mal völlig umsonst Canyon für Canyon zu durchkämmen?»

«Nein, das muss wirklich nicht sein», antwortete Chee mit Nachdruck und berichtete Cowboy von dem altersschwachen Zustand der L-17 und dass Timms erst vor wenigen Monaten die Versicherungssumme für sein Flugzeug erhöht hatte. «Hättest du was dagegen, wenn wir hinfahren, und du zeigst mir die Stelle, wo der Pickup gefunden wurde? Anschließend sehen wir uns die Scheune an, in der Timms die Maschine untergestellt hatte. Nur ein kleiner Ausflug, mehr nicht.»

Dashee musterte ihn mit durchdringendem Blick. «Nur ein kleiner Ausflug, mehr nicht», wiederholte er. «In Wahrheit schiebst du deinen alten Freund Dashee vor, weil du noch nicht wieder im Dienst bist. Und selbst wenn du es wärst, hättest du da oben nichts zu suchen. Wahrscheinlich denkst du, dass ich als der für das Gebiet zuständige Deputy ein Recht habe, mich dort noch einmal umzusehen. Aber falls die Feds anderer Meinung sind und mein Auftauchen als Einmischung betrachten, dann bekomme ich den Ärger und nicht du. Richtig?»

«Ja, schon», gab Chee zu, «aber eigentlich findest du meinen Vorschlag doch sinnvoll, oder?»

Dashee gab nur ein Schnauben von sich und ließ den Motor an. «Fahren wir. Vielleicht schaffen wir es noch vor Einbruch der Dunkelheit, da zu sein.»

Die Sonne ging schon fast unter, als Dashee anhielt. Die zerklüfteten Gipfel des Comb Ridge im Westen warfen ein gezacktes Schattenmuster über die von Salbei bestandene Fläche der Nokaito Bench. Der Gothic Creek unter ihnen war nur noch ein sich schlängelnder Streifen Dunkelheit.

Dashee deutete zum Grund des Canyon. «Ich bete zu Gott», sagte er, «dass die Kasino-Räuber tatsächlich mit dem Flugzeug auf und davon sind, sonst lässt uns das FBI garantiert da runtersteigen. Sie glauben immer noch, dass man flüchtige Verbrecher am besten aufspürt, indem man ihnen die örtlichen Cops hinterherschickt. Wenn die Gangster dann auf ihre Verfolger schießen, weiß man sofort, wo sie stecken.»

«In Indien hat diese Methode bei der Tigerjagd sehr gut funktioniert», bemerkte Chee. «Allerdings setzten die Nabobs natürlich keine Sheriffs ein, sondern Treiber. Die wurden vorgeschickt, um die Raubtiere aus ihrem Versteck zu locken.»

«Ich dachte, für so was hätten sie Ziegen genommen.»

«Das war später. Nachdem die Treiber sich gewerkschaftlich organisiert hatten», entgegnete Chee. «Aber jetzt erklär mir endlich, warum wir gerade hier anhalten.»

«Weil wir von hier aus einen guten Rundumblick haben und ich dir zeigen kann, wie alles zusammenhängt», antwortete Dashee. Er deutete mit der Hand in Richtung Nordosten. «Da drüben, ungefähr drei Meilen entfernt, wohnt Timms. Man kann seine Ranch von hier aus nicht sehen, weil sie auf der anderen Seite des Bergrückens liegt.» Er wandte sich um. «Die Straße, auf der wir gekommen sind, verläuft am Rand der Mesa oberhalb des Gothic Creek, schlägt dann einen Bogen vorbei an Timms' Haus und endet weiter nördlich in der Nähe des San Juan an der Ranch einer Witwe. Der Pickup, den die Gangster bei dem Überfall benutzt haben, wurde ungefähr anderthalb Meilen von hier entfernt gefunden.»

Chee setzte sich auf den vorderen Kotflügel. «Ich weiß über die Sache nur halbwegs Bescheid, weil alles passiert ist, als ich noch im Urlaub war. Aber du wirst ja informiert sein. Also, wie hat sich die Geschichte nach Ansicht der Feds abgespielt? Und, vor allem, wen halten sie für die Täter?»

Dashee grinste. «Glaubst du wirklich, dass das FBI einen Deputy von Apache County ins Vertrauen zieht?»

«Nein. Aber vielleicht hat jemand vom FBI-Büro in Denver oder Salt Lake oder meinetwegen Phoenix oder Albuquerque einen Bekannten bei den State Cops hier. Dem erzählt er unter dem Siegel der Verschwiegenheit, was man beim FBI über den Fall so denkt, und der trägt es weiter. In Windeseile spricht es sich herum, und es dauert nicht lange, da ist es zu den Ohren deines Sheriffs gelangt ...» Chee breitete die Arme aus. «Und nach, sagen wir mal, drei Stunden ist es herum, während das FBI offiziell natürlich weiterhin jede Auskunft verweigert.»

«Okay», sagte Dashee. «Wir haben Folgendes gehört. Du weißt sicher, dass dieser Teddy Bai im Krankenhaus von Farmington noch immer unter Bewachung steht. Er hat angeblich gegenüber ein paar nicht ganz sauberen Typen geäußert, dass es ein Leichtes wäre, das Ute-Kasino auszurauben. Diese Information soll laut FBI umgehend an einige mittelklassige Gangster in Las Vegas oder vielleicht auch Los Angeles weitergeleitet worden sein. Die Feds gehen davon aus, dass Bai irgendwann kontaktiert wurde und man ihm einen Teil der Beute versprochen hat, wenn er gewisse Informationen liefert. Wer ist wann auf Wache? Um welche Uhrzeit trifft der Geldtransporter ein, um die Einnahmen abzuholen? An welcher Stelle lässt sich die Strom- beziehungsweise Telefonleitung am schnellsten kappen? Bai soll eine Fluglizenz besitzen, deshalb nimmt das FBI an, dass er es war, der den Gangstern vorgeschlagen hat, Timms' Flugzeug zu stehlen, und zwar mit ihm selbst als Piloten. Aber Letzteres passt den Gangstern offenbar nicht in ihren Plan. Bai stammt aus der Gegend. Es fällt sofort auf, wenn er weg ist. Sein Verschwinden könnte das FBI auf ihre Spur führen. Also bringen sie in der fraglichen Nacht ihren eigenen Piloten mit und versuchen, Bai umzubringen, was allerdings misslingt. Dann fahren sie mit ihrem Pickup in die Nähe von Timms' Ranch. Sie machen den Wagen kurz vor ihrem Ziel vorsätzlich fahruntüchtig, damit es so aussieht, als hätten sie ihn gezwungenermaßen stehen gelassen. Schließlich holen sie sich aus Timms' Scheune das Flugzeug und», Dashee ahmte mit ausgebreiteten Armen die Bewegungen eines Flugzeugs nach, «weg sind sie.»

Chee blickte skeptisch.

«Das Problem ist Timms, hab ich Recht?», fragte Dashee. «Nach Meinung unserer Kollegen vom FBI hatten die Gangster ursprünglich geplant, ihn zu töten, um einen größeren Zeitvorsprung zu haben. Aber Timms war an dem Tag nicht zu Hause, sondern in Blanding. Auf dem Rückweg hörte er von dem Überfall auf das Kasino. Zu Hause angekommen, stellte er fest, dass seine Scheune aufgebrochen und sein Flugzeug verschwunden war, und benachrichtigte die Polizei. Da unsere Dienststelle am nächsten liegt, wurden wir angewiesen, der Sache nachzugehen.»

Chee blickte noch immer skeptisch.

«Das FBI-Szenario überzeugt dich nicht, oder?», stellte Dashee fest.

«Ich denke einfach nur nach», antwortete Chee. «Lass uns zu der Stelle fahren, wo ihr den Pickup gefunden habt.»

Dazu mussten sie in das zerklüftete, baumlose Grenzgebiet zwischen Arizona und Utah vordringen, in dem nur noch Landvermesser angeben können, wo der eine Staat aufhört und der andere beginnt.

Dashee lenkte den Streifenwagen auf eine nicht befestigte Straße voller Unebenheiten, die sie von der Höhe der Mesa wieder hinunterführte. Unterwegs passierten sie eine von verkrüppelten Salbeisträuchern bewachsene kleine Hochfläche, auf der ein weißes Tankfahrzeug geparkt stand. Die Tür zur Kabine stand offen, und auf dem Fahrersitz saß ein Mann und las Zeitung.

Dashee hupte und winkte ihm zu. «Das ist Rosie Rosner», erklärte er. «Behauptet, er hätte den leichtesten Job in ganz Nordamerika. Noch leichter als der eines Deputy in Apache County. Drei- bis viermal am Tag landet ein Helikopter des Umweltschutzamts, Rosner tankt ihn auf, und dann kann er wieder in seine Fahrerkabine klettern und sich zurücklehnen bis zum nächsten Anflug.»

«Ich habe den Hubschrauber gestern in Farmington auf dem Flughafen stehen sehen», sagte Chee. «Ein Bursche, der da einen kleinen privaten Flugbetrieb unterhält, hat mir erklärt, dass der Helikopter zur Zeit eingesetzt wird, um aufgelassene Uranminen zu lokalisieren.»

Dashee nickte. «Ja, der radioaktive Abraum soll endlich abgedeckt werden. Ich habe Rosner übrigens gefragt, ob er am Tag des Überfalls hier war und die Gangster womöglich hat vorbeifahren sehen. Leider Fehlanzeige. Das Umweltschutzamt hat erst einen Tag später mit seinen Flügen angefangen. Pech, was die Ermittlungen angeht. Aber für Rosner wahrscheinlich eine glückliche Fügung. Wer weiß, ob er sonst noch am Leben wäre.»

Ungefähr eine Meile später stoppte Dashee und stieg aus. «Hier, sieh dir das mal an», sagte er und deutete auf einen schwarz verfärbten Gesteinsbrocken, der halb verborgen durch den ausladenden Zweig einer Melde und ein paar zusammengeballte Tumbleweeds neben der Fahrspur lag.

«An diesem Stein hier haben sich die Gangster die Ölwanne aufgerissen», sagte er. «Entweder der Fahrer hat nicht auf den Weg geachtet, oder aber er ist mit Absicht einen Schlenker gefahren.»

«Damit wir denken, dass ihnen keine andere Wahl geblieben ist, als den Pickup stehen zu lassen und ihre Flucht zu Fuß fortzusetzen», bemerkte Chee.

«Ja, könnte sein. Ich zeig dir gleich die Stelle, wo wir den Pickup gefunden haben.»

Nach ungefähr hundert Metern verließen sie die unbefestigte Straße und bogen auf eine kaum auszumachende schmale Felspiste ab. Sie rollten einen Abhang hinunter bis zu der Stelle, wo auf einem vom Wind zusammengetragenen Sandhügel eine karge Vegetation aus Schachtelhalmsträuchern und ein paar kümmerlichen Wacholderbüschen entstanden war. Dashee hielt an.

«Da wären wir», sagte er. «Hier etwas abseits vom Weg hat er gestanden.»

Chee stieg auf einen der Hügel und blickte um sich. «War der Pickup vom Weg aus zu sehen? Ich meine, so im Vorbeifahren?»

«Nein, ich würde sagen, nur wenn man danach Ausschau gehalten hat», antwortete Dashee. «Dann schon. Aber wir hatten weiter oben den Stein mit dem Ölfleck entdeckt und waren deshalb besonders aufmerksam.»

«Habt ihr um den Wagen herum irgendwelche Spuren gefunden?»

«Ja, haben wir», antwortete Dashee. «Auf beiden Seiten neben der Fahrer- beziehungsweise Beifahrertür, da, wo sie ausgestiegen sind. Zwei verschiedene Paar Fußabdrücke. Aber der Sheriff war natürlich verpflichtet, das FBI zu verständigen, und ehe wir's uns versahen, waren schon die Hubschrauber da, voll besetzt mit den Jungs aus der Stadt in ihren kugelsicheren Westen.»

«Und bei der Landung wurden die Spuren natürlich verweht, nehme ich an.»

Dashee nickte. «Ja, genau wie im letzten Jahr. Dabei habe ich extra darum gebeten, dass die Feds diesmal besser aufpassen sollten.» Dashee stieß ein unfrohes Lachen aus. «Aber mein Kollege hat gleich gesagt, genauso gut könne ich hingehen und dem Papst erzählen, wie er die Beichte abnehmen soll. Zum Glück war es mitten am Tag, sodass ich keine Probleme mit dem Licht hatte und eine ganze Menge Aufnahmen machen konnte. Ich hab die Stiefelabdrücke und die Abdrücke von den Sachen, die sie ausgeladen haben, fotografiert.»

«Was für Sachen?»

«Ein Gewehr, eine Art Kasten und eine große Tüte. Offenbar ziemlich schwer, sonst wäre der Boden nicht so tief eingedrückt gewesen.»

Chee lachte. «Vielleicht war in der Tüte das Geld von dem Überfall. Wie viel haben sie eigentlich erbeutet?»

«Laut FBI eine ‹Summe unbestimmter Höhe›», antwortete Dashee. «Aber nach inoffiziellen Angaben sollen es 468 911 Dollar gewesen sein.»

Chee pfiff leise durch die Zähne.

«Alles unmarkierte Scheine», fuhr Dashee fort. «Die Verluste des Kasinos dürften insgesamt aber noch wesentlich höher sein. Viele Gäste haben die Gelegenheit genutzt und sich noch schnell die Taschen mit Chips voll gestopft, ehe sie im Schutz der Dunkelheit verschwunden sind.»

«Führten die Fußspuren zu Timms' Ranch oder in eine andere Richtung?»

«Kann ich nicht sagen, wir hatten ja kaum Zeit. Der Sheriff rief mich, kurz nachdem ich Bescheid gesagt hatte, zurück und wies mich an, alles so zu lassen, wie es war. Ich sollte nur die unmittelbare Umgebung des Wagens sichern. Die Leute vom FBI wollten verhindern, dass wir ‹unsachgemäß mit Beweismitteln umgingen und Spuren vernichteten›.» Er schnaubte verächtlich. «Das haben sie wortwörtlich so gesagt.»

«Ihr hattet also keine Zeit, euch gründlich umzusehen», stellte Chee fest. «Aber dir wird doch trotzdem irgendetwas aufgefallen sein. Haben die Gangster zum Beispiel im Pickup etwas zurückgelassen?»

«Ja, war aber nicht der Rede wert. Sie haben das Auto von einer Mobile-Oil-Pumpstation gestohlen, und wir fanden ein paar ölverschmierte Schraubenschlüssel, Putzlumpen und leere Hamburger-Tüten. Lag alles auf dem Wagenboden, zum Teil unter den Sitzen. In einem der Türfächer steckten ein Pornomagazin und einige Tankquittungen.» Dashee zuckte mit den Schultern. «Stammt wahrscheinlich alles von den Arbeitern auf der Pumpstation.»

«War was auf der Ladefläche?»

«Ja, ein Transistorradio. Sah noch ziemlich neu aus und scheint teuer gewesen zu sein. Funktionierte aber nicht.»

«Heißt das, es spielte nicht mehr?»

Dashee nickte. «Keinen Ton. Kann natürlich sein, dass nur die Batterie leer war. Oder es ist beim Aufprall auf die Ladefläche kaputtgegangen.»

«Ich glaube eher, dass es auf der Ladefläche landete, weil es schon vorher nicht mehr ging», bemerkte Chee. Er blickte über eine tiefe Auswaschung hinweg nach Westen in das zerklüftete Grenzland zwischen Utah und Arizona mit seinem Labyrinth von Canyons, über denen majestätisch die Mesa thronte. Hier hatte '98 die große Suchaktion stattgefunden, bei der Beamte der Navajo Tribal Police, Polizeikräfte aus den umliegenden Einzelstaaten sowie Bundespolizei vergeblich versucht hatten, die Männer aufzuspüren, die den Tanklastwagen gestohlen und Officer Dale Claxton ermordet hatten.

«Weißt du, Cowboy», sagte Chee, «ich habe das dumme Gefühl, dass wir uns schon außerhalb deines Zuständigkeitsbereichs befinden. Ich glaube, Apache County und Arizona liegen ein paar Meilen hinter uns, und wir sind hier bereits in Utah.»

«Na und?», sagte Dashee. «Hast du übrigens bemerkt, dass Timms' Ranch auch von hier aus immer noch nicht zu sehen ist? Dabei liegt sie kaum eine Meile entfernt.»

«Lass uns hinfahren», sagte Chee. «Ich möchte mich dort ein bisschen umschauen.»

Die Straße führte einen Abhang hinunter zu einer kleinen salbeibestandenen Fläche, auf der ein Steinhaus und mehrere Nebengebäude standen. Doch Blickfang war eine große Holzscheune mit einem Dach aus roter Teerpappe. Sie wurde überragt von einem hohen Mast, an dem eine weiße Socke baumelte, die offenbar dazu diente, die Windrichtung anzuzeigen. Chee registrierte, dass ein breiter, in Ost-West-Richtung verlaufender Streifen des Geländes von Gebüsch und Sträuchern befreit und planiert worden war. Ihm fiel auf, dass die schmale Straße sich hinter der Ranch auf nur mehr zwei parallel verlaufende Wagenspuren reduzierte, die sich in vielen Windungen über das Plateau zogen, bis sie schließlich hinter dem nächsten Hügel verschwanden.

Chee deutete auf die Spuren. «Wo führen die hin?»

«Hab ich dir doch schon gesagt», antwortete Dashee. «Zu der kleinen Ranch einer Witwe, ungefähr vier Meilen von hier entfernt. Da ist dann Schluss.»

«Also keine Möglichkeit, von dort aus weiter und wieder auf den Highway zu gelangen?»

Dashee schüttelte den Kopf. «Nein, es sei denn, du kannst fliegen.»

«Ich habe mir überlegt, dass die Gangster sich vielleicht diesen Weg ausgesucht haben, weil sie dachten, dass sie dadurch die Straßensperre auf der 191 bei Bluff umgehen könnten. Wenn das aber nicht möglich ist, kann man daraus schließen, dass sie sich hier in der Gegend nicht gut auskennen.»

Dashee nickte. «Genau das ist mir auch durch den Kopf gegangen. Die Feds sind allerdings der Ansicht, dass sie diese Straße genommen haben, weil sie wussten, dass sie zu Timms' Ranch und zu der Scheune mit dem Flugzeug führt.»

«Oder aber sie kannten sich im Gegenteil sehr genau

aus», sagte Chee nachdenklich. «Vielleicht gibt es hier einen Pfad hinunter auf den Grund des Gothic Canyon und von dort aus zum San Juan und dann weiter flussabwärts in die nächste Schlucht.»

«Oh Mann!», stöhnte Dashee. «Daran will ich lieber nicht denken.» Er fuhr auf den staubigen Hof und hielt an.

Auf der schattigen Seite des Hauses stand eine Frau und sah ihnen aufmerksam entgegen. Sie trug einen breitkrempigen Sonnenhut, ein Männerhemd, dessen Ärmel sie hochgerollt hatte, dazu Jeans und ein Paar ziemlich abgetragene Stiefel. Chee schätzte sie auf Mitte siebzig. Aber möglicherweise war sie auch jünger. Menschen mit heller Haut bereiteten die extreme Trockenheit und die intensive Sonne Probleme, sie bekamen vorzeitig Falten und sahen dadurch häufig älter aus, als sie tatsächlich waren. Als Chee und Dashee ausstiegen, kam die Frau auf sie zu.

«Das ist Eleanor Ashby», erklärte Dashee. «Die Witwe, die auf der anderen Seite des Hügels lebt. Sie versorgt Timms' Vieh, wenn er weg ist. Er ist umgekehrt zur Stelle, wenn sie mal Hilfe braucht.»

«Nanu, Sheriff», sagte Eleanor, «was führt Sie her? Noch was vergessen?»

«Wir wollten zu Mr. Timms», sagte Dashee und stellte ihr Chee vor. «Ich habe noch ein paar Fragen an ihn.»

«Timms ist nicht da», sagte sie. «Er ist heute Morgen nach Blanding gefahren, um mit den Leuten von der Versicherung zu reden.»

«Macht nichts», antwortete Dashee. «Mir fehlen nur noch einige Details, um meinen Bericht abschließen zu können. Timms muss mir noch sagen, um welche Zeit genau er an dem fraglichen Tag zurückgekommen ist und wann er entdeckt hat, dass das Flugzeug verschwunden war. Aber das eilt nicht. Ich komme einfach nochmal vorbei, wenn ich wieder in der Gegend bin.»

«Vielleicht kann ich Ihnen ja helfen», erklärte Eleanor. «Lassen Sie mich eine Minute nachdenken, wie das an dem Tag war. Ich hatte Timms gebeten, mir aus Blanding ein paar Sachen mitzubringen. Dann glaubte ich, ein Flugzeug zu hören, und kam rüber, weil ich dachte, er ist schon wieder zurück. Aber ich hatte mich geirrt. Ich nahm an, dass er nur kurz mal über der Ranch gekreist ist, um nach dem Rechten zu sehen, und dann gleich weitergeflogen zu seinem anderen kleinen Anwesen in der Nähe von Mexican Water.»

Chee und Dashee wechselten einen überraschten Blick.

«Moment mal», sagte Dashee. «Soll das heißen, dass Timms an dem Morgen im Flugzeug unterwegs war?»

Eleanor lachte. «Nein, natürlich nicht», rief sie. «Aber das wusste ich da ja noch nicht. Es kommt nämlich schon vor, dass er sich in seine Maschine setzt, wenn er etwas zu erledigen hat. Er muss nur sicher sein, dass er dort, wo er hinwill, auch ohne Probleme landen kann. Für die meisten Besorgungen nimmt er allerdings den Truck.»

«Dann werden es die Gangster gewesen sein, die sich gerade aus dem Staub machten», sagte Dashee.

Eleanor schüttelte den Kopf. «Nein, die sind nach mir gekommen. Als ich drüben bei Timms war, muss die Maschine noch in der Scheune gestanden haben.»

«Haben Sie sie mit eigenen Augen da gesehen?»

«Nein, das nicht. Aber ich weiß, dass die Türschließe noch intakt war.» Sie lachte. «Und das Flugzeug kann ja nicht durch das verschlossene Scheunentor gerollt sein.»

«Sie haben nicht zufällig irgendwo Timms' Truck bemerkt?», wollte Chee wissen.

«Nein. Ich habe Ihnen doch gesagt, dass er …» Sie sah Chee stirnrunzelnd an. «Wieso fragen Sie mich das? Das hieße ja, dass er doch die Maschine …»

«Lässt Timms den Truck, wenn er zu Hause ist, eigentlich vor dem Haus stehen oder sonst irgendwo draußen, wo er Ihnen aufgefallen wäre?», erkundigte sich Dashee.

«Der wird, wenn er nicht damit unterwegs ist, im Schuppen untergestellt», antwortete Eleanor, und es war ihr anzusehen, dass sie plötzlich eine Menge Fragen hatte.

«Als Timms nach Hause kam, da waren Sie aber schon wieder auf Ihrer Ranch, oder?», fragte Dashee.

«Ja, ich war schon eine Weile wieder zurück. Am nächsten Morgen fuhr ein Wagen mit zwei Männern vom FBI bei mir vor. Sie fragten mich, ob ich ein Flugzeug gehört hätte. Ich habe ihnen im Großen und Ganzen dasselbe gesagt, was ich Ihnen gerade erzählt habe. Sie wollten dann noch wissen, ob ich irgendjemanden gesehen hätte, als ich bei Timms war. Hatte ich aber nicht. Und das war's auch schon.»

Für Chee und Dashee war's das auch. Sie gingen noch kurz zur Scheune, warfen einen Blick auf das gesprengte Schließband und sahen sich rund um das Haus und die Nebengebäude nach möglichen Spuren um, konnten jedoch nichts entdecken. So stiegen sie schließlich wieder in den Streifenwagen und fuhren im Licht der untergehenden Sonne Richtung Süden nach Mexican Water zu Eldon Timms' «anderem kleinen Anwesen». Beide hofften inständig, dass sich ihre Befürchtung, dort die angeblich gestohlene L-17 zu finden, als falsch erweisen möge.

«Wenn er sie da versteckt hat», sagte Dashee, «dann muss ich das dem Sheriff melden. Der informiert dann das FBI, und der alte Timms kommt wegen versuchten Versicherungsbetrugs vor Gericht. Ob man ihn auch noch wegen Behinderung der Justiz belangen wird, was meinst du?»

«Kann sein», gab Chee abwesend zurück. Er war in Gedanken bei den drei Gangstern – schwer bewaffnet und noch immer nicht identifiziert. Sie hatten den Chef des Kasino-Sicherheitsdienstes getötet und einen Aushilfswachmann schwer verletzt. Ein Highway-Polizist war ihren Kugeln nur knapp entkommen. Drei skrupellose Killer, die sich womöglich doch irgendwo im Four-Corners-Gebiet versteckt hielten. Chee fragte sich, wie viele Menschen noch sterben würden, ehe man sie fasste.

Kapitel zehn

Die kleine Kartenskizze, die Potts ihm auf einen Zettel gezeichnet hatte, wies Leaphorn den Weg zunächst über den San Juan, dann den Highway 35 hinunter zum Ölfeld von Aneth und von dort eine unbefestigte Straße hinauf zur Casa Del Eco Mesa. Dann ging es an einigen verfallenden Häusern vorüber, von denen Potts gesagt hatte, das seien die Überreste von Jories glücklosem Versuch, einen Trading Post zu betreiben. Nach weiteren zwei Meilen auf der staubigen, holprigen Piste erreichte er den Entwässerungsgraben, der auf Potts' Skizze mit «Desert Creek» bezeichnet war.

Dort hielt Leaphorn an, wartete einen Moment ab, bis sich die Staubwolke hinter ihm gesenkt hatte, und blickte dann den sanften Abhang hinunter. Seine Augen folgten dem schmalen Wasserlauf, der zu beiden Seiten von einem Band aus lichtem Pappelgrün, dem Graugrün der Ölweiden und dem Silbergrau der Wüstenmelde gesäumt war. In einiger Entfernung erkannte er das rote Dach eines Wohngebäudes, eine Pferdekoppel, Hürden für Schafe, hoch aufgeschichtete Heuballen, die mit einer großen Plastikplane abgedeckt waren, und neben einem runden Tank aus verzinktem Stahlblech ein Windrad, das ihm mittels einer Pumpe das Wasser zuführte. Längs der abschüssigen Piste reihten sich Telefonmasten in so großen Abständen, dass die Leitung zwischen ihnen tief durchhing.

Plötzlich wusste Leaphorn, dass er hier schon einmal gewesen war. Das erklärte, wieso ihm Jories Name gleich bekannt vorgekommen war. Sein Besuch musste mindestens fünfundzwanzig Jahre zurückliegen. Ein Nachbar hatte sich beschwert, dass Jorie auf ihn schieße, wenn er mit seinem Flugzeug dessen Ranch überfliege. Jorie hatte sich recht umgänglich gezeigt. Das müsse ein Missverständnis sein, hatte er gesagt, er habe nur nach Krähen geschossen. Allerdings wäre er dankbar, wenn Leaphorn diesem Nachbarn klarmachen könnte, dass Fliegen in so niedriger Höhe sein Vieh kopfscheu mache. Damit war die Sache erledigt. Es war nur einer der üblichen Streitfälle gewesen, wie sie Polizisten auf dem Lande hier beinahe täglich zu schlichten haben. Die endlose Weite und Einsamkeit machte aus vielen Menschen im Laufe der Jahre eben oft reizbare Sonderlinge.

Leaphorn holte seinen Feldstecher aus dem Handschuhfach, um die Ranch näher in Augenschein zu nehmen. Seit damals hatte sich nicht viel verändert. Allerdings trug der Mast mit dem Windrad jetzt auch noch eine Sendeantenne. Wie viele Rancher in diesem dünn besiedelten Landstrich, die nicht ans Stromnetz angeschlossen waren, hatte offenbar auch Jorie sich ein Kurzwellenfunkgerät zugelegt. Und das Windrad trieb jetzt außer der Pumpe zusätzlich einen elektrischen Generator für das Haus an. Ein kleiner grüner Traktor mit einem Heulader vorn rostete auf der leeren Pferdekoppel vor sich hin. Sonst war nirgendwo ein Fahrzeug zu sehen.

Leaphorn wunderte sich. Er hatte einen Pickup erwartet oder irgendein anderes Auto, aber vor allem Jorie selbst, wie er auf dem Hof mit irgendetwas beschäftigt war. Er gestand sich ein, dass er insgeheim fest damit gerechnet hatte, hier den Beweis dafür zu finden, dass Jorie mit dem Kasinoüberfall nichts zu tun hatte, vielmehr Gershwin ihn, Leaphorn, in ein raffiniertes Doppelspiel verstrickt hatte, das er noch nicht durchschaute. Er lehnte sich auf dem Autositz zurück, streckte die Beine aus und ging in Gedanken alles noch einmal durch. Verschwendete er hier nur seine Zeit? Wahrscheinlich. Begab er sich in Gefahr? Das wohl nicht, aber er sollte schon eine plausible Erklärung parat haben, falls Jorie ihm die Tür öffnen und ihn hineinbitten würde. Er legte den Gang ein, fuhr langsam den Weg hinab, parkte unter der Pappel vor der Veranda und wartete einige Augenblicke, ob Jorie von seiner Ankunft Notiz nehmen würde.

Doch nichts rührte sich. Die Haustür blieb geschlossen. Leaphorn lauschte, alles war still. Er stieg aus, schloss leise die Wagentür, ging zum Haus, stieg die steinernen Eingangsstufen empor und klopfte an. Keine Antwort, nur ein leiser, undeutlicher Laut. Oder hatte er sich das nur eingebildet?

«Hallo!», rief er. «Jemand da?»

Wieder keine Antwort. Er klopfte noch einmal. Dann legte er ein Ohr an die Tür und horchte. Vorsichtig drehte er am Knauf. Es war nicht abgeschlossen, aber das musste nicht heißen, dass Jorie zu Hause war. Seine Tür zu verriegeln galt in dieser menschenleeren Gegend als überflüssig. Wenn ein Dieb ins Haus wollte, brauchte er schließlich nur eine Scheibe einzuschlagen und durch das Fenster zu steigen. Und außerdem wäre es von den Nachbarn als unhöflich empfunden worden.

Plötzlich ein schwacher, sehr hoher Ton, kaum wahrnehmbar. Stille. Gleich darauf noch einmal derselbe Ton. Und noch einmal. Dann ein neuer Laut, eine Art Pfeifen. Ein Vogel? Es klang fast wie der Morgengesang einer Lerche. Leaphorn ging zu einem der Fenster, die auf die Veranda hinausblickten, und versuchte ins Innere zu spähen, indem er seine Augen mit den Händen beschattete. Er sah in ein dunkles Zimmer, das mit schweren, wuchtigen Möbeln voll gestellt war. An den Wänden standen Bücherregale und in einer Ecke konnte er den Umriss eines Fernsehapparates ausmachen.

Leaphorn schritt weiter bis ans Ende der Veranda, bog um die Ecke und blieb überrascht stehen. Hinter dem Haus parkte ein grüner 150er Ford Pickup mit Doppelkabine. Wem mochte er gehören? Jorie? Buddy Baker? Oder vielleicht Ironhand? Unvermittelt wurde Leaphorn bewusst, dass er kein Polizist mehr war. Dass er keinen 38er Revolver als Dienstwaffe zur Hand hatte. Einen Moment lang beschlich ihn ein leichtes Unbehagen, das er aber sogleich beiseite schob. Er trat näher an den Wagen heran, griff durch das offene Seitenfenster und klappte die Sonnenblende herunter. Der dort ordnungsgemäß festgeklemmte Versicherungsnachweis lautete auf Jories Namen. In der Kabine befand sich nur etwas Abfall. Eine zerfledderte Zeitung, eine fettige Imbisstüte, ein verknickter Trinkhalm. Auf dem Beifahrersitz lagen drei rote Pokerchips zu je fünfundzwanzig Dollar mit dem Logo des Ute-Kasinos.

Leaphorn überlegte einen Moment, was das bedeuten konnte, dann wandte er sich zurück zum Haus und versuchte erneut, diesmal durch eines der hinteren Fenster, drinnen etwas zu erkennen. Hier schien das Schlafzimmer zu sein. Offenbar wurde es von Jorie aber gleichzeitig als Büro benutzt.

Wieder hörte er den Ruf des Vogels, diesmal sehr viel deutlicher. Rechts in dem dunklen Raum, dicht beim Fenster erregte etwas Helles seine Aufmerksamkeit. Es war ein kleinformatiger Bildschirm, auf dem jetzt eine Wiese, ein Teich, ein schattiges Wäldchen, Vögel erschienen. Leaphorns Augen gewöhnten sich allmählich an das Dämmerlicht. Das war gar kein Fernseher, sondern ein Computer-Monitor, stellte er fest, und was dort über die Mattscheibe flimmerte, war der Bildschirmschoner. Gerade wandelte sich die Szene: Es erschienen Wolken, blauer Himmel, ein Schwarm Wildgänse in Keilformation, das Ganze unterlegt mit deren charakteristischen brüchigen Schreien.

Leaphorn wollte sich gerade abwenden, als er stutzte. Scharf zog er die Luft ein. Auf dem Stuhl vor dem Computer saß ein Mensch. Sein Oberkörper lag seitwärts verdreht halb auf einem unmittelbar daneben stehenden Tischchen. Schlief er? Nein, dachte Leaphorn, dazu war die Haltung zu unnatürlich.

Er hastete zurück zur Eingangstür, öffnete diese und rief noch einmal: «Hallo! Hallo, ist jemand zu Hause?» Dann durchquerte er eilig das Wohnzimmer und betrat den hinteren Raum.

Der Mann auf dem Stuhl vor dem Computer war grauhaarig, schlank und nicht besonders groß. Er trug ein weißes T-Shirt, noch ziemlich neu aussehende Jeans und Hausschuhe. Sein Kopf ruhte auf dem Computertisch, sodass eine Hälfte des Gesichts von dem Monitor beleuchtet wurde. Als das Bild wechselte, wurde es im Raum etwas heller. Das Blut, das aus dem Loch über dem rechten Auge des Toten gesickert war, änderte seine Farbe von schwarz zu einem dunklen Rot.

Everett Jorie, dachte Leaphorn, wie lange liegst du schon hier, und wo ist dein Mörder? Und warum habe ich mich nach all den Jahren als Polizist immer noch nicht an den Tod gewöhnt?

Er trat einen Schritt zurück und blickte sich suchend nach dem Telefon um. Schließlich fand er es hinter dem Computer, gleich neben zwei Stapeln roter Jetons aus dem Ute-Kasino. Aber der Anruf beim Sheriff konnte eigentlich auch noch etwas warten. Jorie brauchte keine Hilfe mehr. Bevor er seine Entdeckung meldete, wollte er sich erst einmal selbst einen Eindruck verschaffen.

Halb versteckt unter dem Computertisch, nahe dem rechten Fuß des Toten lag ein Revolver. Es war eine Waffe mit kurzem Lauf, ähnlich derjenigen, die Leaphorn zuletzt im Dienst getragen hatte. Falls der Geruch von verbranntem Schießpulver sich nicht längst verzogen hatte, so war er, überdeckt durch den muffigen Staubgeruch im Zimmer, nicht mehr wahrnehmbar.

Leaphorn hockte sich neben dem Computer auf den Boden, nahm seinen Kugelschreiber aus der Hemdtasche, schob ihn in den Lauf des Revolvers, hob die Waffe damit hoch und betrachtete das Magazin. Eine der Patronen war abgefeuert worden. Um keine Spuren zu verwischen, wickelte er sich ein Taschentuch um die Hand, betätigte den Auslösungsmechanismus und ließ die Trommel herausklappen. Jetzt sah er, dass die Patronenhülse über der Kammer ebenfalls leer war. Möglicherweise hatte Jorie den Revolver mit dem Hahn auf einer abgeschossenen Patrone anstatt auf einer leeren Kammer getragen, das wäre eine unübliche, aber durchaus vernünftige Vorsichtsmaßnahme gewesen. Aber vielleicht lag er mit dieser Erklärung auch ganz falsch. Doch das mochten andere entscheiden. Behutsam legte er den Revolver mithilfe des Kugelschreibers an seinen ursprünglichen Platz zurück. Dann richtete er sich auf und sah sich sorgfältig um.

In einer Ecke am Fenster stand ein ordentlich gemachtes Doppelbett. Dahinter lehnte an der Wand ein automatisches Gewehr, ein AK-47. Auf einem kleinen Tisch nahe am Bett befanden sich eine Lampe, ein leeres Wasserglas und zwei Bücher. Leaphorn trat näher heran. Das eine war *Bürgertugend. Ausgewählte Aufsätze über Liberalismus, Tradition und Bürgergesellschaft* von Edward A. Shils, das andere lag aufgeschlagen auf dem Rücken.

Leaphorn merkte sich die Seite und klappte den Band zu, dabei nahm er wieder seinen Kugelschreiber zu Hilfe. Der Titel auf der Vorderseite lautete: *Catos Briefe – Aufsätze über Freiheit*. Das Buch hatte in seinem Einführungskurs Politische Wissenschaften an der Arizona State zum Pflichtkanon gehört – eine einschläfernde Lektüre. Er schlug das Buch wieder auf, sodass es dalag, wie er es vorgefunden hatte, und wandte seine Aufmerksamkeit den Regalen zu. Hier standen weitere Klassiker der Politischen Theorie: James Fenimore Cooper, *Der amerikanische Demokrat*; Edmund Burke, *Betrachtungen über die Französische Revolution, Teil zwei*; Sidney, *Erörterungen über das Regieren*; Alexis de Tocqueville, *Über die Demokratie in Amerika* sowie eine Reihe politischer Biographien, Autobiographien und historischer Abhandlungen. Leaphorn griff sich den *Sklavenstaat* von Hilaire Belloc und überflog einige Zeilen. Dessen originelle

Mischung aus Poesie und konservativer Polemik hatte er immer gemocht. Als junger Student war er eine Zeit lang von Politischer Theorie fasziniert gewesen und hatte Belloc und ein paar andere Autoren geradezu verschlungen. Das musste jetzt an die vierzig Jahre her sein. Die meisten anderen Titel hier kannte er nicht, aber so viel war ihm klar: dass sich unter Jories Leitfiguren sicher keine Sozialisten finden würden.

Leaphorn ging zurück zum Schreibtisch und schlug im Telefonbuch die Nummer des Sheriffs nach. Erfreut stellte er fest, dass er sie noch richtig im Kopf gehabt hatte. Er hatte den Hörer gerade in der Hand, da ertönten vom Computer her seltsam gurgelnde Rufe. Der Monitor zeigte vor dem Hintergrund eines winterlichen Himmels das lang gestreckte V einer Gruppe Dünenreiher. Leaphorn legte den Hörer wieder auf und tippte mit seinem Kugelschreiber zweimal die linke Maustaste.

Die Reiher verschwanden, und unmittelbar darauf erschien Text auf dem Bildschirm. Leaphorn beugte sich dicht neben dem Toten nach vorn, um besser zu sehen:

Mitteilung

All diejenigen, denen mein Schicksal nicht ganz gleichgültig ist, falls es sie denn gibt, setze ich auf diesem Wege in Kenntnis, dass ich im Begriff stehe, mein vertanes Leben auf angemessene Weise selbst zu beenden. Ironischerweise fügt es sich, dass dieser letzte Schritt mit einem weiteren Verrat einhergeht. Die Aktion gegen das Ute-Kasino, von der ich törichterweise annahm, sie fördere den gemeinsamen Kampf gegen die Despotie Washingtons, diente in Wahrheit dem Eigennutz nichtswürdiger Einzelner, die dazu noch das Leben Unschuldiger aufs Spiel setzten.

Der wesentliche Grund für diese Mitteilung ist, das gebe ich offen zu, meinem Bedürfnis nach Vergeltung Genüge zu tun. Ich weiß jetzt, dass die antiken Philosophen Recht hatten mit ihrer Behauptung, Rache sei süß. Aber wie auch immer, ich hoffe, dass diese Zeilen dazu beitragen werden, die Gesellschaft von zwei elenden Schurken zu befreien. Die beiden Kreaturen, von denen ich spreche, haben nicht nur mein Vertrauen missbraucht, sondern sind – was viel schwerer wiegt – zu Verrätern geworden an dem großen amerikanischen Ideal der Bewahrung der individuellen Freiheitsrechte gegenüber einer anmaßenden und tyrannischen Bundesregierung.

Bei den Abtrünnigen handelt es sich um George Ironhand, einen Indianer vom Stamm der Ute, der unweit Montezuma Creek eine kleine Ranch besitzt, sowie Alexander Baker, genannt Buddy, der nördlich des U.S. Highway 163 zwischen Bluff und Mexican Hat wohnt. Es war Ironhand, der am Kasino auf die Sicherheitsleute schoss, und Baker war derjenige, der bei Aneth das Feuer auf den Streifenpolizisten eröffnete. Beide verstießen damit gegen meine ausdrückliche Weisung und missachteten unseren gemeinsamen Plan, welcher vorsah, die Einnahmen der Spielbank ohne jegliche Gewaltanwendung in unseren Besitz zu bringen. Es war vorgesehen, uns das Durcheinander, das wir mit dem Stromausfall und der dadurch eintretenden plötzlichen Dunkelheit auslösen würden, zunutze zu machen. Niemand sollte verletzt werden. Baker und Ironhand war zudem bekannt, dass sämtliche Kasinos im Westen sich am Sicherheitsreglement von Las Vegas orientieren. Und das heißt, die Wachleute sind angewiesen, von ihren Waffen keinen Gebrauch zu machen, um die Gäste nicht zu gefährden. Außerdem würde ein Schusswechsel im Kasino verheerende

Schlagzeilen nach sich ziehen und zu einem Besucherrückgang führen. Ich betone noch einmal: Gewaltanwendung war im Plan nicht vorgesehen, sie war unprovoziert, und sie lief meinen Anweisungen direkt zuwider.

Als wir die Stelle erreichten, wo wir gemäß unserer Vereinbarung das Fluchtfahrzeug stehen lassen und jeder unserer Wege gehen wollten, war ich mir mittlerweile darüber klar geworden, dass der Griff zur Waffe nicht spontan erfolgt war, sondern Ironhand und Baker hinter meinem Rücken ein Komplott geschmiedet hatten, das mit ziemlicher Sicherheit auch meine Ermordung einschloss. Sie hatten vor, sich der gesamten Beute zu bemächtigen, sie miteinander zu teilen und für ihre privaten Zwecke zu nutzen. In einem unbeobachteten Moment gelang es mir, den beiden zu entkommen.

Ich sehe auch jetzt keine Veranlassung, mich für die Aktion, so wie sie ursprünglich geplant war, zu entschuldigen. Mein Beweggrund war legitim. Ich wollte Finanzmittel beschaffen für diejenigen unter uns, denen politische Freiheit mehr gilt als selbst das eigene Leben. Ich wollte sie unterstützen in ihrem Kampf, unsere Republik vor den Machenschaften der sozialistischen Regierung zu bewahren, die, unbemerkt von der breiten Öffentlichkeit, letztlich darauf hinauslaufen, amerikanische Bürger unter das Joch einer Weltregierung zu zwingen.

Es wäre unserer Sache nicht dienlich, mich der farcenhaften Gerichtsverhandlung auszusetzen, die nach einer Verhaftung auf mich zukäme. Die Medien stehen alle unter dem Diktat der Regierung und würden in ihrer Berichterstattung meinen Akt des politischen Widerstandes mit Sicherheit zu einem banalen Raubüberfall herabwürdigen. Deshalb ziehe ich es vor, mir selbst den Tod zu geben, anstatt die Schmach einer Hinrichtung oder aber eine lebenslange Gefängnisstrafe zu ertragen.

Die Verhaftung von Ironhand und Baker dagegen würde der Welt zeigen, dass ihre mörderischen Taten egoistischen Beweggründen entsprangen und nicht patriotischen Motiven. Sollte man sie nicht an ihren Wohnsitzen antreffen, schlage ich vor, in den Canyons nach ihnen zu suchen.

Ich betrachte es darüber hinaus als meine Pflicht, mitzuteilen, dass ich zugegen war, als Baker und Ironhand sich nach der Tat wechselseitig das Versprechen gaben, sich bis zum letzten Blutstropfen gegen eine Festnahme zur Wehr zu setzen und lieber zu sterben, als ins Gefängnis zu gehen. Für den Fall, dass sie umstellt würden, vereinbarten sie, sich zum Schein zu ergeben, um in einem letzten Akt des Aufbegehrens noch so viele Polizisten wie möglich mit in den Tod zu nehmen.

Lang lebe die Freiheit und alle freien Menschen! Lang lebe Amerika!

Ich sterbe für mein Land.

Everett Emerson Jorie

Leaphorn las diese Botschaft noch einmal durch. Dann hob er den Hörer ab, wählte die Nummer des Sheriffs, stellte sich vor, verlangte, den Dienst habenden Beamten zu sprechen, und beschrieb, was er auf Everett Jories Ranch vorgefunden hatte.

«Ein Krankenwagen ist nicht mehr erforderlich», sagte er und erklärte sich bereit, bis zur Ankunft der Polizei zu warten, damit sichergestellt war, dass am Tatort nichts verändert wurde.

Nachdem er das erledigt hatte, ging er langsam durch das ganze Haus und sah sich in allen Räumen aufmerksam um, achtete aber darauf, nichts anzufassen. Schließlich kehrte er zum Schreibtisch zurück. Gerade schwebten wieder die Dünenreiher über den Bildschirm, dessen Widerschein die Wände des dämmrigen Raumes mit unwirklichem Lichtzucken überzog.

Leaphorn holte sich noch einmal den Text auf den Bildschirm und las ihn zum dritten Mal. Er prüfte, ob noch genug Papier da war, klickte mit dem Kugelschreiber auf das Symbol für «Drucken» und steckte sich das ausgeworfene Dokument zusammengefaltet in die Gesäßtasche. Danach ging er hinaus auf die Veranda und nahm auf der Bank dort Platz. Die untergehende Sonne verlieh den Gewitterwolken im Westen silbrig leuchtende Ränder, die sich in schnellem Wechsel erst intensiv gelb, dann dunkelrot färbten, bis sie im schwächer werdenden Licht allmählich verblassten.

Venus stand schon hell am Abendhimmel, als er die Polizeiautos kommen hörte.

Kapitel elf

Jim Chee bog im höher gelegenen Teil von Shiprock in eine Nebenstraße ab und parkte an einer Stelle, von der aus er sowohl das Bezirksbüro der Navajo Tribal Police am Highway 666 als auch seinen eigenen Wohnanhänger unter den Pappeln am Ufer des San Juan sehen konnte. Er stieg aus dem Wagen, stellte seinen Feldstecher scharf ein und nahm nacheinander beide Orte genauer in Augenschein.

Wie er befürchtet hatte, war der Parkplatz der NTP gedrängt voll. Neben den schwarzweißen Einsatzfahrzeugen der New Mexico State Police entdeckte er mehrere Streifenwagen der Apache und Navajo Tribal Police und auch drei jener schwarz glänzenden Ford Limousinen, die jeder, ob Polizist oder Verbrecher, sofort als Dienstwagen des FBI erkennt. Chee war nicht überrascht. Genau das hatte er erwartet, nachdem die Meldung, die angeblich gestohlene L-17 sei in einem Heuschober nahe Mexican Water wieder aufgetaucht, durch Fernsehen und Radio an die Öffentlichkeit gelangt war. Chee und Cowboy Dashee hatten die Maschine tatsächlich auf Timms' kleinem Anwesen gefunden. Damit hatte sich die Hoffnung sämtlicher Cops im Four-Corners-Gebiet, dass die Kasino-Gangster mit dem Flugzeug das Weite gesucht hätten und sich jetzt außerhalb ihres Zuständigkeitsbereichs befänden, mit einem Schlag erledigt. Ab sofort drohten Urlaubssperre und Überstunden, und das galt auch für ihn selbst, es sei denn, es gelang ihm, sich eine Zeit lang außer Reichweite zu halten.

Als Nächstes nahm er seinen Trailer ins Visier. Im Schatten der Bäume parkte kein weiteres Fahrzeug. Niemand schien auf ihn zu warten, um ihn vorzeitig zum Dienst zurückzuholen.

Chee hatte noch ein paar Tage Urlaub. Am Morgen war er die lange Strecke zu den westlichen Abhängen der Chuska Mountains gefahren. Von dort war es weiter auf das Hochland zu dem Platz gegangen, wo Hosteen Frank Sam Nakai, seit Chee zurückdenken konnte, die Sommer verbracht hatte, um seine Schafe dort weiden zu lassen. Noch immer hielt sich Nakai, solange es warm war, im Bergland auf, doch seit er vor Jahren an Lungenkrebs erkrankt war, glichen die Monate hier oben einem langen Abschiednehmen. Aber Chee hatte Nakai nicht angetroffen, und auch dessen Frau Blue Woman war nicht da. Offenbar waren sie mit dem Pickup weggefahren.

Chee war enttäuscht. Er hatte Nakai sagen wollen, dass er in Bezug auf Janet Pete Recht gehabt hatte. Aus einer Ehe mit dieser schönen, eleganten, an Luxus gewöhnten Anwältin hätte nie etwas werden können. Entweder sie hätte von ihren ehrgeizigen Zielen Abschied nehmen müssen, um mit ihm in der *dinetah*, seiner Navajo-Heimat, zu leben, und wäre dort unglücklich geworden, oder er hätte ihr zuliebe das «Land zwischen den heiligen Bergen» schweren Herzens verlassen und in irgendeiner Großstadt beruflich Karriere gemacht, ohne dabei innere Befriedigung zu finden. Bei seinem letzten Besuch hatte Nakai ihm das auf taktvolle Weise anzudeuten versucht, und jetzt war Chee gekommen, um dem alten Mann zu gestehen, dass er inzwischen zu derselben Erkenntnis gekommen war. Er beschloss zu warten, weil er damit rechnete, dass Nakai bald zurückkäme. Seiner Einschätzung nach war der alte Mann für längere Fahrten nicht mehr kräftig genug, auch wenn es zwischendurch immer wieder kurzzeitig eine Besserung in seinem Befinden gab.

Doch als die beiden nach einigen Stunden noch immer nicht zurück waren, trat Chee schließlich die Heimfahrt an. Morgen würde er wiederkommen, vorausgesetzt, er hatte weiterhin Glück und Largo schaffte es nicht, ihn aufzuspüren. In dem Fall nämlich würde er die restlichen Tage seines Urlaubs damit zubringen, einen Canyon nach dem anderen zu durchstreifen. Und das in dem ständigen Bewusstsein, als lebender Köder für drei mit Schnellfeuergewehren bewaffnete Kriminelle zu dienen, an deren Bereitschaft, auf einen Cop zu schießen, kein Zweifel bestehen konnte.

Er steckte sein Fernglas zurück ins Futteral, fuhr den Hügel hinunter zurück zu seinem Wohnwagen und stellte den Pickup hinter einer Wacholderhecke ab. Am Fliegengitter vor der Eingangstür hatte jemand mithilfe einer zurechtgebogenen Büroklammer einen Zettel befestigt. Chee nahm ihn ab und las:

«Jim, der Captain sagt, du sollst dich sofort zum Dienst zurückmelden.»

Chee heftete den Zettel wieder an und ging hinein. Das Lämpchen an seinem Anrufbeantworter blinkte. Er setzte sich hin, zog die Stiefel aus und drückte auf die Wiedergabetaste.

Vom Band ertönte die Stimme seines Freundes Cowboy Dashee: «Hey, Jim. Ich habe den Sheriff informiert, dass wir das Flugzeug vom alten Timms gefunden haben. Er hat bei den Feds angerufen, und die haben sich anschließend gleich bei mir gemeldet. (Lachen) Der Agent, der mich befragt hat, wollte erst nicht glauben, dass es sich wirklich um ein und dasselbe Flugzeug handelt, und ich kann's ihm nicht mal verdenken. Ich hab's ja auch fast nicht geglaubt. Egal. Wahrscheinlich ärgern sich die Feds grün und blau, dass sie nicht selbst drauf gekommen sind. Sie haben jedenfalls sofort einen hingeschickt, um zu überprüfen, ob wir Ureinwohner auch wirklich in der Lage sind, eine L-17 von einem Zeppelin zu unterscheiden. Jetzt wird derselbe alte Großfahndungszirkus aufgezogen wie '98. Wenn du den Rest von deinem Urlaub retten willst, rate ich dir dringend, einen großen Bogen um deine Dienststelle zu machen.»

Der nächste Anruf war nur kurz.

«Hier Largo. Kriegen Sie Ihren Arsch hoch, und kommen Sie her. Und zwar schnell. Die Feds haben das verdammte Flugzeug gefunden, und jetzt starten sie wieder eine von ihren Fuchsjagden, und wir dürfen die Spürhunde abgeben.» Seine Stimme klang noch missgelaunter als sonst.

Der dritte Anrufer war sein Versicherungsagent, der ihm

mitteilte, dass seine Police um eine Klausel bezüglich unversicherter motorisierter Verkehrsteilnehmer ergänzt werden müsse. Die vierte und letzte Nachricht auf dem Band stammte von Bernadette Manuelito.

«Jim. Ich habe mit Cowboy gesprochen, und er hat mir erzählt, was Sie alles unternommen haben, und dafür möchte ich Ihnen danken. Aber weswegen ich eigentlich anrufe – ich war heute Morgen im Krankenhaus in Farmington und habe dort Hosteen Nakai getroffen. Er ist heute Vormittag eingeliefert worden. Es geht ihm sehr schlecht, und er hat mir gesagt, dass er Sie unbedingt sprechen muss. Ich komme nachher bei Ihnen vorbei. Es ist jetzt … Moment … fast sechs. In einer Stunde oder so bin ich da.»

Chee löschte alle Anrufe bis auf den von Largo, damit er nötigenfalls, wenn es dem Captain einfiel, bei ihm aufzutauchen, behaupten konnte, er habe die Nachrichten auf seinem Anrufbeantworter noch nicht abgehört. Dann begann er darüber nachzudenken, was Bernie gerade gesagt hatte. Wieso lag Nakai in einem Krankenhaus? Es fiel ihm schwer, sich den alten Mann in einem Bett in einem Krankenzimmer vorzustellen. Er wusste, dass Nakai seit langem an Lungenkrebs dahinsiechte, aber niemals, unter keinen Umständen, würde er in einem Krankenhaus sterben wollen. Er war ein überzeugter Anhänger der alten indianischen Traditionen und überdies ein berühmter *hataalii* und Schamane, der in seinem Leben viele Male den *Blessing Way*, den *Mountain Top Chant*, den *Night Way* und andere Heilzeremonien durchgeführt hatte. Als der älteste Bruder von Chees Mutter war er dessen «kleiner Vater». Ihm war es zugefallen, Chee seinen «Kriegsnamen» zu geben, der für alle Zeiten geheim bleiben musste. Später hatte er als Chees Mentor und spiritueller Führer versucht, diesen zu lehren, selbst ein Sänger zu werden. Hosteen Nakai würde sich in einem Krankenhaus isoliert und unglücklich fühlen. Fern von seiner vertrauten Umgebung zu sterben musste für ihn eine quälende Vorstellung sein. Wie war er bloß dort hineingekommen? Blue Woman war eine kluge und energische Frau. Warum hatte sie zugelassen, dass man ihren Mann aus seinem Hogan in den Chuska Mountains nach Farmington geschafft hatte?

Er suchte noch nach Erklärungen, als er draußen das knirschende Geräusch von Reifen auf Kies vernahm. Er spähte durch das Fliegengitter und sah Manuelitos Pickup, wie er langsam ausrollte und vor seinem Wohnwagen zum Stehen kam. Vielleicht konnte sie seine Fragen beantworten.

Doch Bernie wusste auch nicht viel mehr, als sie ihm bereits gesagt hatte.

«Es war reiner Zufall, dass ich ihn gesehen habe», erzählte sie. «Sie rollten ihn auf einer Liege heran, gerade als ich auf den Fahrstuhl wartete. Sein Gesicht kam mir bekannt vor, und ich fragte ihn, ob er Hosteen Nakai sei, und er nickte. Ich erklärte ihm, dass ich mit Ihnen zusammenarbeite. Da griff er nach meinem Arm und bat mich, Ihnen auszurichten, dass Sie kommen sollten, und ich versprach es ihm. Und dann sagte er noch, Sie sollten schnell kommen. Dann war der Fahrstuhl da, und sie haben ihn hineingeschoben.» Bernie schüttelte traurig den Kopf. «Er sah furchtbar elend aus.»

«Hat er sonst noch etwas gesagt? Ich meine, außer dass ich möglichst schnell kommen soll?»

«Nein», antwortete Bernie. «Ich bin zurückgegangen zur Station, wo er gelegen hat, und habe mich erkundigt, wie es um ihn steht. Die Schwester dort sagte mir, er würde jetzt auf die Intensivstation verlegt. Er habe Lungenkrebs.»

»Ja, ich weiß», sagte Chee. «Hat die Schwester gesagt, wie er ins Krankenhaus gekommen ist?»

«Mit einem Krankenwagen. Ich nehme an, seine Frau hat ihn gebracht.» Sie hielt inne und sah Chee an, betrachtete dann angelegentlich ihre Hände und blickte ihn erneut an. «Die Schwester sagte, dass er bald sterben wird. Er hat einen Schlauch in der Vene und wird mehrmals am Tag an ein Sauerstoffgerät angeschlossen.»

«Er stirbt schon seit langem», sagte Chee. «Der Krebs frisst ihn langsam auf. Daran sind diese verdammten Zigaretten schuld. Als ich ihn das letzte Mal besucht habe, hat mir Blue Woman gesagt, dass er wohl nur noch wenige Wochen zu leben hätte. Und das ist jetzt auch schon wieder ...» Er beendete den Satz nicht, weil ihm plötzlich bewusst geworden war, dass dieser Besuch schon Monate zurücklag. Eine viel zu lange Zeit. Er schämte sich, weil er eines der Grundgebote der Navajokultur verletzt hatte, das besagte, die eigenen Bedürfnisse hinter denen der Familie zurückzustellen.

Bernie schaute ihn aufmerksam an. Sie wartete, dass er seinen Satz zu Ende sprach. Wie immer sah sie etwas unordentlich aus. Sie blickte besorgt und auch ein wenig verlegen. Die Jeans, die sie trug, waren offenbar neu, der Stoff war noch ganz steif. Aber sie waren für ihre zierliche Figur zu groß. Genau wie ihre Bluse.

Sie ist wirklich eine nette junge Frau, dachte Chee. Unwillkürlich verglich er sie mit Janet. Bernie war hübsch, Janet schön. Bernie lag mit ihrer Kleidung immer etwas daneben, das rührte ihn. Janets stilsichere Eleganz dagegen hatte ihn sprachlos gemacht. Die eine war in einem Hogan neben einem Schafpferch aufgewachsen, die andere entstammte einer Familie, die sich zur Creme der New Yorker Gesellschaft zählte.

Chee seufzte. «Ich war viel zu lange nicht bei ihm», sagte er schließlich und warf einen Blick auf die Uhr. «Soviel ich weiß, haben sie in Farmington auch abends Besuchszeit», fuhr er fort und stand auf. «Wenn ich mich beeile, schaffe ich es vielleicht noch, rechtzeitig da zu sein.»

«Ich wollte Ihnen noch einmal danken für die Mühen, die Sie auf sich genommen haben.»

«Mühen? Ach so, Sie meinen die Sache mit dem Flugzeug.»

«Ja, genau», erwiderte sie und blickte verlegen zur Seite. «Sie haben sich eine Menge Arbeit gemacht. Das war sehr freundlich von Ihnen.»

«Ach», wehrte Chee ab, «wir haben vor allem Glück gehabt.»

«Ich glaube, das verschwundene Flugzeug war der Hauptgrund, dass sie Teddy unter Bewachung gestellt haben. Weil er fliegen kann. Und weil er den Mann kennt, dem das Flugzeug gehört. Wie auch immer. Jedenfalls bin ich Ihnen jetzt einen großen Gefallen schuldig. Als ich neulich bei Ihnen war, wollte ich Sie wirklich nur darum bitten, sich mal umzuhören. Ich hätte nie erwartet, dass Sie sich so in den Fall reinknien. Aber ich bin froh, dass Teddy jetzt außer Verdacht ist.»

«Ich wollte gerade fragen, wieso Sie eigentlich im Krankenhaus waren. Sie haben dort wohl Teddy Bai besucht, nehme ich an.»

Sie nickte. «Es geht ihm schon wieder besser. Sie haben ihn inzwischen von der Intensivstation auf eine normale Station verlegt.»

«Ich hatte keine Ahnung, dass Bai und Eldon Timms sich kennen», bemerkte Chee. «Wussten Sie das?»

«Nein, Janet Pete hat es mir gesagt», erklärte Bernie. «Als

ich kam, war sie gerade bei Teddy zu Besuch. Sie ist ja zu seiner Verteidigung bestellt worden.»

«Ah so. Natürlich», sagte Chee.

Janet war als Pflichtverteidigerin am Bundesgericht tätig. Bai war ein Navajo, und auch Janet war väterlicherseits eine Navajo. Allerdings war sie an der Ostküste aufgewachsen und mit indianischer Lebensweise und indianischen Traditionen erst als Erwachsene in Berührung gekommen. Trotzdem hatte es nahe gelegen, ihr die Verteidigung von Bai zu übertragen.

Bernie sah ihn aufmerksam an. «Janet hat nach Ihnen gefragt.»

«Oh.»

«Ich habe ihr erzählt, dass Sie gerade erst von einem Angelurlaub in Alaska zurück sind und noch gar nicht wieder im Dienst.»

«Hm. Und hat sie was dazu gesagt?»

«Sie hat gelacht und gemeint, sie hätte gehört, dass Sie das angeblich gestohlene Flugzeug gefunden hätten. Offenbar seien Sie der Sache dann wohl in Ihrer Freizeit nachgegangen. Ich hatte zu dem Zeitpunkt noch nicht mit Cowboy gesprochen und konnte dazu nichts sagen. Sie fing dann wieder an zu lachen und erklärte, sie hätte allmählich den Eindruck, es sei so eine Art Hobby von Ihnen, das FBI bloßzustellen.»

Chee griff nach seinem Hut. «Das stimmt nicht», sagte er. «Es gibt eine Menge guter Leute dort. Aber der Apparat ist einfach viel zu riesig geworden. Aufgebläht und unübersichtlich. Deshalb sind es meist die Opportunisten, die dort Karriere machen und dann bestimmen, wo es langgeht. Und das ist der Grund, warum es immer wieder zu Fehlentscheidungen kommt.»

«Wie letztes Jahr, als sie bei der Großfahndung ganz Bluff evakuiert haben», bemerkte Bernie.

Chee hielt ihr die Tür auf.

Bernie ging an ihm vorbei und blieb dann stehen. Sie schien es nicht eilig zu haben wegzukommen.

«Hätten Sie Lust, mich zu begleiten, wenn ich Hosteen Nakai besuche?», fragte Chee.

«Wenn ich nicht störe.»

«Nein. Im Gegenteil. Ich würde mich freuen, Sie dabeizuhaben. Unterwegs können Sie mir dann gleich berichten, was während meiner Abwesenheit in Shiprock los war.»

Doch kaum hatte sie sich zu Chee in den Pickup gesetzt und die Beifahrertür hinter sich zugezogen, kam er noch einmal auf Janet zu sprechen.

«Hat sie sonst noch etwas gesagt, ich meine, außer dem, was Sie mir schon erzählt haben?»

«Sie meinen, über Sie?», fragte sie zurück.

«Ja», erwiderte Chee und wünschte im gleichen Augenblick, er hätte die Frage nicht gestellt.

Sie nahm sich für ihre Antwort Zeit, entweder um sich das Gespräch mit Janet noch einmal ins Gedächtnis zu rufen oder um zu entscheiden, was sie ihm davon mitteilen wollte.

«Nein», antwortete sie schließlich. «Nur dass es jetzt offenbar eine Art Hobby von Ihnen wäre, das FBI zu blamieren. Aber das sagte ich ja schon.»

Danach wollte kein rechtes Gespräch mehr in Gang kommen, und so legten sie die dreißig Meilen zum Krankenhaus größtenteils schweigend zurück.

Kapitel zwölf

Die Besuchszeit war schon fast vorbei, als Chee und Bernadette Manuelito das Krankenhaus erreichten, und der Parkplatz begann sich schnell zu leeren.

«Vielen Besuchern sieht man gleich an, ob sie eine gute oder eine schlechte Nachricht erhalten haben», bemerkte Bernie. «Die meisten wohl eher eine schlechte.»

Chee nickte. Er überlegte, wie er sich bei Nakai dafür entschuldigen konnte, dass er sich so lange nicht um ihn gekümmert hatte. Es war nicht einfach, die richtigen Worte zu finden.

«Krankenhäuser haben immer so etwas Trauriges», sagte Bernie. «Mit Ausnahme der Entbindungsstation.»

Chee betrachtete die Schwester, eine grauhaarige Frau Anfang fünfzig, die auf dem Flur der Intensivstation am Schreibtisch saß und telefonierte, und musste Bernie Recht geben. Miene und Stimme der Schwester schienen geprägt von dem alltäglichen Leid in ihrer Umgebung.

«Hat er gesagt, wann? Gut.» Sie blickte zu Chee und Bernie hoch, bedeutete ihnen durch eine Geste, dass das Gespräch gleich beendet sei, und fuhr fort: «Wenn er kommt, sagen Sie ihm bitte, dass der kleine Morris gestorben ist.» Sie legte auf und sah die beiden Besucher fragend an.

«Wir möchten zu Mr. Frank Sam Nakai», begann Chee.

«Ich weiß nicht, ob er wach ist», antwortete die Schwester und sah auf die Uhr. «Die Besuchszeit endet um acht. Sie können nur kurz zu ihm hinein.»

«Er hat mir ausrichten lassen, dass ich so schnell wie möglich zu ihm kommen soll», sagte Chee.

«Dann wollen wir mal sehen», entgegnete sie und führte sie den Flur hinunter zu seinem Zimmer.

Es war schwer zu sagen, ob Nakai wach war, ja ob er überhaupt noch lebte. Sein Gesicht war beinahe vollständig von der Sauerstoffmaske bedeckt, und er lag völlig regungslos da.

«Ich glaube, er schläft», bemerkte Bernie.

In diesem Moment schlug Nakai die Augen auf. Er drehte Chee und Bernie sein Gesicht zu und zog sich die Sauerstoffmaske herunter.

«Long Thinker ist gekommen», sagte er auf Navajo. Seine Stimme war nur noch ein kaum verständliches Flüstern.

«Ja, Little Father», entgegnete Chee. «Jetzt bin ich hier. Aber ich hätte mich schon viel früher auf den Weg zu dir machen sollen.»

Ein dünner, durchsichtiger Schlauch verband Hosteen Nakai mit der Plastikflasche am Infusionsständer. Er fuhr mit der Hand den Schlauch entlang zu seinem Arm, der wenig mehr als mit Haut bedeckter Knochen war.

«Ich werde nun bald gehen», sagte Nakai. Er hatte die Augen wieder geschlossen und sprach langsam und sorgfältig. «Der Wind des Lebens wird mich verlassen, und ich werde ihm zu einem anderen Ort folgen.» Er klopfte mit dem Zeigefinger leicht auf seinen Unterarm. «Es wird nichts übrig bleiben als diese alten Knochen. Aber vorher muss ich dir noch etwas sagen. Ich habe noch nicht alles, was notwendig ist, an dich weitergegeben. Deine letzte Unterweisung steht noch aus.»

«Unterweisung?», fragte Chee, und wusste im gleichen Moment, was Nakai meinte.

Vor Jahren, als Chee noch angenommen hatte, dass er sowohl Polizist als auch *hataalii* sein könnte, hatte Nakai ihn mit der Night-Way-Zeremonie vertraut gemacht. Chee hatte sich die Taten der Heiligen Wesen, wie sie sich in den mythologischen Erzählungen dargestellt finden, eingeprägt und diese Erzählungen zu Sandbildern gestaltet. Er hatte die Gesänge gelernt, in denen der Mythos weiterlebt. Hosteen Nakai hatte ihm beigebracht, das für die innere Reinigung notwendige Brechmittel herzustellen, und ihm erklärt, wie man mit den Kranken umgehen musste. Er hatte ihn alles gelehrt, um jenes magische Kraftfeld aufzubauen, das die Heiligen Wesen bestimmt, die Krankheit zu beenden und die leidende Person wieder zu Harmonie und Schönheit zurückzuführen. Nur die Offenbarung des letzten Geheimnisses stand noch aus.

Die Tradition des Navajo-Schamanismus gebot, dass der spirituelle Lehrer dieses letzte Geheimnis für sich behielt, bis er glaubte, dass sein Schüler dafür bereit sei. Bei Chee war immer etwas dazwischengekommen. Einmal war es ein Studienaufenthalt an der FBI-Akademie in Quantico, Virginia, ein anderes Mal hatte er wegen eines Mordfalles nach Los Angeles fliegen müssen. Zwischendurch hatte er sich in Nakais Winterhogan eingefunden, um sich tiefere Einsichten vermitteln zu lassen, doch Nakai hatte abgelehnt, weil die Zeit und das Wetter nicht geeignet seien.

Am Ende war Chee zu dem Schluss gekommen, Nakai sei offenbar der Ansicht, dass er nie dazu bereit sein würde, das letzte Geheimnis zu erfahren. Dieser Gedanke hatte ihn geschmerzt. Er hatte vermutet, dass Nakai missbilligte, wie sehr sich sein Lebensstil inzwischen dem der Weißen angeglichen hatte, und dass er der geplanten Eheschließung mit Janet Pete ablehnend gegenüberstand. Diese Ablehnung konnte er durchaus verstehen. Die Tatsache, dass Janet einen Navajo zum Vater hatte, reichte wohl wirklich nicht aus, sie auf das entbehrungsreiche Leben als Frau eines Schamanen vorzubereiten. Was immer der Grund sein mochte, Chee hatte die Weisheit von Nakais Entscheidung nie in Frage gestellt. Wenn Nakai ihn für nicht geeignet hielt, die Kraft zum Heilen an ihn weiterzugeben, würde er auf diesen Kindheitstraum verzichten müssen.

Und jetzt? Hatte Nakai seine Ansicht geändert? Wie sollte er sich verhalten?

«Hier?», fragte Chee unsicher und deutete auf die kalten weißen Wände ringsum. «Willst du mich hier unterweisen?»

«Ein schlechter Ort», sagte Nakai kaum hörbar. «Viele Menschen sind hier gestorben, viele sind krank und unglücklich. Ich höre sie draußen auf dem Flur klagen und weinen. Ich höre auch die *chindi* der Toten. Sie sind innerhalb dieser Mauern gefangen. Ich höre sie sogar nachts, obwohl sie mir Medizin geben, damit ich schlafe. Ich höre sie trotzdem. Es wäre besser, die letzte Unterweisung fände anderswo statt, an einem heiligen Ort, weit entfernt von Leid und allem Bösen. Aber wir haben keine Wahl.»

Er setzte die Maske auf, atmete ein paar Mal tief ein und schob sie dann wieder weg.

«Die *bilagaana* verstehen den Tod nicht», sagte Nakai. «Er ist die Vollendung des Kreises und nicht etwas, wogegen man ankämpfen müsste. Ist dir aufgefallen, dass die meisten Menschen gerade dann sterben, wenn die Nacht zu Ende geht, wenn im Westen noch die Sterne am Himmel leuchten, aber über den Bergen im Osten schon die Helligkeit von Dawn Boy zu ahnen ist? Der Tod kommt zu dieser Zeit, damit der Wind des Lebens, wenn er sie verlässt, den neuen Tag segnet. Ich habe immer geglaubt, dass auch ich bei Anbruch des Morgens sterben würde. Im Sommer. Zu Hause in unserem Camp in den Chuskas. Über mir noch die Sterne, während der Heilige Atem aus mir weicht, um wieder frei zu sein. Ich will nicht hier sterben, eingesperrt zwischen …»

Nakais Stimme war immer schwächer geworden, sodass Chee die letzten Worte kaum noch hatte verstehen können. Er spürte, wie Bernie ihn leicht am Ellenbogen berührte.

«Jim. Wenn Hosteen Nakai dich jetzt unterweisen will, wäre es dann nicht besser, ich ginge hinaus?»

«Ja, vielleicht», antwortete Chee. «Aber so genau weiß ich das selbst nicht.»

Sie betrachteten Nakai, wie er mit geschlossenen Augen regungslos dalag. Chee setzte ihm die Sauerstoffmaske auf und fühlte wieder Bernies Hand an seinem Arm.

«Er hasst diesen Ort», sagte sie. «Wir sollten ihn hier rausholen.»

«Hier rausholen?», wiederholte Chee. «Wie denn?»

«Wir sagen der Schwester Bescheid, dass wir Hosteen Nakai nach Hause bringen. Und genau das werden wir dann tun.»

«Aber er ist doch auf die Technik hier angewiesen», sagte Chee. Er deutete auf die Sauerstoffmaske, die Schläuche, die Nakai mit der lebenserhaltenden Infusion verbanden, und die Kabel, mit denen er an ein Gerät angeschlossen war, das den ihm noch innewohnenden Wind des Lebens maß und ihn reduzierte auf eine Folge von kleinen Leuchtpunkten, die in unregelmäßigen Abständen über den Monitor wanderten. «Ohne dies alles kann er nicht lange überleben.»

«Sam Frank Nakais Leben geht zu Ende, so oder so», sagte Bernie ungeduldig. «Er liegt im Sterben, das hat er Ihnen doch eben gerade zu sagen versucht. Aber er möchte nicht hier im Krankenhaus sterben, sondern bei sich zu Hause.»

«Sie haben Recht», sagte Chee. «Aber wie …»

Bernie war schon auf dem Weg zur Tür. «Ich werde jetzt

erst einmal einen Krankenwagen rufen», sagte sie. «Während wir auf ihn warten, kann ich schon die Entlassungsformalitäten erledigen.»

Nakai aus dem Krankenhaus zu bekommen war nicht ganz so einfach, wie Bernie es sich vorgestellt hatte. Die Schwester zeigte zwar Verständnis, hatte aber noch eine Menge Fragen. So wollte sie wissen, wo Nakais Frau war. In den Aufnahmepapieren war sie als nächste Angehörige aufgeführt, doch sie hatte diese nicht unterschrieben. Aufgrund welcher Vollmacht hatten sie also entschieden, Mr. Nakai von den lebenserhaltenden Geräten zu trennen und aus dem Krankenhaus zu holen? Die ganze Angelegenheit wurde noch dadurch kompliziert, dass der Arzt, der Frank Sam Nakai aufgenommen hatte, zur Zeit nicht da war. Er war auf dem Weg nach Albuquerque. Der ihn vertretende Kollege war im Augenblick leider nicht greifbar, da er sich in der Notaufnahme um das Opfer einer Messerstecherei kümmern musste. Es dauerte eine halbe Stunde, bis er kam. Die Schwester hatte ihn mittlerweile zweimal ausrufen lassen und daran erinnert, dass er gebraucht wurde. Er war noch ziemlich jung und wirkte erschöpft.

«Um was geht es denn?», fragte er. Nachdem die Schwester ihn kurz informiert hatte, schüttelte er den Kopf. «Ich kann die Entlassung nicht verfügen», sagte er. «Dazu bin ich nicht ermächtigt. Der Anschluss an die Geräte ist für den Patienten lebenswichtig. In so einem Fall benötigt man das Einverständnis der Angehörigen. Falls das nicht vorliegt, ist die Zustimmung des Arztes notwendig, der den Kranken aufgenommen hat.»

«Die Formalitäten sind uns letztlich gleichgültig», sagte Chee. «Wir werden Hosteen Nakai heute Abend auf jeden Fall zurück nach Hause und zu seiner Frau bringen. Alles, worum ich Sie bitte, ist, dass Sie uns helfen, die Belastung für meinen Onkel möglichst gering zu halten.»

Einen Augenblick lang herrschte unbehagliches Schweigen, dann reichte man Chee ein Formular «Entlassung entgegen ärztlichem Rat», das er zusammen mit einer Erklärung, für alle eventuell entstehenden Kosten aufzukommen, sofort unterschrieb. Hosteen Frank Sam Nakai war wieder frei.

Inzwischen war auch der Krankenwagen eingetroffen, und der Sanitäter, der Chee von gemeinsamen Einsätzen bei Verkehrsunfällen kannte, bat um Anweisungen. Hosteen Nakai wurde auf einer Bahre hinausgetragen. Chee nahm zusammen mit dem Sanitäter hinten im Krankenwagen Platz.

«Ich nehme an, Sie haben schon mitbekommen, dass man einen der Kasino-Gangster tot aufgefunden hat», sagte der Sanitäter. «Ich habe es gerade eben in den Nachrichten gehört.»

«Nein», antwortete Chee überrascht. «Wissen Sie Näheres?»

«Der Kerl soll sich erschossen haben. Sein Name war Everett Jorie. Irgendjemand hat die Leiche gestern Nachmittag entdeckt und die Polizei verständigt», fuhr der Sanitäter fort. «Dieser Jorie war vor ein paar Jahren Moderator einer Radio-Talkshow. Stand politisch ziemlich weit rechts. In den Nachrichten hieß es, dass er südlich von Aneth eine Ranch besessen hätte. Er war mit einer Navajo verheiratet. Dadurch konnte er wohl über das ihr zugeteilte Weideland verfügen.»

«Sie sagen, er hätte sich erschossen? Wurden Einzelheiten erwähnt?»

«Nicht viele. Er hat es bei sich zu Hause getan. Nahm

wohl an, dass man ihm auf der Spur war, und wollte durch seinen Selbstmord einer Verhaftung zuvorkommen. Übrigens kennt die Polizei inzwischen auch die beiden anderen Täter. Sie sollen aus Utah sein und Verbindung zu einer der örtlichen Milizen haben.»

«Jorie», wiederholte Chee nachdenklich. «Nie gehört, den Namen.»

«Doch, den kennen Sie bestimmt», sagte der Sanitäter. «Das war der, in dessen Sendung immer die Verrückten angerufen haben, um ihrem Hass auf die Regierung Luft zu machen.»

«Ach der», sagte Chee. «Ja, jetzt erinnere ich mich wieder.»

«Bei den zwei anderen handelt es sich um einen gewissen Buddy Baker und einen Ute namens Ironhand. Der soll früher mal eine Zeit lang im Spielkasino gearbeitet haben.»

«Ich frage mich, wer das alles herausgefunden hat.»

«In den Nachrichten hieß es, die Identifizierung sei aufgrund von FBI-Ermittlungen gelungen.»

«Ach verdammt», sagte Chee. «Irgendwie hatte ich gehofft, dass die Kasino-Gangster inzwischen längst in Los Angeles oder Tulsa oder sonstwo wären. Aber wenn sie aus Utah stammen, haben sie sich vermutlich hier in der Gegend ein Versteck gesucht. Womöglich in einem der Canyons.»

Der Sanitäter lachte. «Sie sind nicht besonders scharf drauf, schon wieder da runterzusteigen, was? Kann ich Ihnen nicht verdenken. Ginge mir genauso.»

Chee enthielt sich eines Kommentars.

Unvermittelt öffnete Nakai die Augen und flüsterte kaum hörbar: «Ironhand.»

Chee beugte sich über ihn und fragte: «Little Father, geht es dir schlechter?»

«Ironhand», wiederholte Nakai. «Du musst dich vor ihm hüten. Sein Großvater war ein berüchtigter Bandit und ein Zauberer.»

«Sein Großvater?», fragte Chee ungläubig.

Doch Nakai war schon wieder eingeschlafen.

Kapitel dreizehn

Der Halbmond versank bereits im Westen hinter den Bergen, als der Krankenwagen, gefolgt von Bernie in Chees Pickup, den schmalen Weg zu Hosteen Nakais Wohnstätte in den Chuskas hinunterrollte. Blue Woman stand im Eingang des Hogans und blickte ihnen entgegen. Kaum hatte der Krankenwagen gehalten, lief sie weinend darauf zu, weil sie annahm, man brächte ihr den Leichnam ihres Mannes. Als sie sah, dass Nakai noch lebte, verwandelte sich ihr Schmerz in Freude.

Sie betteten den alten Mann auf ein Lager neben der Nusskiefer und schlossen ihn aufs Neue an das Sauerstoffgerät an.

Blue Woman drängte es zu erklären, warum sie Nakai im Krankenhaus von Farmington «allein gelassen hatte», wie sie unter Tränen sagte. Am Morgen hatte ihre Nichte sie abgeholt, um sie zum Zahnarzt zu bringen, weil ihr ein entzündeter Zahn gezogen werden sollte. Außerdem wollte sie verschiedene Medikamente nachkaufen, damit Nakai schmerzfrei blieb und schlafen konnte. Ihr Mann hatte sich besser gefühlt als sonst und mitkommen wollen. Blue Woman war das recht gewesen, weil niemand da war, der sich in ihrer Abwesenheit um ihn hätte kümmern können. Doch dann war er im Wartezimmer des Zahnarztes plötzlich ohnmächtig geworden, irgendjemand hatte die 911 gewählt, und kurz darauf war eine Ambulanz gekommen und hatte ihn ins Krankenhaus gebracht. Sie hatte Stunde um Stunde dort gesessen, unsicher, was sie tun sollte. Schließlich hatte ihre Nichte gesagt, dass sie nun aufbrechen müsse, weil zu Hause ihre Kinder auf sie warteten, und Blue Woman war nichts übrig geblieben, als mitzufahren. Seit einiger Zeit gab es Gerüchte, dass reiche junge Leute aus der Stadt ihr Interesse für Wölfe entdeckt und begonnen hatten, die Tiere in den Bergen auszusetzen, um sie dort wieder heimisch zu machen. Deshalb musste auch sie zurück, um die neugeborenen Lämmer zu beschützen.

Nakai war wach und hatte dem Bericht seiner Frau aufmerksam gelauscht. Als sie fertig war, bedeutete er Chee mit einer Geste, sich zu ihm hinunterzubeugen.

«Ich habe dir etwas Wichtiges mitzuteilen.»

«Wir beide werden jetzt erst einmal Kaffee kochen», erklärte Blue Woman und ging Bernie voraus zum Hogan.

Chee richtete sich innerlich auf eine längere Unterweisung ein. Vermutlich würde sein Onkel noch einmal auf die Feinheiten der Navajo-Theologie zu sprechen kommen, insbesondere auf die Beziehungen des Schöpfers, der die Entwicklung des Kosmos in Gang gesetzt hatte, zum spirituellen Reich der Heiligen Wesen einerseits und zur Menschheit andererseits. Und wenn Nakai geendet hatte, so würde er, Chee, im Besitz jenes letzten Geheimnisses sein, das ihn zu einem Schamanen machte.

«Sie werden dich bald wieder in die Canyons schicken, um nach diesem Ironhand zu suchen», begann der alte Mann. «Doch bevor du gehst, musst du erfahren, mit wem du es zu tun hast. Zu Anfang unseres Jahrhunderts gab es einen Banditen vom Stamm der Ute, der denselben Namen trug. Es hieß, dass er Kinder hätte, einen Sohn und eine Tochter. Der Ironhand, hinter dem ihr her seid, wird sein Enkel sein.»

Chee stieß langsam den Atem aus. Wenn die Unterweisungen warten mussten, schien es dringend zu sein, was Nakai ihm mitteilen wollte.

«Vor vielen Jahren, als ich ein Junge war, vertrieb man sich im Winter die Zeit noch mit Geschichten. In allen Gesprächen war die Rede von einem großen Damm, durch den die Wasser des Colorado und des San Juan aufgestaut werden sollten. Auf viele hundert Meilen würde Canyon um Canyon ertrinken, nur um am Ende einen riesigen neuen See zu schaffen. Zu dieser Zeit erzählten die alten Männer häufig davon, wie Ute und Paiute früher auf geheimen Wegen durch die Canyons herangeschlichen waren, um uns Schafe und Pferde zu stehlen. Oft wurden bei diesen Überfällen Angehörige unseres Volkes getötet. Am schlimmsten war die Bande eines Paiute namens Dobby. Doch die Ute waren kaum weniger grausam, und besonders ein gewisser Ironhand tat sich unrühmlich hervor.»

Nakai setzte seine Sauerstoffmaske auf und holte ein paar Mal tief Luft.

«Ironhand», wiederholte Chee nachdenklich, aber wohl zu leise, als dass sein Onkel es hätte hören können.

Nakai schob die Maske wieder zur Seite.

«Es heißt, dass Dobby und seine Männer eines Nachts aus dem Canyon gekommen seien, um die Wohnstätte einer Angehörigen der *tl'igu dinee* zu überfallen. Sie töteten erst die alte Frau, danach ihre Tochter und deren beide Kinder und machten sich dann mit den geraubten Schafen und Pferden davon. Der Schwiegersohn der alten Frau war ein

Mann namens Littleman. Er entstammte den Near-the-Water-*diné*, doch gehörte er durch seine Heirat jetzt zum Salt Clan. Als er erfuhr, dass seine Familie ausgelöscht worden war, soll er vor Schmerz wahnsinnig geworden sein und die innere Harmonie für immer verloren haben.»

Nakais Stimme wurde schwächer, und er musste etliche Male innehalten, während er Chee erzählte, wie Littleman unermüdlich die Canyons abgesucht hatte, bis er schließlich auf den schmalen Pfad stieß, den Dobby damals benutzt hatte, und es ihm gelang, ihn in seinem Camp aufzuspüren und zu töten.

«Littleman und seine Verwandten aus dem Salt Clan haben sich jahrelang Sommer für Sommer immer wieder auf die Suche gemacht, bis sie Dobby endlich hatten», sagte Nakai. «Ironhand jedoch ist unseren Leuten bis zuletzt immer aufs Neue entkommen.»

Der Mond war hinter dem Horizont verschwunden, und am dunklen Nachthimmel standen Myriaden von leuchtenden Sternen. Chee spürte, wie ihm die nächtliche Kälte des Hochlands unangenehm unter die Kleider kroch. Er beugte sich in seinem Stuhl vor und zog Nakai die Decke über die Schultern.

«Little Father», sagte er, «ich glaube, es wäre besser, wenn du jetzt schläfst. Soll ich dir noch einmal deine Medizin geben?»

Nakai schüttelte kaum merklich den Kopf. «Ich will, dass du mir zuhörst», sagte er.

Der alte Mann sprach jetzt so leise, dass Chee sich vorbeugen und das Ohr dicht an seine Lippen halten musste, um ihn zu verstehen.

«Als Ironhand und seine Bande wieder einmal eine Siedlung überfallen hatten, gelang es, ihnen bis in einen der

Canyons unterhalb der Casa Del Eco Mesa zu folgen. Von dort wandten sich die Spuren in ein enges, steil ansteigendes Seitental, wo sie vor einer Felswand endeten. Ironhand und seine Männer aber waren wie vom Erdboden verschluckt. So gründlich sich unsere Leute auch umsahen, sie entdeckten nirgends einen Pfad, der aus der Schlucht hinausführte. Unsere Väter hielten Ironhand seither für einen Zauberer. Sie glaubten, dass er und seine Komplizen sich in die Lüfte erhoben hätten und über die Felswand hinweggeflogen seien.»

Nakais Stimme erstarb. Er zog die Sauerstoffmaske auf sein Gesicht, atmete ein paar Mal tief ein und schob sie dann wieder beiseite.

«Der Ironhand, mit dem ihr es zu tun habt, ist wahrscheinlich ein Enkel des grausamen Banditen, der unserem Volk so viel Leid zugefügt hat. Er wird von seinem Großvater vielleicht in das Geheimnis seines Verschwindens eingeweiht worden sein. Ich wollte, dass du das weißt, bevor man dich wieder in die Canyons schickt, um ihn dort aufzuspüren.»

Nakai holte mühsam Luft.

«Ich werde gleich schlafen», fuhr er fort, «aber vorher muss ich dich ein letztes Mal unterweisen. Dann werde ich dich alles gelehrt haben, was du wissen musst, und du kannst ein *hataalii* sein.» Er rang mühsam nach Luft. «Oder auch nicht.»

Chee sah, dass der alte Mann mit seiner Kraft am Ende war. «Little Father, du solltest dich ausruhen und erst wieder ein bisschen erholen. Du solltest …»

«Ich muss es jetzt tun. Gleich», antwortete Nakai. «Es ist wichtig, dass du aufmerksam bist. Die letzte Unterweisung ist diejenige, auf die es ankommt. Kannst du mich hören?»

Chee nahm Nakais Hand und drückte sie.

«Du musst wissen, dass es den Menschen nicht leicht fällt, jemandem außerhalb ihrer eigenen Familie Vertrauen zu schenken, und wenn sie krank sind, dann fällt es ihnen besonders schwer. Sie haben Schmerzen. Sie befinden sich im Zustand von *hóchxó* – auf dem Pfad der Verwirrung. Sie sind nicht mehr fähig, Schönheit wahrzunehmen. Ihre Beziehung zu den Heiligen Wesen, zur Natur und zu anderen Menschen ist gestört. So steht es um sie, wenn sie schließlich zu dir kommen und bei dir als *hataalii* Hilfe suchen. Du bist derjenige, der ihnen erklären muss, dass die Macht, die uns das Leben geschenkt hat, auch alles über uns und um uns herum erschaffen hat. Die Menschen sind Teil dieser Macht. Wenn sie sich gemäß den empfangenen Lehren verhalten, werden sie den Zustand von Gleichgewicht und Harmonie zurückerlangen. Du musst ihnen erklären, dass sie die Schönheit, die sie umgibt, dann wieder wahrnehmen können.» Nakai schloss die Augen und griff nach Chees Hand. «Doch es ist schwer für sie, das zu glauben», sagte er. «Verstehst du das?»

«Ja.»

«Aber wenn sie nicht daran glauben, *hozho* wiedererlangen zu können, dann vermagst du ihnen nicht zu helfen.» Nakai öffnete die Augen und sah Chee an.

«Ja», antwortete Chee wieder.

«Du kennst die Gesänge. Du singst sie ohne Fehler. Deine Sandbilder sind genau so, wie sie sein sollen. Du weißt, welche Kräuter du nehmen musst, um die Brechmittel herzustellen, und auch sonst alles.»

«Ich hoffe es», erwiderte Chee, der langsam begriff, was Nakai ihm sagen wollte.

«Aber nur du selbst kannst entscheiden, wie weit du

die Vier Heiligen Berge bereits hinter dir gelassen hast. Manchmal schafft man den Weg zurück nach *dinetah* nicht mehr.»

Chee nickte. Er erinnerte sich an einen Samstagabend. Damals hatte er gerade die Highschool abgeschlossen. Nakai war mit ihm nach Gallup gefahren. Er hatte in der Railroad Avenue geparkt, und sie hatten zwei Stunden lang nur im Auto gesessen und die Betrunkenen beobachtet, wie sie von Lokal zu Lokal zogen. Schließlich hatte Chee seinen Onkel gefragt, warum er ihn hergebracht hatte. Nakai hatte lange geschwiegen, doch was er dann sagte, hatte sich Chee tief eingeprägt.

«Was wir hier sehen, sind die *diné*, die *dinetah* verlassen haben. Ihre Körper sind noch hier, aber ihr Geist ist jenseits der Heiligen Berge. Menschen wie sie findest du überall – östlich von Mount Taylor oder im Westen der San Francisco Peaks und eben auch hier.»

Chee hatte auf einen Mann gezeigt, der weiter oben in der Straße schwerfällig gegen eine Mauer gesunken war und jetzt mit hängendem Kopf auf dem Bürgersteig hockte. «Du meinst Menschen wie ihn da?»

Nakai hatte eine weit ausholende Handbewegung gemacht. Sie umfasste sowohl die Neonreklame über einer Bar als auch den Betrunkenen, der jetzt unbeholfen versuchte, wieder auf die Beine zu kommen. Sie schloss auch die glänzende weiße Lincoln-Limousine mit ein, die in diesem Moment langsam auf sie zufuhr. «Welcher der beiden hat seine Familie vergessen?», fragte er. «Nur der Betrunkene, der seine Kinder zu Hause hungern lässt? Oder nicht auch der Mann, der sich ein solches Luxusauto kauft, um seinen Reichtum zur Schau zu stellen, anstatt mit dem Geld, das er besitzt, seinen Bruder zu unterstützen?»

Nakai hatte die Augen jetzt geschlossen, sein Atem ging ächzend. «Um Menschen zu heilen, musst du ihnen helfen zu glauben», flüsterte er. «Aber das kannst du nur, wenn du selbst fest glaubst. Sie müssen deinen Glauben spüren können. Begreifst du das?»

«Ja», sagte Chee.

Er verstand, was sein Onkel ihm sagen wollte: dass er in seinen Augen den Anforderungen, die an einen Schamanen gestellt wurden, nicht gewachsen war. Die Heilung des Kranken hing ab von der Person des *hataalii.* Seine Art, die Heilzeremonien durchzuführen, brachte die Genesung. Gleichzeitig war jedoch deutlich, dass Nakai ihm seine Unzulänglichkeit verzieh. Er entließ ihn aus den alten Bindungen, damit er seinen Weg in die andere, moderne Welt, den er, ohne es recht zu wissen, bereits eingeschlagen hatte, in Freiheit fortsetzen konnte.

Chee verspürte Erleichterung und war doch gleichzeitig erfüllt von einem Gefühl großer Trauer angesichts eines unersetzlichen Verlustes. Hosteen Sam Nakai war dabei, seine letzten Atemzüge zu tun.

Kapitel vierzehn

Kurz nach Mittag des nächsten Tages bekam Captain Largo Chee schließlich doch zu fassen.

In Chees Träume drang ein insistierendes Pochen, das sich schnell zu einem wütenden Hämmern steigerte, unterbrochen von lautem Rufen.

«Verdammt, Chee, ich weiß, dass Sie da sind. Machen Sie auf!»

Chee kam, nur mit Boxershorts bekleidet, an die Tür und starrte Largo schlaftrunken an.

«Wo haben Sie gesteckt?», fragte der Captain, drängte Chee unsanft beiseite und betrat den Trailer. «Und warum zum Teufel gehen Sie nicht ans Telefon?» Sein Blick fiel auf den Anrufbeantworter. Das rot blinkende Signallämpchen zeigte an, dass die dort gespeicherten Mitteilungen noch nicht abgerufen worden waren. «Oder hören vielleicht mal Ihr Band ab?»

«Ich bin weg gewesen», antwortete Chee, «und erst heute Morgen wieder zurückgekommen. Eine wichtige Familienangelegenheit.»

Er beugte sich vor und drückte auf den Wiedergabeknopf. Inzwischen war er wach genug, um sich dafür zu beglückwünschen, dass er umsichtig genug gewesen war, Cowboy Dashees Anruf zu löschen. Aus dem Gerät ertönte Largos missgelaunte Stimme: «Hier Largo. Kriegen Sie Ihren Arsch hoch, und kommen Sie her. Und zwar schnell. Die Feds haben das verdammte Flugzeug gefunden, und jetzt starten sie wieder eine von ihren Fuchsjagden, und wir dürfen die Spürhunde abgeben.»

Chee lauschte aufmerksam, als hörte er die Nachricht zum ersten Mal. Das Display zeigte, dass während seiner Abwesenheit zwei neue Anrufe eingegangen waren, und Chee stellte die Wiedergabe schnell ab, weil er nicht riskieren wollte, sich noch mehr Ärger mit Largo einzuhandeln.

«Ich weiß, ich hätte das Band abhören sollen», sagte er. «Aber ich bin erst um neun Uhr heute Morgen wieder hier gewesen und war ziemlich erledigt.»

Er erzählte Largo, wie er zusammen mit Bernadette Manuelito den ältesten Bruder seiner Mutter aus der Klinik geholt, nach Hause gebracht und die Nacht über bei ihm gewacht hatte. Gegen Morgen, gerade als die Sonne über den Bergspitzen erschien, war der alte Mann gestorben. Unter freiem Himmel, ganz so, wie er es sich gewünscht hatte. Bernie war anschließend losgefahren, um Blue Womans Schwester zu benachrichtigen. Die war dann auch gleich gekommen, um zu helfen, den Leichnam für das traditionelle Begräbnis vorzubereiten.

Chee konnte seine Trauer über den Tod Hosteen Sam Nakais nur schwer verbergen. Obwohl er schon so lange damit gerechnet hatte, war mit Little Father auch etwas in seinem Inneren gestorben. Fast kam es ihm so vor, als sei er nun endgültig von seiner Tradition abgeschnitten.

Largo spürte offenbar, in welcher Gemütslage sich Chee befand. Der Captain war ungeachtet seiner Uniform im Herzen ein Standing-Rock-*diné* geblieben und den Sitten und Gebräuchen seines Volkes immer noch verbunden. Er gedachte voller Hochachtung der Weisheit des Verstorbenen und seines Rufes als großer Sänger und Schamane, vermied es jedoch genau wie vor ihm Chee, den Namen des Toten zu nennen. Er sprach Chee sein Beileid aus und nahm dann unaufgefordert auf seinem Feldbett Platz.

«Ich würde Ihnen ein paar Tage frei geben, wenn ich könnte», sagte er, großzügig darüber hinwegsehend, dass Chee eigentlich noch Urlaub hatte, «aber Sie wissen ja, was los ist.» Er zuckte bedauernd die Schultern. «Alle verfügbaren Leute sind unterwegs, um Ausschau zu halten nach den Kasino-Gangstern, also sehen Sie zu, dass Sie in Ihre Uniform kommen. Ich informiere Sie dann nachher in meinem Büro über den aktuellen Stand der Ermittlungen. Wenn wir damit fertig sind, möchte ich, dass Sie sofort rausfahren und vor Ort dafür sorgen, dass die Suche einigermaßen sinnvoll organisiert wird.»

«Ich tue, was ich kann», versprach Chee.

Plötzlich kam Largo ein Verdacht. «Manuelito war gestern Nacht mit dabei, sagen Sie?», fragte er und sah Chee misstrauisch an. «Sie hat es nicht für nötig gehalten, mich davon zu unterrichten. Hat sie Ihnen wenigstens gesagt, dass ich überall nach Ihnen gesucht habe?»

«Ich habe sie nicht danach gefragt», antwortete Chee und tat so, als erfordere das Anziehen der Hose und das Zuknöpfen des Hemdes seine ganze Aufmerksamkeit. Er hoffte, dass der Captain sich damit zufrieden gab. Eine ehrliche Antwort würde nur seinen Zorn hervorrufen, das wusste er. Largo stand auf, und Chee registrierte mit Erleichterung, dass er offenbar gehen wollte.

«Ich erwarte Sie dann in meinem Büro», sagte er. «In genau dreißig Minuten.»

Eine gute halbe Stunde später saß Chee auf dem Stuhl vor Largos Schreibtisch. Der Captain telefonierte gerade.

«In Ordnung», sagte er. «Natürlich. Wird gemacht. In Ordnung.» Er hängte ein, seufzte, blickte erst auf seine Uhr und dann zu Chee. «Also», begann er, «die Situation ist, wie folgt.»

Largo verstand sein Handwerk. Die Informationen waren kurz und präzise. Er nannte Chee die Namen der beiden überlebenden Verdächtigen und gab eine kurze Beschreibung. Man hatte weder Baker noch Ironhand zu Hause angetroffen. Eine Befragung der jeweiligen Nachbarn hatte ergeben, dass die beiden seit dem Tag des Überfalls nicht mehr gesehen worden waren, was allerdings in Bezug auf Ironhand nicht allzu viel bedeutete, da die nächste Ranch mehr als vier Meilen entfernt lag. Ironhand besaß nach Aussagen der Nachbarn ein Fuhrwerk mit zwei Pferden. Sowohl das Gefährt als auch die Tiere waren, als die Polizei bei ihm eintraf, nicht mehr da. Aber weil niemand wusste, seit wann sie verschwunden waren, konnte man nicht sagen, ob diese Tatsache für die Ermittlungen überhaupt relevant war. Als die Fluchttheorie des FBI – Täter mit einem gestohlenen Flugzeug entkommen – wie eine Seifenblase zerplatzt war, hatten die Feds erneut eine groß angelegte Suchaktion gestartet. Man hatte Straßensperren errichtet, und speziell für diese Aufgabe geschulte Beamte vom Grenzpatrouillendienst der Einwanderungsbehörde suchten die Gegend, in der man den verlassenen Pickup der Täter aufgefunden hatte, nach Spuren ab.

«Sie veranstalten wieder einen Wahnsinnszirkus», sagte Largo. «Wir haben Polizeikräfte aus drei Staaten hier, drei, wenn nicht sogar vier Bezirke haben ihre Sheriffs und Deputies geschickt, dazu Cops vom Bureau of Indian Affairs, Ute Cops und Cops von der Jicarilla Reservation. Sogar der Park Service musste Männer für die Suche abstellen. Sie selbst, Chee, sollen nach Montezuma Creek. Wir haben bereits vier unserer Leute dort oben, die zusammen mit den Feds versuchen, vielleicht noch eine Spur der Flüchtigen zu entdecken. Sie sollen sich melden bei Special Agent … Moment …» Largo musste seinen Notizblock zu Hilfe nehmen, «… bei Special Agent Damon Cabot. Muss wohl neu hier sein. Ich habe den Namen noch nie gehört.»

«Aber natürlich», widersprach Chee. «Sie erinnern sich doch sicher noch an dieses alte Gedicht: ‹Die Lodges sprachen nur mit den Cabots und die Cabots nur mit Gott.›»

«Nein, kenne ich nicht», sagte Largo, «und ich hoffe nur, Sie versuchen da oben nicht, den Klugscheißer zu spielen.»

Chee sah auf die Uhr. «Soll ich heute noch hochfahren?»

«Sie hätten schon gestern da sein sollen», knurrte Largo. «Passen Sie auf sich auf, und erstatten Sie regelmäßig Bericht.»

«Mach ich», antwortete Chee und wandte sich zur Tür.

«Und noch was, Sergeant», sagte Largo, «gebrauchen Sie ausnahmsweise mal Ihren Verstand. Gehen Sie nicht gleich wieder auf Konfrontationskurs mit den Feds. Benehmen Sie sich, wie es sich gehört, und zeigen Sie etwas Respekt.»

Chee nickte.

Largo grinste sardonisch. «Falls das mit dem Respekt Ihnen Schwierigkeiten macht, dann denken Sie daran, dass die Feds ungefähr dreimal so viel verdienen wie Sie.»

«Ja», antwortete Chee. «Ein guter Hinweis. Wirklich sehr hilfreich.»

Treffpunkt aller an der Fahndung beteiligten Einsatzkräfte war das Chapter House in Montezuma Creek. Der dazugehörige Parkplatz war, als Chee eintraf, bereits dicht besetzt von Polizeifahrzeugen unterschiedlicher Herkunft. Chee sah sich um. Cowboy Dashees Streifenwagen parkte jenseits des Schotters im Schatten des einzigen Baumes weit und breit. Gleich daneben entdeckte er einige Wagen von Kollegen der NTP. Die beiden glänzenden schwarzen Limousinen weiter hinten gehörten sicher zum Fuhrpark des FBI. Ein ebenfalls auf Hochglanz polierter grüner Land Rover brachte ihn kurz ins Grübeln. Viel zu kostspielig für eine der bezirklichen oder auch bundesstaatlichen Strafverfolgungsbehörden, dachte er. Vermutlich war der Wagen bei einer Drogenrazzia sichergestellt worden und diente jetzt dem die Ermittlungen leitenden Special Agent, den man von Salt Lake oder Denver hierher beordert hatte, als Dienstfahrzeug.

Der Versammlungsraum war genauso voll wie der Parkplatz und kaum weniger heiß. Irgendjemand war offenbar zu dem Schluss gekommen, dass die Klimaanlage zu schwach war, um auch noch der von den Anwesenden abgestrahlten Körperwärme Herr zu werden, und hatte deshalb sämtliche Fenster aufgerissen. Ein Dutzend Männer, teils in Tarnanzügen oder Uniform, teils auch in Zivil, standen, in Gespräche vertieft, um einen Tisch. Nicht weit davon entdeckte Chee seinen Freund Dashee, der auf einem Klappstuhl saß und las.

Chee ging auf ihn zu. «Hallo, Cowboy», sagte er. «Sie sind nicht zufällig der für die Ermittlungen zuständige Special Agent?»

«Nicht so laut!», sagte Dashee. «Die Feds müssen nicht unbedingt mitkriegen, dass wir uns näher kennen. Jedenfalls solange wir diese Geschichte hier noch nicht aufgeklärt haben. Übrigens, der Special Agent, den du suchst, steht da drüben. Es ist der große Bursche mit der schwarzen Baseballmütze.»

«Sieht noch ziemlich jung aus, finde ich», bemerkte Chee. «Glaubst du, er versteht dieses Land überhaupt?»

Dashee lachte. «Er hat mich gefragt, ob es im San Juan Forellen gibt. Irgendjemand habe ihm erzählt, dass man dort hervorragend angeln könne. Hörte sich für mich an, als hätte er früher in St. Louis oder noch weiter weg gearbeitet.»

«Und du hast ihm das bestätigt? Ich meine, dass man im San Juan großartig angeln kann?»

«Also wirklich, Chee. Jetzt reg dich bloß nicht gleich wieder auf! Ich habe ihm erklärt, dass er, wenn er angeln will, zweihundert Meilen flussaufwärts fahren muss. Der San Juan ist hier bei uns wegen des Schlamms von den bewässerten Feldern viel zu schmutzig. Übrigens scheint er ganz in Ordnung zu sein. Er sagte, er sei neu hier und habe keine Ahnung, ob er eine Rinne nun als Trockenbach, Auswaschung oder Arroyo bezeichnen sollte. Er heißt Damon Cabot.»

Chee nickte. «Ich weiß. Hat Largo mir schon gesagt.»

Aus der Nähe betrachtet wirkte Cabot sogar noch deutlich jünger als eben vom anderen Ende des Konferenzraumes aus. Er begrüßte Chee mit Handschlag und erklärte, dass es mehrere Zweiertrupps gebe, die sich bei ihrer Arbeit auf jeweils verschiedene Gebiete konzentrierten. Chee und sein Partner Cowboy Dashee seien speziell damit beauftragt, die Umgebung des verlassenen Fluchtfahrzeugs noch einmal nach Spuren abzusuchen.

«Sie operieren von hier aus», sagte er, beugte sich über die auf dem Tisch ausgebreitete Karte und deutete auf eine mit rotem X markierte Stelle mitten auf der Casa Del Eco Mesa. «Das ist Ihre vorläufige Basis. Der Ort, wo die Gangster den Pickup stehen gelassen haben. Kennen Sie sich dort aus?»

«Auskennen wäre zu viel gesagt», antwortete Chee. «Aber ich bin ein paar Mal da gewesen. Meine Dienststelle ist in Shiprock und ich bin zuständig für das Gebiet um Tuba. Das liegt ein ganzes Stück weiter westlich.»

«Nun», sagte Cabot, «auf jeden Fall sind Sie besser mit der Gegend vertraut als ich. Ich bin erst vor einer Woche von Philadelphia hierher versetzt worden. Nach Salt Lake, um genau zu sein. Waren Sie eigentlich bei der Großfahndung im vergangenen Jahr auch schon dabei?»

Chee nickte.

«Nach allem, was man so hört, hat sich das Bureau damals nicht gerade mit Ruhm bekleckert.»

«Die anderen auch nicht», gab Chee knapp zurück.

«Was glauben Sie? Halten sie sich immer noch da draußen versteckt?»

«Sie meinen die beiden, nach denen wir ’98 gesucht haben? Eine Menge Leute hier in der Gegend sind fest davon überzeugt.» Er zuckte die Schultern. «Möglich wär’s.»

«Das Bureau ist anscheinend irgendwann zu dem Schluss gekommen, dass sie tot sind», sagte Cabot. «Ich frage mich nur ...» Er brach ab und begann übergangslos, von der mutmaßlichen Bewaffnung der beiden Kasino-Räuber zu reden: Sturmgewehren und mindestens einem Jagdgewehr mit aufgesetztem Zielfernrohr.

Chee fiel auf, dass Special Agent Cabot etwas deprimiert wirkte. Außerdem war er wirklich freundlich gewesen und hatte ihn kein bisschen von oben herab behandelt. Damit hatte er nicht gerechnet. Er schämte sich ein wenig.

Während sie im Anschluss an die Einsatzbesprechung in Cowboys Streifenwagen zur Casa Del Eco Mesa fuhren, dachte Chee laut über die soeben gemachte Erfahrung nach.

Dashee nickte. «Genau was ich dir immer gesagt habe. Gut, dass du es jetzt endlich selbst gemerkt hast», sagte er. «Du bist den Feds gegenüber grundsätzlich feindselig und lässt kein gutes Haar an ihnen. Ich denke, dass deine Einstellung zu tun hat mit deinem tief sitzenden und letztlich nicht ganz unberechtigten Minderwertigkeitskomplex.» Er grinste. «Plus einer reichlichen Portion Neid auf diese gut aussehenden Burschen mit den gepflegten Föhnfrisuren, den eleganten Anzügen und den teuren Schuhen. Nicht zu vergessen das dicke Gehalt, die Aussicht auf eine mehr als zufrieden stellende Pension und die öffentliche Anerkennung – schließlich macht Hollywood nicht umsonst dauernd Filme über sie. Außerdem verfügen sie über üppige Spesenkonten, können bei Bedarf vom Auto auf den Helikopter umsteigen ...» Cowboy hielt inne und streifte Chee mit einem Seitenblick, «... und haben die ganze Zeit Umgang mit den hübschen Pflichtverteidigerinnen des Justizministeriums.»

Die Erwähnung der hübschen Pflichtverteidigerinnen

war bestimmt nicht ganz zufällig, dachte Chee. Offenbar hatte Cowboy vor, das Gespräch auf Janet Pete zu lenken. Chee hatte ihn vor ein paar Jahren gebeten, Trauzeuge zu sein, falls Janet dem Wunsch ihrer Mutter nachgab und auf einer Hochzeit im Stil der Weißen bestand, statt der traditionellen Navajo-Zeremonie, der er selbst den Vorzug gegeben hätte. Doch dann war ihre Beziehung in die Brüche gegangen. Er hatte Cowboy nie erklärt, wie es dazu gekommen war, und hatte auch nicht vor, das jetzt nachzuholen.

«Du hast es gerade nötig, Cowboy», sagte er stattdessen. «Du stehst ja nun auch nicht gerade in dem Ruf, die Feds besonders zu mögen. Du warst doch derjenige, der immer erzählt hat, der beliebteste Kurs an der FBI-Akademie sei ‹Unerträgliche Arroganz 101›.»

«Da verwechselst du was», erwiderte Cowboy. «Der beliebteste Kurs ist ‹Arroganz 201›. ‹UA 101› ist für die Anfänger, damit sie auf den Geschmack kommen. Nein, nein, es gibt auch nette Jungs unter den Feds. Sie haben eben nur sehr viel mehr Geld als unsereins.»

Einer der netten Jungs erwartete sie schon an der Truck Base, der mobilen Einsatzleitung. Er saß in einem schwarzen Kastenwagen und verfolgte den Funkverkehr. Neben ihm auf dem Beifahrersitz lag aufgeschlagen ein Buch. Er erklärte ihnen, dass der für diesen Teil der Operation zuständige Special Agent sich zur Zeit gerade unten im Canyon aufhalte und sie hier warten sollten, bis sie nähere Anweisungen erhielten.

Er deutete auf das mit gelbem Plastikband abgesperrte Areal hinter seinem Wagen. «Betreten verboten», sagte er. «Das ist das Gelände, wo das Fluchtfahrzeug gefunden wurde. Wir wollen vermeiden, dass alle möglichen Leute da herumtrampeln und Spuren vernichten, ehe die Kollegen vom kriminaltechnischen Labor einen Blick darauf geworfen haben.»

«Kein Problem», sagte Dashee, «wir bleiben einfach hier stehen.»

Sie lehnten sich gegen Cowboys Streifenwagen.

«Wieso hast du ihm nicht erzählt, dass du derjenige warst, der die Absperrung vorgenommen hat?», wollte Chee wissen.

Cowboy zuckte grinsend die Schultern. «Ich wollte freundlich zu ihm sein. Die Feds sind dafür sehr empfänglich. Solltest du vielleicht auch mal probieren.»

Sie schwiegen eine Weile, bis Chee fragte: «Hast du eigentlich gehört, wie die Feds es geschafft haben, die Kasino-Gangster zu identifizieren? Ich nehme an, dass sie den angeblichen Tippgeber endlich zum Sprechen gebracht haben. Diesen Teddy Bai, der im Krankenhaus unter Bewachung steht. Weißt du was darüber?»

«Nur was man sich so erzählt, und das aus vierter Hand – mindestens», sagte Cowboy. «Gerüchten nach soll dein alter Boss derjenige sein, dem das Kunststück gelungen ist. Ich meine, die Täter zu identifizieren.»

«Welcher alte Boss?»

«Na, Joe Leaphorn», antwortete Dashee. «Der ‹Legendäre Lieutenant›. Hat's mal wieder allen gezeigt.»

«Verdammt», fluchte Chee leise. «Wie hat er das bloß angestellt?» Aber im Grunde war er nicht wirklich überrascht.

«Es heißt, unser Sheriff hat einen Anruf von ihm bekommen. Leaphorn hat einen der drei Gangster, einen Mann namens Jorie, in dessen Haus tot aufgefunden und dabei auch die Namen der beiden Komplizen erfahren. Das ist auch schon alles, was ich weiß.»

«Verdammt», wiederholte Chee. «Wie zur Hölle bringt er es jedes Mal aufs Neue fertig ...»

«Du hast doch jahrelang mit ihm zusammengearbeitet», sagte Cowboy. «Wie lange eigentlich genau? Drei Jahre oder vier?»

«Ja, so in dem Dreh», antwortete Chee. «Kam mir damals länger vor.»

«Dann müsstest du ihn doch eigentlich kennen und wissen, wie ausgebufft er ist. Der lässt sich eben nur von der Logik leiten und denkt die Dinge zu Ende.»

«Jaja, schon gut», sagte Chee verstimmt. «Der Lieutenant ist immer auf der Suche nach dem Muster. Und nicht zu vergessen: Jede Wirkung hat ihre Ursache. Habe ich dir eigentlich schon mal von seiner Landkarte erzählt? Nein? Die hing in seinem Arbeitszimmer an der Wand hinter dem Schreibtisch. Immer wenn wir einen neuen Fall zu bearbeiten hatten, steckte diese Karte bald voller bunter Kartographennadeln. Damit markierte er die für die Ermittlung wichtigen Orte. Die Farben der Nadelköpfe dienten dazu, Übereinstimmungen und Zusammenhänge hervortreten zu lassen, das Muster eben.» Unvermittelt kam ihm ein Gedanke. Er hielt inne. «Oder auch das Fehlen eines Musters», sagte er langsam.

Cowboy sah ihn verständnislos an. «Wie meinst du das?»

«Mir ist gerade etwas aufgefallen, was nicht zu den anderen Ermittlungsergebnissen passt. Erinnerst du dich, dass du mir erzählt hast, der stehen gelassene Pickup der Kasino-Gangster hätte eine übergroße Kabine gehabt? Und die Zeugen des Überfalls haben übereinstimmend ausgesagt, dass es sich um drei Täter gehandelt hätte.»

«Stimmt», bestätigte Dashee.

«Aber merkwürdigerweise habt ihr um das Fluchtfahrzeug herum nur Fußspuren von zwei Personen entdeckt.»

«Worauf willst du hinaus?», wollte Dashee wissen.

«Ich frage mich, wie Jorie, wenn er tatsächlich einer der Täter war, von hier zurück nach Hause gekommen ist.»

Schweigen. Cowboy dachte nach. Er seufzte. «Keine Ahnung. Vielleicht haben seine beiden Komplizen ihn nach der Tat erst zu Hause abgesetzt, ehe sie weiterfuhren. Oder aber er war im Gegensatz zu ihnen sehr vorsichtig und hat genau aufgepasst, wo er hintrat.»

«Du glaubst, das wäre gegangen?»

«Nein, eigentlich nicht», gab Cowboy zu. «Wenn da drei Männer im Pickup gesessen hätten, dann hätte ich das mitbekommen. Ich bin ziemlich gut im Spurenlesen.»

In diesem Moment öffnete sich die Fahrertür des schwarzen Kastenwagens, und der für den Funkverkehr zuständige FBI-Beamte beugte sich heraus.

«Cabot hat sich gerade gemeldet», rief er, «er sagt, ihr könnt jetzt gehen. Morgen früh sollt ihr aber gleich wieder hier sein. Bei Tagesanbruch.»

Dashee hob zum Abschied die Hand, und der FBI-Mann zog sich wieder in sein Auto zurück, vermutlich um weiterzulesen.

«Dasselbe Hin und Her wie bei der Suchaktion '98», bemerkte Chee.

Dashee setzte zurück, bis sie die schmale Sandpiste erreicht hatten, wendete und fuhr auf die kurvige Schotterstraße, die sie schließlich wieder auf den Highway führen würde.

«Halt mal an», sagte Chee. «Lass uns einfach eine Weile die Landschaft betrachten und ein wenig nachdenken.»

«Nachdenken?», wiederholte Dashee. «Du bist nicht mehr

Leiter einer Dienststelle. Und als Sergeant handelst du dir mit Nachdenken bloß Ärger ein.» Doch er fuhr an den Rand und stellte den Motor ab.

Eine Weile saßen sie schweigend nebeneinander, dann sagte Dashee: «Mir ist gerade eingefallen, dass wir uns heute Abend ziemlich früh aufs Ohr legen müssen, wenn wir morgen bei Tagesanbruch schon wieder hier oben antreten sollen. Und was geht dir so durch den Kopf?»

«Ich überlege, dass dieser Überfall auf das Kasino ein wirklich hervorragend geplantes Unternehmen war. Perfektes Timing.» Chee legte seine Fingerspitzen aneinander und blickte Dashee an. «Umsichtige Tatausführung», sagte er. «Da stimmst du mir zu, oder?»

Dashee nickte.

«Als Erstes steigt einer der Täter aufs Dach des Kasinos, um die Leitungen für Strom und Telefon zu kappen. Unten setzen zur selben Zeit seine beiden Komplizen die zwei Wachleute außer Gefecht. Durch die Dunkelheit infolge der durchtrennten Stromleitungen entsteht im Spielsaal das beabsichtigte Chaos, das es den Tätern ermöglicht, zunächst unbehelligt zu fliehen. Als Fluchtauto dient ihnen ein gestohlener Kleinlaster, dessen Nummernschilder sie ausgetauscht haben. Na, und so weiter und so weiter … Eine sehr durchdachte Planung, das musst du doch zugeben, oder? Und jetzt das hier.» Chee wies mit einer weit ausholenden Armbewegung auf die vor ihnen liegende Hochfläche. Sie schien aus einer endlosen Reihe spärlich mit Schachtelhalm, Wacholder und Nadelgras bewachsener Sanddünen zu bestehen. Gegen Westen hin fiel sie unvermittelt ab und gab einem Gewirr ausgewaschener Schluchten Platz.

«Was meinst du?», fragt Dashee.

«Wieso sind sie, nachdem doch alles glänzend geklappt

hatte, ausgerechnet hierher gefahren? Das ergibt keinen Sinn.»

«Ich bin sicher, du hast schon eine Theorie», erwiderte Dashee. «Also heraus damit, und dann lass uns zusehen, dass wir möglichst schnell nach Montezuma Creek zurückkommen, dort ein Brot und eine Büchse Dosenfleisch kaufen und endlich Abendbrot essen.»

«Erst habe ich gedacht, dass sie in Panik geraten sind, Angst bekommen haben, weiter auf dem Highway zu fahren, weil ihnen klar wurde, dass sie irgendwann mit einer Straßensperre rechnen mussten. Deshalb sind sie abgebogen und haben immer schmalere Straßen benutzt, bis sie schließlich feststellten, dass diese Piste hier im Nichts endet. Da haben sie ihren Pickup stehen lassen und sind zu Fuß weitergegangen.»

«Hm», sagte Dashee, «klingt plausibel.»

«Aber dann habe ich gemerkt, dass es so nicht hinhaut. Die drei Männer stammen aus der Gegend und kennen sich hier aus. Besonders Ironhand. Und das heißt, sie sind nicht zufällig hier gelandet.»

Dashee nickte. «Ja, sie sind hergekommen, um das Flugzeug vom alten Timms zu klauen und sich damit aus dem Staub zu machen. Das FBI fand diese Annahme jedenfalls sehr überzeugend. Ich übrigens auch. Alle waren zufrieden. Bis du dich eingemischt und uns das ganze schöne Szenario kaputtgemacht hast.»

«Sie haben sich also diesen Ort eigens ausgesucht», fuhr Chee ungerührt fort. «Sie wollten von hier aus in die Canyons absteigen in der nicht unbegründeten Annahme, dass sich ihre Spur dort verlieren würde.»

Dashee ließ den Motor wieder an. «Ich hätte einen anderen Platz gewählt, um das Auto stehen zu lassen und in die

Canyons zu gelangen», bemerkte er. «Aber wir sollten endlich losfahren. Beim Essen können wir ja weiter darüber reden.»

Doch Chee ließ das Problem keine Ruhe. «Ich nehme an, wenn man sich an dieser Trockenrinne hier orientiert, kommt man direkt zum Gothic Creek und am Gothic Creek entlang weiter zum San Juan River Canyon. Den Fluss zu überqueren ist nicht besonders schwierig. Einmal auf der anderen Seite, braucht man nur Butler Wash hochzuklettern und kann dann gehen, wohin man will. Oder aber man folgt dem San Juan ein paar Meilen flussabwärts, wendet sich wieder nach Süden und gelangt durch den Chinle Canyon zurück auf die Mesa. Andererseits sind die Canyons natürlich ideal, um sich zu verstecken. Aber in einem Punkt stimme ich dir zu. Ich wundere mich auch, wieso sie sich ausgerechnet diese gottverlassene Stelle ausgesucht haben, um ihre Flucht per Fuß fortzusetzen.»

Sie rollten einen steinigen Abhang hinunter, und Dashee schaltete in den zweiten Gang. Kurze Zeit später mündete die Piste in eine Straße, die auf der Karte den Vermerk trug: «schlechter Zustand». Das war noch milde ausgedrückt.

«Wenn sie tatsächlich vorhatten, sich hier in den Canyons für längere Zeit verborgen zu halten, dann wette ich mit dir, dass sie genau wussten, warum sie von hier aus aufgebrochen sind», sagte Dashee.

«Ja, vermutlich. Ich muss gerade wieder daran denken, wie zum Teufel Jorie es bloß angestellt hat, erst aus dem Pickup auszusteigen, ohne Spuren zu hinterlassen, und dann von hier zu sich nach Hause zu kommen. Zu Fuß ist das ein verdammt weiter Weg.»

«Hör auf, dir den Kopf zu zerbrechen, und entspann dich», sagte Dashee. «Wenn ich etwas gegessen habe und mein Magen aufgehört hat, mich anzuknurren, können wir weiterreden.»

Doch das letzte Wort hatte Chee. «Und außerdem will ich wissen, wie Leaphorn es geschafft hat, hinter die Identität der Gangster zu kommen», sagte er. «Das wird das Erste sein, was ich nach dem Essen unbedingt herauskriegen muss.»

Kapitel fünfzehn

Chee blieb am Eingang zum Speiseraum des Anasazi Inn stehen und sah sich suchend um. Sein Blick war bereits gleichgültig über den kräftigen älteren Herrn und die rundliche Frau ihm gegenüber hinweggeglitten, als er plötzlich stutzte, weil ihm klar wurde, dass dieser Mann niemand anders als Joe Leaphorn war. Es war ein kleiner Schock. Natürlich hatte er seinen alten Boss auch früher schon in Zivil gesehen, aber wenn er an ihn dachte, stand doch vor seinen Augen immer noch der «Legendäre Lieutenant» in seiner Polizeiuniform, ernst und nachdenklich, gleichsam immer im Dienst. Der Mann an dem Tisch in der Ecke aber saß entspannt nach hinten gelehnt. Er lachte gerade über irgendeine Bemerkung seiner Begleiterin.

Chee hatte nicht erwartet, Leaphorn in weiblicher Gesellschaft anzutreffen, war aber im Nachhinein nicht besonders überrascht. Als er vor einer Stunde versucht hatte, ihn zu Hause telefonisch zu erreichen, war der Anrufbeantworter eingeschaltet gewesen. Die Nachricht hatte gelautet: «Ich bin um acht Uhr im Speiseraum des Anasazi Inn.» Keine Begrüßungs- oder Abschiedsworte, nur die reine Mitteilung. Offenbar hatte er mit einem Anruf gerechnet, dann jedoch früher als geplant das Haus verlassen und deshalb die nötigen Informationen auf Band gesprochen. Chee musste lächeln. Die Ansage hätte, was Knappheit und Ton anging, ebenso für einen Bezirksstaatsanwalt bestimmt sein können. Erst jetzt erkannte er, dass die Frau Leaphorn gegenüber Louisa Bourebonette war, die Ethnologieprofessorin von der Northern Arizona University. Offenbar bahnte sich zwischen den beiden etwas an. Es war ganz ungewohnt, den «Legendären Lieutenant» bei einer privaten Verabredung mit einer Frau anzutreffen, fast so ungewohnt, wie ihn lachen zu sehen.

Nur allzu vertraut war ihm dagegen das diffuse Unbehagen, das ihn auch jetzt wieder überkam bei dem Gedanken, Leaphorn gleich gegenüberzutreten. Dieses Gefühl begleitete ihn seit seiner Kindheit. Er hatte es jedes Mal gespürt, wenn Hosteen Nakai ihn zu sich gerufen hatte, um ihn ein Stück tiefer in die Traditionen der Navajo einzuführen. Später, als er schon an der University of New Mexico studierte, war es immer dann aufgetreten, wenn der berühmte, aus Alaska stammende Anthropologe Jack Campbell, bei dem er den Kurs 209 «Kultur der Athabasca» belegt hatte, das Wort an ihn richtete.

Irgendwann einmal hatte er Cowboy davon erzählt, und der hatte lebhaft genickt. Er hatte gleich gewusst, was Chee meinte. «So ähnlich, als ob du als blutiger Anfänger bei Michael Jordan zum Basketballtraining antreten müsstest oder wenn man dich als Theologiestudent in einen Ausschuss schicken würde, in dem der Papst den Vorsitz hat.» Ja, hatte Chee damals gedacht, Dashee versteht mich.

Jetzt hatte Leaphorn ihn entdeckt, stand auf und winkte ihn zu sich an den Tisch. «Sie und Louisa kennen sich ja schon», sagte er und fragte Chee, ob er etwas trinken wolle. Chee, der sich von den Unmengen Kaffee, die er im Laufe des Tages in sich hineingeschüttet hatte, noch etwas zittrig fühlte, entschied sich für Eistee.

«Ich habe mich gerade gefragt, wie Sie mich wohl hier gefunden haben», bemerkte Leaphorn. «Wahrscheinlich haben Sie bei mir zu Hause angerufen und gehört, was ich für Louisa hinterlassen hatte, oder?»

«Stimmt», erwiderte Chee. «Und ich war sehr froh über diese Information. Sonst wäre ich nämlich nach Window Rock gefahren und hätte vor Ihrem Haus im Auto auf Sie gewartet. Ihre Botschaft auf dem Band hat mir mindestens hundert Meilen Autofahrt erspart, eigentlich sogar zweihundert, weil ich morgen früh schon wieder in Montezuma Creek sein muss.»

«Wir sind morgen auch in der Gegend», sagte Leaphorn. «Louisa ist in Beclabito mit einer alten Frau verabredet. Einer Ute. Sie will sie über Sitten und Bräuche ihres Volkes befragen.»

Sie unterhielten sich eine Weile darüber, was die ethnologische Forschung über die Ute herausgefunden hatte, bis die Bedienung kam, um ihre Bestellung für das Abendessen aufzunehmen.

«Haben Sie eigentlich *meine* Nachricht bekommen?», fragte Chee.

Leaphorn nickte. «Sie wollen von mir hören, was ich zu dem Überfall auf das Ute-Kasino zu sagen habe», begann er. «Mir scheint, Sie haben völlig vergessen, dass ich schon ein paar Jahre im Ruhestand lebe.»

«Ganz und gar nicht», antwortete Chee. «Mein Gedächtnis ist ausgezeichnet. Deshalb erinnere ich mich auch noch sehr genau, dass Sie, wann immer Sie irgendwelche Informationen brauchten, auf ein gut funktionierendes Netzwerk von Kollegen und alten Bekannten zurückgreifen konnten. Und wie ich erfahren habe, sollen Sie derjenige gewesen sein, der dem FBI die Namen der Täter genannt hat.»

«Wo haben Sie denn das her?»

«Von einem Deputy Sheriff aus Apache County.»

«Na ja, Sie wissen doch selbst, wie schnell ein Gerücht entsteht», sagte Leaphorn mit einem Schulterzucken.

«Falls die Herren ihr Gespräch vielleicht lieber unter vier Augen führen möchten, kann ich mir gern die Nase pudern gehen», bot Louisa an.

«Nicht nötig», sagte Leaphorn, und auch Chee schüttelte den Kopf.

«Gerüchte enthalten aber meistens auch einen Kern von Wahrheit», nahm Chee Leaphorns Bemerkung wieder auf. «Nach dem, was man mir erzählt hat, wollten Sie Jorie einen Besuch abstatten, entdeckten, dass er tot war, und informierten die Kollegen. Dabei teilten Sie ihnen auch die Namen der Komplizen mit. Stimmt das? Oder ist es nur erfunden?»

«Sie sind also jetzt auch auf diesen Fall angesetzt», stellte Leaphorn fest. «Was hat man Ihnen mitgeteilt?»

«Nur das Allernotwendigste», antwortete Chee und fasste kurz zusammen, was man ihm gesagt hatte.

«Man hat Sie also nicht darüber informiert, dass Jorie einen Abschiedsbrief hinterlassen hat?»

«Nein», sagte Chee. «Hat man nicht.»

Leaphorn schüttelte missbilligend den Kopf. «Es gibt zweifellos viele gute Leute beim FBI», sagte er, «aber eben auch jede Menge Dummköpfe. Und leider scheint es zum Wesen der Bürokratie zu gehören, dass die Leute in den verantwortlichen Positionen umso dämlicher werden, je größer ein Apparat ist. In Washington geht es den Bürokraten in den oberen Etagen der Strafverfolgungsbehörden oft nur noch darum, die Konkurrenz auf Abstand zu halten. Und das führt dazu, dass sie versuchen, von ihrem Wissen so wenig wie möglich preiszugeben.»

«Tja, da mögen Sie Recht haben», stimmte Chee zu.

«Diese Neigung, alles und jedes vor dem anderen geheim zu halten, muss man fast schon als Obsession bezeichnen», fuhr Leaphorn fort. «Ich habe früher oft mit einem Special Agent namens Kennedy zusammengearbeitet. Ein großartiger Mann, verstand seine Sache. Der hat mir irgendwann einmal erklärt, die Eifersüchteleien und die Missgunst der Behörden untereinander hätten ihre Ursache in einem ständigen Revierkampf. Man will nicht riskieren, dass einem die anderen die Schlagzeile wegschnappen oder den Auftritt in den Abendnachrichten.»

Chee nickte leicht gelangweilt. «Was war eigentlich mit Jories Abschiedsbrief? Stand da irgendetwas Wichtiges drin?», wollte er wissen.

Der «Legendäre Lieutenant» wurde langsam alt, möglicherweise kam er auch nur zu wenig unter Leute, dachte Chee. Früher, als er noch im aktiven Dienst stand, war er geradezu wortkarg gewesen und hätte sich nie zu derartig langatmigen Ausführungen hinreißen lassen.

«Vielleicht. Vielleicht auch nicht», antwortete Leaphorn ausweichend. «Das kann man nur beurteilen, wenn man den Inhalt kennt.»

«Ich habe noch eine Frage zu diesem Jorie», sagte Chee. «Ich wüsste gerne, wie er von dort, wo der Pickup stehen gelassen wurde, zu sich nach Hause gekommen ist. Und zwar ohne beim Aussteigen aus dem Fahrzeug irgendwelche Spuren zu hinterlassen.»

Leaphorn blickte nachdenklich vor sich hin. «Den Spuren nach waren also nur zwei der Männer in dem Pickup, als sie ihn stehen ließen? Haben Sie das eindeutig feststellen können?», fragte er.

«Ich nicht», antwortete Chee. «Ich hatte an dem Tag noch Urlaub. Aber einer der zuständigen Deputies. Coboy Dashee, um genau zu sein. Können Sie sich noch an ihn erinnern?»

«Aber sicher», erwiderte Leaphorn. «Und Cowboy sagt also, dass er nur zwei Paar Spuren entdeckt hätte?» Leaphorn überlegte einen Moment. «Was hat er sonst noch gefunden?»

«Sie meinen, in der Umgebung des Pickup?»

«Oder im Fahrzeug selbst.»

«Ein paar ölverschmierte Lappen und Schraubenschlüssel», sagte Chee. «Der Pickup gehörte zu einer Pumpstation auf dem Ölfeld. Er war am Abend zuvor dort gestohlen worden.»

Leaphorn schien auf mehr zu warten. Er lächelte ein wenig verlegen. «Wissen Sie noch, wie ich damals immer hinterher gewesen bin, dass Sie mir alles ganz genau beschreiben – jedes Detail, auch wenn es unbedeutend und nebensächlich schien?»

Chee musste lachen. «Und ob!», entgegnete er. «Und ich erinnere mich auch, dass ich mich jedes Mal darüber geärgert habe. Ich hatte das Gefühl, Sie versuchten mich auf diese Art zu kontrollieren, weil Sie mir nicht zutrauten, selbst die richtigen Schlüsse zu ziehen. Ehrlich gesagt, bin ich an diesem Punkt heute immer noch empfindlich.»

«Aber so war es überhaupt nicht gemeint», sagte Leaphorn. Sein Gesicht hatte sich leicht gerötet. «Dass selbst kleinste Einzelheiten für mich von Interesse waren, lag nur daran, dass ich oft Informationen hatte, die Ihnen nicht zugänglich waren.»

«Ist jetzt auch wirklich nicht mehr wichtig», winkte Chee ab. «Übrigens gab es noch ein paar weitere Dinge in dem Pickup. Ich meine außer den Öllappen und Schraubenschlüsseln. Man hat ein Pornomagazin gefunden. Es steckte in der Beifahrertür. Dann ein paar Tankquittungen, leere Hamburger-Tüten und hinten auf der Ladefläche lag ein Radio.»

Leaphorn runzelte nachdenklich die Stirn. «Was können Sie mir über das Radio sagen?»

«Über das Radio? Dashee hat erwähnt, dass es nicht mehr spielte. Dabei war es offenbar noch ziemlich neu. Und teuer. Aber es funktionierte nicht. Dashee nimmt an, dass die Batterie leer war.»

Leaphorn schüttelte langsam den Kopf. «Merkwürdig, dass sie das Radio so einfach haben liegen lassen. Es gab doch bestimmt einen Grund, warum sie es bei sich hatten. Vermutlich wollten sie sich auf dem Laufenden halten, was die Polizei unternimmt. Konnte man mit dem Gerät den Polizeifunk abhören?»

«Verdammt», sagte Chee. «Dashee hat nichts davon erwähnt, und ich bin nicht auf die Idee gekommen, ihn danach zu fragen.»

Leaphorn blickte Louisa entschuldigend an.

Sie wehrte mit einer Handbewegung ab. «Macht ruhig weiter», sagte sie. «Ich wollte schon immer mal der Polizei bei der Arbeit zusehen.»

«Na ja, in der Regel erledigen wir unsere Aufgaben natürlich nicht beim Abendessen in einem Restaurant», erklärte Leaphorn. «Und eigentlich bräuchte ich jetzt eine Karte.»

«Aber Lieutenant», Chee griff in seine Jackentasche,

«glauben Sie wirklich, ich würde herkommen, um mit Ihnen zu sprechen, ohne eine Landkarte mitzubringen?»

Leaphorn stellte mit einem verlegenen Lächeln die Getränke beiseite, die die Bedienung gerade gebracht hatte. «Dann wollen wir mal sehen», sagte er, breitete die Karte aus, betrachtete sie aufmerksam und zeichnete nach einem Moment des Überlegens ein kleines X ein. «Hier liegt Jories Ranch. Und jetzt müssen Sie mir zeigen», sagte er zu Chee gewandt, «wo der Pickup gefunden wurde.»

«Ziemlich genau hier», sagte Chee und tippte mit dem Finger auf die entsprechende Stelle.

«Direkt neben der Sandpiste?»

«Nein, ungefähr hundert Yards entfernt, am Fuß eines Abhangs. In Richtung auf die Trockenrinne, die zum Gothic Creek führt.»

Die Landkarte, die Chee mitgebracht hatte, war so allgemein bekannt, dass sie lapidar nur «die Karte» genannt wurde. Sie wurde ursprünglich vom Automobile Club of Southern California herausgegeben, erschien inzwischen aber schon seit vielen Jahren unter dem Titel «Führer durch den indianischen Westen» bei der American Automobile Association. Jahr für Jahr gewissenhaft auf den neuesten Stand gebracht, informierte sie den Autofahrer über die Schließung von Trading Posts, die dem wirtschaftlichen Druck nicht länger standgehalten hatten, den Ausbau einer Sandpiste zu einer befestigten Straße oder darüber, dass eine im vergangenen Jahr mit der Bemerkung «schlechter Zustand» versehene Straße zwischenzeitlich infolge plötzlicher Überschwemmung als «unpassierbar» galt.

Leaphorn übertrug die Meilenskala von der Legende auf den Rand seiner Papierserviette und benutzte dieses improvisierte Maß, um damit die Entfernung zwischen Jories

Ranch und dem Ort, wo man den Pickup gefunden hatte, zu bestimmen.

«Luftlinie an die zwanzig Meilen», sagte er. «Zu Fuß ungefähr ein Drittel mehr, würde ich schätzen, weil man die Canyons umgehen muss.»

«Eine elend lange Strecke», bemerkte Chee. «Warum sollte jemand freiwillig so etwas auf sich nehmen? Aber das ist nicht das Einzige, was ich nicht verstehe. Ich habe einen ganzen Haufen Fragen. Wir wissen zum Beispiel, dass Jorie nach dem Überfall auf seine Ranch zurückgekehrt ist. Offenbar war er sich ziemlich sicher, dass die Cops nicht bei ihm auftauchen würden. Er muss also davon überzeugt gewesen sein, dass man seine Identität nicht kannte. Doch warum begeht er dann plötzlich Selbstmord? Und was ist mit seinen Komplizen? Wieso sind sie nicht wie er nach Haus gegangen, sondern haben sich gleich nach der Tat irgendwo verkrochen?»

Leaphorn hatte, während Chee redete, ein Stück Papier aus seiner Jackentasche gezogen. Er faltete es auf und überflog den Inhalt. «Dies ist der Abschiedsbrief, den Jorie hinterlassen hat», sagte er. «Es scheint, als würde er einiges erklären.»

Chee, der sich fest vorgenommen hatte, bei Leaphorn immer auf alles gefasst zu sein, war jetzt doch wieder überrascht. Hatte der «Legendäre Lieutenant» sich den Abschiedsbrief geschnappt und war einfach damit hinausspaziert? Es war ja wohl kaum anzunehmen, dass das FBI ihm eine Kopie überlassen hatte. Auch wenn man ihn noch überall kannte, so gehörte er, seit er im Ruhestand war, doch nicht mehr dazu.

Als Leaphorn ihm jetzt das Stück Papier über den Tisch schob, sah Chee, dass es tatsächlich ein Brief war. Unten auf der Seite stand der Name Jorie.

«Er hat nicht eigenhändig unterschrieben», stellte er fest.

Leaphorn nickte. «Der Brief war in den Computer getippt. Ich habe ihn auf dem Bildschirm entdeckt, nachdem ich seine Leiche gefunden hatte, und mir dann einen Ausdruck davon gemacht.»

«Verstehe», sagte Chee. Das sieht Leaphorn ähnlich, dachte er. Ob das FBI davon wusste? Wahrscheinlich nicht.

Chee las den Brief sorgfältig von Anfang bis Ende durch. «Oh Mann!», sagte er nach einer Weile. «Darüber muss ich erst mal nachdenken.» Er spürte, dass Louisa ihn ansah. Sie schien gespannt auf seine Reaktion. Vermutlich hatte Leaphorn ihr den Brief gezeigt. Und warum auch nicht?

«Einige Dinge sind in der Tat sehr merkwürdig», begann Leaphorn. «Wenn man davon ausgeht, was Dashee gefunden hat – nämlich zwei Paar Spuren –, dann muss Jorie schon vorher irgendwann ausgestiegen sein. Die Vermutung läge nahe, dass das in der Nähe seiner Ranch war, sodass er den Rest des Weges zu Fuß zurücklegen konnte. Aber wenn Sie einen Blick auf die Karte werfen, dann werden Sie feststellen, dass der Fluchtweg der Täter von Jories Ranch wegführt. Es gab unterwegs keinen Punkt, von dem aus er so ohne weiteres hätte nach Hause gelangen können. In seinem Abschiedsbrief steht, dass seine Komplizen vorgehabt hätten, ihn zu töten, es ihm jedoch gelungen sei, ihnen zu entkommen. Das setzt voraus, dass sie unterwegs angehalten haben. Aber wo? Und warum?»

Chee seufzte. «Berechtigte Fragen.»

«Ich habe anhand des wenigen, was ich weiß, versucht, mir das Ganze einmal vorzustellen», sagte Leaphorn. «Jorie, ein rechtslastiger Intellektueller mit Sendungsbewusstsein, beteiligt sich an einem Raubüberfall, um mit dem erbeuteten Geld seine politischen Ziele zu fördern. Doch die Sache läuft nicht wie geplant. Oder besser gesagt, nicht so, wie von ihm geplant. Einer der Wachmänner wird erschossen, ein zweiter schwer verletzt. Jorie dämmert, dass die beiden anderen nicht die ergebenen Gefolgsleute sind, für die er sie gehalten hat. Er befürchtet, dass sie versuchen werden, die Beute unter sich aufzuteilen. Ihm wird klar, dass sie ihn nicht einfach gehen lassen werden. Doch er schafft es, wegzukommen. Die Frage ist, wie.»

«Keine Ahnung», sagte Chee.

«Und wenn Jorie nun doch noch mit ihnen zusammen war, als sie den Pickup stehen ließen?», gab Leaphorn zu bedenken. «Könnte Dashee seine Spuren nicht übersehen haben?»

Chee schüttelte den Kopf. «Der Wagen stand, als man ihn fand, auf einem kleinen Plateau, das nur mit etwas Sand bedeckt war. Auf solchem Untergrund ist jeder Fußabdruck deutlich sichtbar. Und außerdem – Cowboy versteht sein Handwerk.»

«Ist es vorstellbar, dass Jorie seine Spuren mit einem Zweig hinter sich verwischt und sich in unmittelbarer Nähe ein Versteck gesucht hat?»

«Nein, ausgeschlossen», antwortete Chee. «Es gibt da zwar ein paar Wacholderbüsche, die den Pickup gegen die Straße abgeschirmt haben, aber wenn Jorie sich dahinter verborgen hätte, wäre er nach kurzer Zeit entdeckt worden.»

Die Bedienung kam mit dem Essen für Louisa und Leaphorn. Chee wollte nichts, da er schon mit Cowboy Dashee gegessen hatte.

Leaphorn schob die Karte beiseite, um Platz zu schaffen für die Teller. Er blickte Chee an. «Jetzt sind Sie wieder an der Reihe. Mir scheint, Sie haben noch die eine oder andere Frage.»

«Stimmt», antwortete Chee. «Es betrifft vor allem diesen Ironhand. Was wissen Sie über ihn?»

«Sehr wenig.»

Chee wartete, ob Leaphorn noch etwas sagen wollte, aber der «Legendäre Lieutenant» zog es offenbar vor, zu schweigen.

«Mein Onkel, der Bruder meiner Mutter, ist heute bei Anbruch des Tages gestorben», begann Chee und spürte bei diesem Satz erneut eine Welle von Schmerz und Trauer. Doch jetzt war der falsche Moment, um seinen Gefühlen nachzugeben.

Leaphorn sah ihn aufmerksam an. «Er war ein großer *hataalii*», bemerkte er leise.

Chee nickte. «Kurz vor seinem Tod hat er mir erzählt, dass es zu Anfang des Jahrhunderts schon einmal einen gefährlichen Banditen mit dem Namen Ironhand gab. Auch er war ein Ute, und die Alten unseres Volkes glaubten, dass er über magische Kräfte verfügte.» Er berichtete Leaphorn, was er von Nakai erfahren hatte. «Mein Onkel nahm an», schloss er, «dass der Ironhand, nach dem wir jetzt suchen, dessen Enkel ist.»

Leaphorn runzelte nachdenklich die Stirn und kaute langsam auf einem Bissen Hacksteak. «Louisa», sagte er nach einer Weile, «bist du bei deinen Forschungen über indianische Mythen und Bräuche irgendwann auf den Namen Ironhand gestoßen? Und wenn ja – war davon die Rede, dass er ein Zauberer war, der seinen Verfolgern entkam, indem er sich in die Lüfte erhob?»

Louisa schüttelte den Kopf. «Nein, der Name ist mir nie begegnet.»

Leaphorn legte seine Gabel beiseite. «Du bist doch morgen in Beclabito mit dieser alten Ute verabredet. Meinst du, du könntest sie bitten, dir etwas über Ironhand zu erzählen?»

Louisa nickte. «Warum nicht», sagte sie. «Ein Mann, der in dem Ruf stand, ein Zauberer zu sein, ist ja ethnologisch durchaus von Interesse. Und falls der Ironhand, nach dem ihr sucht, wirklich sein Enkel ist, erfahre ich vielleicht sogar etwas, was weiterhilft.» Sie wandte sich lächelnd Chee zu. «Manchmal denke ich, dass es im Grunde genommen gar keine Veränderungen gibt, sondern sich alles irgendwann wiederholt. Ein ganzes Jahrhundert ist seit den Tagen des alten Ironhand vergangen, und noch immer machen sich Verbrecher die Einsamkeit und Unübersichtlichkeit der Canyons zunutze, um dort zu verschwinden.»

Chee erwiderte ihr Lächeln, aber im Gegensatz zu ihr bestand für ihn zwischen damals und heute ein riesengroßer Unterschied. Im beginnenden zwanzigsten Jahrhundert war man hier im Westen verschont geblieben von eingeflogenen FBI-Agenten, die meinten, den alteingesessenen Bewohnern erklären zu müssen, wie man Banditen jagt.

Kapitel sechzehn

Von seinem Platz in der Zimmerecke konnte Leaphorn durch das Fenster zu seiner Linken den charakteristischen Umriss des Sleeping Ute Mountain erkennen. Durch ein zweites Fenster zu seiner Rechten sah er ungefähr eine Meile entfernt am Fuß eines Abhangs das Kasino liegen.

Louisa und ihr Dolmetscher Conrad Becenti hatten sich in der Mitte des Zimmers an einen kleinen Spieltisch gesetzt. Louisa war gerade damit beschäftigt, das Band in ihrem Aufnahmegerät zu wechseln. Auf einem hellblauen Plastiksofa vor der gegenüberliegenden Wand saß ihre Gesprächspartnerin, eine sehr alte und schon ziemlich hinfällig aussehende Ute-Indianerin namens Bashe Lady. Die stämmige Frau zu ihrer Rechten, sie mochte Mitte vierzig sein, hatte sich als ihre Enkelin vorgestellt, das etwa zwölfjährige Mädchen an ihrer Seite war demnach wohl die Urenkelin.

Leaphorn rutschte unruhig auf seinem Stuhl herum, die gerade Rückenlehne machte ihm zu schaffen. Das Interview dauerte nun schon eine geraume Weile, und noch war kein Ende abzusehen. Wie es schien, waren nur Bashe Lady und Louisa mit Freude bei der Sache. Die alte Frau genoss es sichtlich, im Mittelpunkt der Aufmerksamkeit zu stehen, während Louisa glücklich war über den reichen Schatz an Erinnerungen, der sich vor ihr auftat. Leaphorn dagegen hatte Mühe, die Augen offen zu halten, und die Enkelin und Urenkelin von Bashe Lady trugen jene gelangweilte Miene zur Schau, die besagen sollte, dass sie Bashe Ladys Erzählungen schon unzählige Male gehört hatten und inzwischen in- und auswendig kannten.

Zu Beginn des Gesprächs hatte Louisa sich nach Bashe Ladys Familie erkundigt, und die alte Frau hatte berichtet, dass ihre Eltern Mogche gewesen seien. Die Mogche bildeten eine Untergruppe innerhalb der Südlichen Ute. Später sei sie dann durch ihre Heirat eine Kapot geworden. Voller Eifer hatte sie angefangen, über die Geschichte der beiden Gruppen zu sprechen. Leaphorn hatte ungefähr eine halbe Stunde aufmerksam zugehört, vor allem, weil ihn Louisas Interviewtechnik interessierte, ihre Zwischenfragen, mit denen sie das Gespräch geschickt in die gewünschte Richtung lenkte, und die Art und Weise, wie sie sich mit Becenti darüber verständigte, ob sie seine Übersetzung richtig verstanden hatte. Becenti hatte sowohl Ute als auch Navajo unter seinen Vorfahren und vermutlich noch Angehörige ein paar weiterer indianischer Völker. Er hatte an der Northern Arizona University bei Louisa studiert, und obwohl er inzwischen längst fertig war, benahm er sich ihr gegenüber noch immer respektvoll wie ein Student.

Leaphorn strich sich unauffällig seinen schmerzenden Rücken. Drüben am Kasino bog gerade eine Zugmaschine mit einem langen, offenen Fuhrwerk, das eigentlich hinter ein kräftiges Pferdegespann gehört hätte, auf den Parkplatz ein. Die Fahrgäste kletterten eilig herunter, um möglichst schnell zu den einarmigen Banditen und an die Roulettetische zu kommen. Auf dem U.S. Highway 666 bewegte sich eine Schlange von Fahrzeugen langsam südwärts. Sie hingen alle hinter einem Sattelschlepper, der eine riesige Brunnenbohrmaschine geladen hatte.

Leaphorn musste daran denken, wie vor einiger Zeit bibeltreue Fundamentalisten einen Feldzug gegen die Highway-Kennzeichnung geführt hatten, weil die 666 in ihren Augen für das apokalyptische «Tier aus dem Abgrund», den Antichrist, stand. Irgendein praktisch denkender Mensch hatte damals den Vorschlag gemacht, die Schilder doch einfach auf den Kopf zu stellen. Ob die Kampagne der frommen Eiferer negative Auswirkungen auf die Besucherzahl des Kasinos gehabt hatte? Eher unwahrscheinlich.

Leaphorn überlegte, wie die Geschäftsleitung der Spielbank wohl mit dem massenhaften Verlust der Jetons in der Nacht des Überfalls klargekommen war. Vielleicht war ja ein anderes Kasino hilfreich eingesprungen und hatte Ersatz zur Verfügung gestellt. Ein unangenehmes Ziehen im Rücken unterbrach seine Gedanken. Er machte Anstalten aufzustehen und wollte unter dem Vorwand, sein Glas neu zu füllen, in die Küche verschwinden.

Aber daraus wurde nichts. Bashe Ladys Urenkelin, die ihn schon eine ganze Zeit lang beobachtet und offenbar auch nur auf eine Gelegenheit gewartet hatte, endlich das Zimmer verlassen zu können, sprang, als sie sah, dass er nach seinem Glas griff, vom Sofa hoch und kam auf ihn zu.

«Ich hole Ihnen neuen Eistee», sagte sie, schnappte sich sein Glas und war schon weg.

Leaphorn sank schicksalsergeben zurück auf den Stuhl. In diesem Augenblick nahm das Interview eine interessante Wendung.

«Sie sagt», begann Becenti, «dass es in jener Zeit, als die ‹Blutigen Messer› immer wieder Raubzüge gegen die Mogche unternahmen, etliche ihrer Leute töteten und das Vieh wegtrieben, einen jungen Mogche namens Ouraynad gab, der aber von allen nur Ironhand genannt wurde. Er war klug und sehr tapfer und tötete viele der Eindringlinge. Einige Male soll er sogar zusammen mit anderen jungen Mogche über den San Juan gesetzt und ins Gebiet der ‹Blutigen Messer› eingedrungen sein, um die geraubten Herden wieder zurückzuholen.»

«Sehr schön», sagte Louisa. «Conrad, versuch doch bitte herauszubekommen, ob dieser Ouraynad verwandt war mit dem Häuptling Ouray.»

Becenti stellte die entsprechende Frage, und Bashe Lady antwortete mit einem heftigen Wortschwall, von dem Leaphorn so gut wie nichts verstand. Er bekam jedoch mit, dass immer wieder von den «Blutigen Messern» die Rede war – der Schimpfname der Ute für die verhassten Navajo. Anfangs nahm er das mit Gleichmut hin. Schließlich mussten umgekehrt bei Navajo-Zeremonien oft genug die Ute herhalten, um den Feind zu symbolisieren. Und auch die Hopi hatten eine nicht gerade schmeichelhafte Bezeichnung für ihn und seine Stammesbrüder. Die Navajo hießen bei ihnen «Headbreakers» – eine Anspielung darauf, dass seine Vorväter ihre Feinde mitunter getötet hatten, indem sie Felsbrocken auf sie hinunterfallen ließen. Doch inzwischen saß er hier schon zwei Stunden, und Bashe Lady streute, wie Becentis Übersetzung zu entnehmen war, in ihre Erzählung immer neue abfällige Bemerkungen über die *diné* ein. Allmählich wurde er wütend.

Jetzt hatte die alte Frau einen Augenblick aufgehört zu reden, lehnte sich zurück und warf Leaphorn einen undurchdringlichen Blick zu.

«Sie hat eine Menge über die Heldentaten des Häuptlings Ouray erzählt», sagte Becenti, «aber das ist alles schon bekannt und längst schriftlich festgehalten. Sie meint, dass Ironhand mit ihm verwandt gewesen sei, ist sich aber nicht ganz sicher.»

Leaphorn beugte sich vor. «Würden Sie sie bitte fragen, ob Ouraynad einen Enkel hatte, ebenfalls mit dem Beinamen Ironhand?»

Becenti sah fragend zu Louisa. Die wandte sich kurz um, blickte Leaphorn an und schüttelte den Kopf. «Nicht jetzt», sagte sie. «Ich möchte ihren Gedankengang nicht unterbrechen.» Und zu Becenti gewandt: «Versuch herauszubekommen, ob dieser Ironhand als Zauberer galt.»

Becenti nickte und übersetzte Louisas Frage. Auf Bashe Ladys Gesicht erschien ein breites Grinsen, das in ein keckerndes Lachen überging. Schließlich begann sie, immer wieder von Lachanfällen geschüttelt, zu erzählen.

«Sie sagt», fasste Becenti zusammen, «dass die Navajo» – die von ihr tatsächlich gebrauchte Bezeichnung «Blutige

Messer» mochte Becenti Leaphorn nicht länger zumuten – «wieder und wieder von Ironhand an der Nase herumgeführt wurden. Er sei nämlich in der Lage gewesen, plötzlich von der Talsohle eines Canyons zu verschwinden, um im nächsten Augenblick oben auf der Felskante wieder aufzutauchen. Am Ende hätten die Navajo angenommen, er müsse übernatürliche Fähigkeiten besitzen wie ihre Skinwalkers, die sich in Eulen oder Fliegen verwandeln konnten oder auch die Gestalt eines Hundes annahmen und im nächsten Busch verschwanden. Aber Ironhands eigene Leute, die Mogche, hätten natürlich gewusst, dass er ein ganz normaler Mensch war. Nur eben sehr viel klüger als die Navajo, die ihn verfolgten.»

Leaphorn dauerte das alles zu lange. Er wollte endlich seine Frage loswerden. «Könnten Sie sie vielleicht jetzt darauf ansprechen, ob er einen Enkel hatte?»

Louisa drehte sich kurz zu ihm um und sagte: «Geduld. Wir kommen schon noch dazu.» Aber dann wandte sie sich schulterzuckend an Becenti: «Meinetwegen fragen Sie sie gleich.»

Ironhand habe etliche Nachkommen gehabt, sowohl Töchter als auch Söhne, berichtete Bashe Lady. Diese Kinder stammten aus zwei Ehen. Das erste Mal sei er mit einer Ute aus der Kapot-Gruppe verheiratet gewesen, das zweite Mal mit einer Paiute-Indianerin. Das Thema Ironhand schien sie so sehr zu begeistern, dass sie – heftig gestikulierend – schon weiterredete, ehe Becenti mit seiner Übersetzung fertig war. Der junge Mann hatte Mühe, bei ihrem Tempo mitzuhalten.

«Sie sagt, dass er die zweite Ehe eingegangen sei, nachdem er schon einige Jahre verwitwet war. Damals sei er bereits ein ziemlich alter Mann gewesen. Seine zweite Frau war die Tochter eines Paiute namens Dobby. Dobby soll Ironhand in mancher Beziehung sehr ähnlich gewesen sein. Er hat viele Navajo getötet genau wie Ironhand, und genau wie diesem ist es ihm immer wieder gelungen, seinen Verfolgern zu entkommen. Als Ironhand schon sehr, sehr alt war, habe er mit der Paiutefrau noch ein Kind gezeugt, einen Sohn, der genau wie sein Vater ein sehr tapferer Mann geworden sei und deshalb ebenfalls den Beinamen Ironhand erhalten habe.»

Louisa warf Leaphorn einen viel sagenden Blick zu. Er nickte unmerklich, und sie wandte sich zu Becenti und sagte: «Frag sie, was sie mit ‹tapfer› meint.»

Bashe Lady redete, Becenti hörte zu, stellte eine Zwischenfrage, hörte weiter zu und übersetzte dann.

«Ironhand junior ist im Krieg gewesen. Sie sagt, er habe zu den Soldaten mit den grünen Mützen gehört. Er habe eine Menge Feinde getötet, sei selbst zweimal verwundet worden und habe deshalb viele Orden bekommen. Ich habe sie gefragt, um welchen Krieg es sich gehandelt hat. Aber das kann sie nicht sagen. Sie weiß nur, dass man gerade dabei war, das Ölfeld bei Aneth zu erschließen, als er zurückkam. Das war meines Wissens so Mitte der siebziger Jahre. Demnach müsste das der Vietnam-Krieg gewesen sein.»

Unterdessen war die Urenkelin aus der Küche zurückgekommen und reichte Leaphorn ein Glas frischen Eistee, allerdings ohne einen einzigen Eiswürfel, wie er bedauernd feststellte.

Die letzten Sätze von Bashe Lady hatten ihre Enkelin unvermittelt aus ihrer Lethargie gerissen. Sie verfolgte aufmerksam Becentis Übersetzung und sagte dann: «Es stimmt, er war in der Armee. Bei einer Spezialeinheit. Er war an der Grenze zwischen Vietnam und Kambodscha eingesetzt, zur

Unterstützung der Bergstämme. Der Montegnards. Und später haben sie ihn dann noch nach Kambodscha hineingeschickt.» Sie lachte. «Er hat mir mal gesagt, eigentlich dürfe er darüber gar nicht sprechen.»

Sie hielt inne, verlegen, dass sie sich unaufgefordert in das Gespräch gemischt hatte. Die Enkelin schien eine Menge über Ironhand zu wissen, dachte Leaphorn. Er entschloss sich, die Gebote der Höflichkeit einmal außer Acht zu lassen und den Augenblick des Schweigens zu nutzen, um selbst ein paar Fragen zu stellen.

«Was genau hat er in der Armee getan? Hatte er irgendeine spezielle Aufgabe?»

Die Enkelin nickte. «Er war Scharfschütze», antwortete sie. «Sie haben ihn mit dem Silver Star ausgezeichnet, weil er dreiundfünfzig feindliche Soldaten getötet hat. Und nachdem er verwundet worden war, bekam er auch noch das Purple Heart.»

«Dreiundfünfzig», wiederholte Leaphorn nachdenklich. Wenn Ironhand junior identisch war mit dem George Ironhand, der das Kasino überfallen hatte – und daran bestand seiner Ansicht nach kaum mehr ein Zweifel –, dann musste man vor ihm auf der Hut sein. Die Polizisten, die im unwegsamen Gelände der Canyons nach ihm suchten, waren nicht zu beneiden. «Können Sie mir sagen, wo er zu finden ist?»

Die eben noch freundliche Miene der Enkelin wurde abweisend. Es war deutlich zu sehen, dass ihr die Frage nicht gefiel. Sie betrachtete Leaphorn mit einem misstrauischen Blick und schüttelte dann langsam den Kopf.

Becenti sah kurz zu Leaphorn hinüber, wandte sich dann zu Bashe Lady und stellte ihr dieselbe Frage. Sie antwortete mit wenigen Worten, begleitet von lebhaften Gebärden.

Becenti nickte und sagte: «Ironhand hat nördlich von Montezuma Creek eine kleine Ranch.»

Genau die Gegend, die Jorie in seinem Abschiedsbrief genannt hatte, dachte Leaphorn. Er beschloss, sich ein weiteres Mal ins Gespräch einzuschalten.

«Louisa, ich möchte, dass Becenti versucht herauszubekommen, ob irgendjemand hier weiß, wie der alte Ironhand es nun tatsächlich angestellt hat, seinen Verfolgern immer wieder zu entkommen.»

Becenti war inzwischen von Leaphorns Interesse angesteckt. Er wartete Louisas Aufforderung erst gar nicht erst ab, sondern fragte auf eigene Faust. Bashe Lady sah ihn überrascht an und begann dann so unbändig zu lachen, dass sie Mühe hatte, wieder aufzuhören. Schließlich stieß sie, immer noch von Lachkrämpfen geschüttelt, ein paar kurze Sätze hervor.

«Sie sagt», übersetzte Becenti schulterzuckend, «die Navajo hätten gedacht, dass er weggeflogen wäre wie ein Vogel, aber in Wahrheit habe er sich davongemacht wie ein Dachs. Und ‹Dachs› sei übrigens auch sein zweiter Beiname gewesen.»

Die Enkelin war zunehmend unruhiger geworden und begann jetzt, heftig auf Bashe Lady einzureden. Diese schien zunächst ärgerlich, dann beschämt. Schließlich nickte sie, wandte sich zu Louisa und erklärte, sie habe jetzt alles über Ironhand gesagt. Mehr wisse sie nicht.

Auf ihrer Fahrt zurück nach Shiprock unterhielten sich Louisa und Leaphorn über den gerade hinter ihnen liegenden Besuch. Louisa war zufrieden. Das Gespräch sei gut gelaufen, stellte sie fest. Zwar habe sie etliche Dinge, was Religion, Mythen und Bräuche der Ute betreffe, schon vorher gehört, aber einiges sei ihr auch neu gewesen. Alles in allem habe das Gespräch mit Bashe Lady – so wörtlich – «einmal mehr verdeutlicht, wie sich mündlich tradierte Mythen erst allmählich über eine lange Folge von Generationen hinweg entwickeln». Und auch die Informationen über Ironhand – Vater und Sohn – seien für sie sehr interessant gewesen.

Sie blickte kurz zu Leaphorn und sah überrascht, dass er lächelte. «Was ist los?», fragte sie stirnrunzelnd.

Er fing an zu lachen. «Ich will dir wirklich nicht zu nahe treten, aber wenn du so redest, dann fühle ich mich vierzig Jahre zurückversetzt in die Zeit, als ich an der Arizona State in Tempe Ethnologie studierte. Ich muss an endlose, einschläfernde Nachmittage in stickigen Seminarräumen denken, wo ich die Vorlesung irgendeines Professors über mich ergehen lassen musste.»

«Tut mir Leid, dass ich solche Erinnerungen in dir wachrufe, aber ich rede wie ein Professor, weil ich ein Professor bin», erwiderte sie spitz. Dann musste sie auch lachen. «Im Laufe der Jahre gewöhnt man sich derart an diese Wissenschaftssprache, dass es einem gar nicht mehr auffällt. Und wenn ich meinen Kollegen zuhöre, wird es noch schlimmer. Die viel zitierte Postmoderne hat ihren ganz eigenen Jargon, der in weiten Bereichen schon fest etabliert ist. Aber lassen wir das. Bashe Lady war eine sehr wertvolle Quelle für mich. Allein schon deshalb, weil mir das Interview mit ihr gezeigt hat, dass die alte Feindschaft zwischen den Ute und euch Navajo noch immer fortbesteht, ähnlich wie die zwischen Serben und Kroaten.»

«Das kann man nun wirklich so nicht behaupten», sagte Leaphorn heftig. «Schließlich haben wir schon seit Jahrzehnten aufgehört, uns gegenseitig umzubringen. Ute und Navajo gehen die Ehe miteinander ein und kaufen voneinander gebrauchte Autos. Wenn wir heute ihr Gebiet betreten, dann nur, um an den Spielautomaten in ihrem Kasino unser Glück zu versuchen.»

«Schon gut», sagte Louisa. «Reg dich nicht auf. Wahrscheinlich hast du Recht, und Bashe Ladys Haltung eurem Volk gegenüber ist nicht repräsentativ für die Ute.»

Aber so leicht ließ Leaphorn sich nicht besänftigen. Er verspürte noch immer Groll darüber, dass er sich stundenlang hatte anhören müssen, wie man seine Ahnen als grausam und räuberisch beschrieb – als «Blutige Messer» eben. «Und dann möchte ich noch eines klarstellen, Frau Professorin. Die Ute sind als die Angreifer aufgetreten, nicht wir. Sie sind Teil der Shoshone, eines kriegsliebenden Volkes, ursprünglich aus dem Gebiet der Great Plains. Ohne jeden Grund sind sie immer wieder über meine friedlich als Ackerbauern und Viehzüchter lebenden Vorfahren hergefallen.»

«Friedliche Ackerbauern und Viehzüchter, soso», bemerkte Louisa. «Aber was mich viel mehr interessiert, ist dieser Ironhand junior. Nach meinen Berechnungen kann er eigentlich nicht identisch sein mit dem Kasino-Gangster. Er wäre zu alt.»

«Nein, ich denke, das kommt schon hin», antwortete Leaphorn. «Ironhand senior hat ungefähr bis 1910 herum hier in der Gegend seine Raubzüge ausgeführt. Danach musste er wohl aufhören, weil allmählich Recht und Gesetz einkehrten. Bashe Lady hat gesagt, dass er nach einer zweiten Eheschließung sehr spät noch einmal Vater geworden sei. Nehmen wir mal an, sein Sohn wurde Mitte der Vierziger gezeugt. Das ist, was Ironhand senior angeht, durchaus vorstellbar und passt auch zu der Information, dass Ironhand junior als Soldat im Vietnamkrieg war.»

«Du hast Recht, möglich wäre es», räumte Louisa ein. «Nach allem, was ich heute über ihn gehört habe, tun mir die

Polizisten Leid, die nach ihm suchen müssen. Wenn sie mich rausschicken würden in die Canyons, weiß ich jedenfalls, dass ich mir nur eins wünschen würde: ihn nicht zu finden.»

Leaphorn nickte stumm.

Kapitel siebzehn

Auf amtlichen Landkarten heißt es Colorado Plateau, und seine 85 Millionen Acres erstrecken sich über das Gebiet von Arizona, Colorado, New Mexico und Utah. Es ist von so ungeheurer Ausdehnung, dass es jeden einzelnen dieser Staaten an Fläche übertrifft. Das Klima in diesem hoch gelegenen Tafelland ist heute extrem trocken. Das war nicht immer so. Als vor Äonen die Gletscher schmolzen und jahrtausendelang der Regen nicht aufhörte, hatten urzeitliche Flüsse sich tief in den Fels gefräst und die Vielzahl von Canyons hinterlassen, die heute noch das Gesicht der Hochebene prägen. Die wenigen Bewohner dieses einsamen Landstrichs haben ihre eigenen Namen für das Plateau. Bei ihnen heißt es «Four Corners Land», «The High Dry», «Canyon Land» oder «The Big Empty». In poetischeren Zeiten beschrieb ein Schriftsteller es einmal als «das Land mit Raum und Zeit in Fülle».

Jim Chees Bezeichnungen waren sehr viel weniger poetisch, und als er am Nachmittag auch noch stolperte und in eine Distel fiel, wurden sie regelrecht obszön. Den ganzen Tag über hatte er gemeinsam mit Officer Jackson Nez die Talsohle des Gothic Creek Canyon abgesucht. Außer der kugelsicheren Weste hatten sie auf Anweisung des FBI noch ein satellitengestütztes Ortungssystem, ein Infrarot-Suchgerät, das auf Körperwärme ansprach, und ein Gewehr mit Zielfernrohr mit sich herumgeschleppt und dementsprechend geschwitzt. Aber was Chee am meisten zu schaffen machte, war das Bewusstsein, dass die ganze Anstrengung wahrscheinlich umsonst war.

Nez schien ähnliche Gedanken zu haben. «Man könnte leicht auf die Idee kommen, dass das Ganze hier völlig sinnlos ist», bemerkte er und wischte sich den Schweiß von der Stirn. «Aber wenn man alle Canyons der Reihe nach durchkämmt, ohne die Gangster aufzuspüren, dann können die Feds die Gegend hier wenigstens abhaken. Sie können mit gutem Gewissen erklären, dass die beiden wahrscheinlich tot sind, und die Fahndung endlich einstellen.»

«Darauf würde ich mich nicht verlassen», sagte Chee.

«Oder», fuhr Nez fort, «die Kerle stecken doch noch irgendwo hier, sie entdecken uns zuerst und erschießen uns aus dem Hinterhalt. Die Geier führen die Feds bestimmt schnell zu unseren Leichen, die Spurensicherung stellt fest, aus welcher Richtung die Schüsse kamen, und man schnappt sich die beiden.»

«Wirklich sehr aufmunternd, was du da sagst», bemerkte Chee. «Jetzt fühle ich mich gleich viel besser.»

Nez grinste. Er hatte es sich auf einem flachen Sandsteinfelsen bequem gemacht, die kugelsichere Weste diente ihm dabei als Sitzpolster. Chee dagegen hatte seine Weste vorsichtshalber anbehalten. Er stand im Kiesbett des trockengefallenen Gothic Creek und hantierte am Ortungsgerät. Der Abstand zu den Felswänden war hoffentlich ausreichend, dachte er, sodass die Verbindung zum Satelliten auch wirklich zustande kam.

Er hatte Glück. Die Peilung funktionierte, und auf dem kleinen Display erschien eine Reihe von Zahlen, die exakten

Längen- und Breitenwerte seines Standorts. Chee drückte die Sendetaste des Funkgerätes und gab die Daten an die Einsatzleitung weiter. Dann schaltete er wieder ab und sah auf die Uhr.

«Schluss für heute», verkündete er. «Es sei denn, du willst Überstunden machen.»

«Ein bisschen Geld extra könnte ich gut gebrauchen», antwortete Nez.

Chee lachte. «Bei dem Tempo, in dem die abrechnen, kriegst du das sowieso erst, wenn du in Rente gehst. Ich habe jedenfalls für meine Sondereinsätze beim Great Canyon-Klettermarathon von '98 bisher noch keinen Cent gesehen. Aber wir sollten jetzt los, damit wir vor Einbruch der Dunkelheit hier raus sind.»

Das schafften sie, doch bis Chee schließlich in Bluff und in seinem Zimmer im Recapture Lodge ankam, standen schon die ersten Sterne am Himmel. Er fühlte sich müde und schmutzig, entledigte sich seiner Stiefel, Socken und Hose, ließ sich aufs Bett fallen und packte das Schinken-Käse-Sandwich aus, das er unterwegs in einer Tankstelle am Highway gekauft hatte. Er würde sich jetzt erst etwas ausruhen, dann duschen und anschließend ins Bett gehen und nichts als schlafen, schlafen, schlafen. Er würde weder an die Fahndung denken noch an Janet Pete und auch nicht an Bernie Manuelito. Bis morgen früh um fünf der Wecker klingelte, wollte er seine Ruhe haben.

Er biss von seinem Sandwich ab. Es schmeckte richtig gut, fand er und bedauerte, dass er nur zwei gekauft hatte und nicht gleich vier. Dann hätte es auch noch fürs Frühstück gereicht. Er kaute, schluckte den Bissen hinunter, gähnte herzhaft und wollte gerade wieder abbeißen, als er plötzlich stutzte.

Hatte es draußen geklopft?

Er lauschte, das Sandwich in der erhobenen Hand, und starrte zur Tür. Vermutlich hatte sich jemand in der Zimmernummer geirrt.

Aber dann klopfte es erneut. Eine Stimme fragte: «Jim, sind Sie da?»

Der «Legendäre Lieutenant»!

Chee seufzte, wickelte sein Sandwich wieder ein und legte es auf den Nachttisch. Er ging zur Tür und öffnete. Leaphorn grinste verlegen, als ob er sich für den überraschenden Besuch entschuldigen wollte. In seiner Begleitung war die Professorin. Sie lächelte Chee freundlich an.

«Einen Augenblick!», rief Chee, rettete sich mit einem raschen Schritt nach hinten aus ihrem Blickfeld und griff nach seiner Hose. «Ich zieh mir bloß schnell was über.»

Leaphorn erklärte, sie würden nur kurz bleiben. Chee bot ihnen die beiden Stühle an. Er selbst setzte sich aufs Bett.

«Sie sehen erschöpft aus», stellte Louisa fest. «Die Polizistin eben an der Straßensperre meinte, Sie hätten heute wahrscheinlich den ganzen Tag in einem der Canyons verbracht. Wir wollen deshalb auch gar nicht lange stören, aber Joe hat etwas erfahren, von dem er annimmt, dass es Ihnen helfen könnte. Ich habe zu bedenken gegeben, dass Sie bestimmt schon längst im Bilde seien, aber …» Sie hob die Hände.

«Besser, man erfährt etwas zweimal als einmal zu wenig», sagte Chee und sah zu Leaphorn, der unbehaglich auf der Stuhlkante hockte.

«Es geht um zwei Informationen in Bezug auf diesen George Ironhand», begann der Lieutenant. «Dass er Vietnam-Veteran ist, wissen Sie wahrscheinlich schon.»

Chee schüttelte den Kopf.

«Aber heute habe ich gehört, dass er bei den Green Berets war», fuhr Leaphorn fort. «Er war an der kambodschanischen Grenze als Scharfschütze eingesetzt. Wurde mit dem Silver Star dekoriert, weil er so viele nordvietnamesische Soldaten erschossen hat. Angeblich dreiundfünfzig.»

Leaphorn hielt inne.

Chee dachte einen Augenblick nach. «Dreiundfünfzig», wiederholte er langsam. «Danke, dass Sie mir das gesagt haben. Wenn die Feds uns davon in Kenntnis gesetzt hätten, wie es ihre Pflicht gewesen wäre, dann hätte Officer Nez heute im Canyon seine Schutzweste bestimmt nicht ausgezogen.»

«Dass Ironhand in Vietnam war, wird dem FBI inswischen sicher bekannt sein», sagte Leaphorn. «Die Feds werden seine Armee-Akte durchforstet haben. In so was sind sie ja immer sehr gründlich. Aber dass er Scharfschütze war, kann ihnen dabei durchaus entgangen sein. Um das zu erfahren, hätten sie nachforschen müssen, wofür er den Silver Star bekommen hat. Und dazu bestand für sie erst mal kein Anlass.»

«Aber selbst wenn sie es herausgefunden hätten, ist doch mehr als fraglich, ob sie uns davon unterrichtet hätten», sagte Chee. Seine Stimme klang jetzt weniger müde als wütend. «Gedankenlos, wie wir nun einmal sind, hätten wir diese Information doch bestimmt gleich an die Presse weitergegeben.» Er lachte bitter. «Den Feds ist natürlich nicht besonders daran gelegen, die Öffentlichkeit davon in Kenntnis zu setzen, dass der gesuchte Kasino-Räuber in seiner Jugend ein Kriegsheld war, der für die Tötung von dreiundfünfzig feindlichen Soldaten sogar mit einem hohen Orden dekoriert worden ist.»

«Nun», bemerkte Leaphorn, «wie ich schon sagte, haben

sie wahrscheinlich gar nicht mitgekriegt, dass er Scharfschütze war. In den Unterlagen der Army wird als Grund für die Auszeichnung nur etwas ganz Allgemeines gestanden haben. ‹George Ironhand hat über die normale Pflichterfüllung hinaus sein Leben aufs Spiel gesetzt›, oder etwas in der Art.»

«Na gut», gab Chee widerstrebend zu, «vielleicht war ich nicht ganz fair.»

«Das würde ich so nicht sagen», schaltete sich Louisa ein. «Dass Ironhand Vietnam-Veteran mit Kampferfahrung ist, wusste das FBI. Und ich finde, dieses Wissen hätten sie Ihnen nicht vorenthalten dürfen.»

Chee nickte. «Das stimmt schon, aber vielleicht haben sie in den letzten Tagen ein wenig den Überblick verloren, waren nicht so gut in Form. Ich kenne das ja auch von mir selbst. Heute im Canyon zum Beispiel habe ich auch nicht gerade eine Glanzleistung vollbracht. Das einzig Positive ist, dass mein Kollege und ich auf diese Art und Weise, wenn auch unfreiwillig, mal wieder eine Art Ausdauertraining absolviert haben. So was kann ja nie schaden.»

«Sie haben also keine Spuren entdeckt?», erkundigte sich Leaphorn.

Chee hob die Arme. «Im Gegenteil. Jede Menge. Von Kojoten, Gabelböcken, Kaninchen, Eidechsen und Schlangen. Und überall dort, wo auch nur ein bisschen Sickerwasser an die Oberfläche gelangt war, Spuren von allen möglichen Vögeln», sagte Chee. «Aber wir haben nichts entdeckt, was auf die Anwesenheit von Menschen hingewiesen hätte. Am Nachmittag sind wir auf ziemlich große Tatzenabdrücke gestoßen. Anscheinend treibt sich ein Puma im Canyon herum, es könnte allerdings auch ein besonders großer Luchs gewesen sein. Außerdem haben wir die Fährten eines Stachelschweins gefunden und die Abdrücke unzähliger

Nagetiere, angefangen bei Kängururatten über Weißfußmäuse bis hin zu Präriehunden.»

«Sie können also mit Sicherheit ausschließen, dass in den letzten Wochen Menschen dort gewesen sind?»

«Nein, leider nicht», antwortete Chee. «Zu viel blanker Fels. Auf den fünf Meilen, die wir abgesucht haben, bestand für jemanden, der keine Spuren hinterlassen wollte, überall die Möglichkeit, den sandigen Boden zu meiden und auf steinigen Untergrund auszuweichen.»

Leaphorn nickte.

«Mir fällt gerade ein …», sagte Chee, «… haben Sie nicht eben gesagt, Sie hätten zwei Informationen für mich, Lieutenant? Was ist die zweite? Haben Sie vielleicht doch schon eine Theorie?»

«Nein, das nicht», sagte Leaphorn. «Aber ich habe noch etwas über Ironhand senior erfahren.» Er berichtete, was Bashe Lady Louisa und ihm erzählt hatte. «Sie sagte, Ironhand sei in der Lage gewesen, plötzlich von der Talsohle eines Canyons zu verschwinden und im nächsten Moment oben auf dem Rand des Felsplateaus zu erscheinen. Unsere Vorfahren hätten ihm übernatürliche Kräfte zugeschrieben und gedacht, er flöge wie ein Vogel davon, aber in Wahrheit sei er wie ein Dachs entkommen. Und das ist übrigens auch sein zweiter Beiname – Dachs.» Leaphorn schwieg und wartete auf Chees Reaktion.

Der rieb sich nachdenklich das Kinn. «Man muss wohl davon ausgehen, dass Ironhand junior den Trick des Alten gekannt hat», bemerkte er. «Die Frage ist, hat er sich dieses Wissen zunutze gemacht, als er sein eigenes Verschwinden plante? Gab Bashe Lady Ihnen eigentlich einen Hinweis, wo der ‹Dachs› sein Kunststück vollführte?»

Leaphorn schüttelte den Kopf.

«Aber Sie glauben, sie weiß, wo alles stattfand?»

«Ja, ich denke schon», antwortete Leaphorn. «Ich nehme an, dass sie ziemlich genau im Bilde ist über das, was damals vor sich ging. Sie weiß auf jeden Fall mehr, als sie uns erzählt hat.»

Professor Bourebonette lächelte. «Sie hat ganz offensichtlich nicht besonders viel übrig für die Navajo, die ‹Blutigen Messer›, wie sie euch nennt. So nach vier Stunden hatte ich den Eindruck, dass sie dir mit ihren kleinen Gemeinheiten ziemlich auf die Nerven ging. Dabei liegen die ganzen Geschichten schon eine halbe Ewigkeit zurück. Aber anscheinend hat die alte Ute es geschickt verstanden, dich in deiner Ehre als Angehöriger des stolzen, tapferen, klugen Navajo-Volkes zu treffen, stimmt's, Joe?»

Leaphorn lächelte etwas gezwungen. «Na schön, ich geb's zu, da ist schon was dran», sagte er. «Um mich abzulenken, habe ich mir Bashe Lady in einem dieser John-Wayne-Western vorgestellt: überall Tipis, dazwischen kleine gescheckte Mustangs, Hunde, offene Kochstellen, italienisch aussehende junge Typen mit Cheyenne-Kriegsbemalung, die herumhüpfen, Schreie ausstoßen und Trommeln bearbeiten. Und dazwischen Bashe Lady. Sie hält ein bluttriefendes Messer in der Hand und quält ein paar gefangene Krieger, die gefesselt am Boden liegen.» Er hielt inne. «Und dann musste ich daran denken, wie es wohl 1863 gewesen ist. Damals, als die Ute sich mit der US-Armee, den Hispanos und den Pueblo-Stämmen verbündet hatten, unser Volk überfielen und …»

Professor Bourebonette hob besänftigend die Hand.

Leaphorn schwieg. Er wirkte verlegen. «Entschuldigung», sagte er, «aber das abfällige Gerede der alten Frau ist mir wohl doch etwas an die Nieren gegangen. Ich muss zugeben, dass es mir eine große Genugtuung wäre, wenn es der Navajo Tribal Police gelänge, den Abkömmling des alten Ironhand dingfest zu machen und hinter Gitter zu bringen.»

«Wir haben Ihnen noch gar nicht gesagt», wandte sich die Professorin an Chee, «dass der George Ironhand, nach dem Sie fahnden, nicht der Enkel, sondern der Sohn des seinerzeit legendären Banditen ist. Ironhand senior ist, als er schon ziemlich alt war, eine zweite Ehe eingegangen und wurde noch einmal Vater. Das käme also altersmäßig durchaus hin.»

Chee nickte.

«Wir haben zwar eine Menge neuer Informationen», stellte Leaphorn fest, «aber mir scheint, wir sind im Moment trotzdem an einem toten Punkt angelangt. Das Einzige, wovon wir meiner Meinung nach ausgehen können, ist, dass das Versteck der Kasino-Gangster – falls sie sich tatsächlich im Canyon verborgen halten – nicht allzu weit entfernt sein kann von der Stelle, wo sie den Pickup stehen gelassen haben. Schließlich hatten sie eine ganze Menge zu schleppen. Vor allem Wasser und dann auch Lebensmittel – es sei denn, sie hätten sich schon vor der Tat Vorräte angelegt. Außerdem die Beute. Vierhundertsoundsovieltausend Dollar, höchstwahrscheinlich alles in kleinen Scheinen. Das dürfte ganz schön was gewogen haben. Und nicht zu vergessen ihre Waffen. Beim Überfall haben sie Schnellfeuergewehre benutzt, die sind nicht gerade leicht.»

Bei der Erwähnung der Schnellfeuergewehre fuhr Chee plötzlich ein Gedanke durch den Kopf, der ihn unterschwellig schon eine ganze Weile bedrückt hatte. Er wandte sich an Louisa. «Sie sagten vorhin etwas von einer Straßensperre und einer Polizistin, mit der Sie über mich gesprochen hätten. Wissen Sie, ob sie zur Navajo Tribal Police gehörte?»

Louisa sah fragend zu Leaphorn.

«Der Streifenwagen war von uns, aber der Kollege, der drin saß, war ein Deputy von der San Juan County Police. Die Polizistin, nach der Sie fragen, gehörte allerdings zu Ihrer Truppe. Wenn man sie hier oben einsetzt, kommt sie vermutlich sogar aus Shiprock.»

Chee ging in Gedanken die Reihe der Kolleginnen durch. Um wen mochte es sich handeln? «Wie alt war sie?», wollte er wissen. «War sie groß oder eher zierlich?»

Leaphorn war sofort klar, auf wen Chees Fragen abzielten. «Ich hab sie erst ein-, zweimal gesehen und kenne sie nicht näher, aber ich glaube, es war Bernadette Manuelito.»

«Verdammt nochmal!», stieß Chee heftig hervor. «Welcher Idiot hat sich einfallen lassen, sie an eine Straßensperre zu stellen? Können die nicht mal ein bisschen nachdenken?» Er zog sich schon die Socken an. «Manuelito hat doch nicht die leiseste Ahnung, wie man sich dort verhalten muss, damit man am Leben bleibt!»

Kapitel achtzehn

Nach Leaphorns Beschreibung musste die Straßensperre auf dem Utah State Highway 163 errichtet worden sein, etwa auf halbem Weg zwischen Recapture Creek und der Brücke über den Montezuma Creek. Die Wahl des Ortes fand Chee vernünftig. Wenn ein Flüchtiger die Sperre entdeckte, war es bereits zu spät, um noch auf Seitenwege abbiegen zu können. Rechts, nach Süden zu, war nur das Ufergestrüpp des San Juan, links, zur Nordseite hin, nichts als die nackten Felswände der McCracken Mesa.

Ausgerechnet Bernie hier Dienst tun zu lassen war allerdings alles andere als vernünftig. Das war schierer Wahnsinn. Natürlich würde man sie nicht ganz vorn einsetzen, aber das änderte nichts. An solchen Sperren standen in der Regel höchstens drei Streifenwagen. Und wer immer als Polizist hier Posten bezogen hatte, musste mit Gegnern rechnen, die bereit waren, kaltblütig zu töten. Beim Überfall auf die Spielbank hatten die Gangster ein Schnellfeuergewehr benutzt, und gerüchteweise hatte er sogar gehört, sie seien im Besitz jener Nachtsichtgeräte, die vor einiger Zeit aus einer Waffenkammer der Nationalgarde in Utah verschwunden waren.

Chee quälten die schlimmsten Befürchtungen, und so fuhr er die ersten acht Meilen wesentlich schneller, als erlaubt war. Dann bremste er ab. Ihm war plötzlich eingefallen, dass er sich gar nicht überlegt hatte, was er eigentlich sagen wollte. Die an der Sperre postierten Polizisten unterstanden wahrscheinlich einem Beamten von der Utah State Police oder einem Deputy aus San Juan County. Chee versuchte, sich das Gespräch auszumalen. Als Erstes würde er sich als Kollege von der Navajo Tribal Police aus Shiprock zu erkennen geben, man würde sich zunächst ein wenig über das Wetter unterhalten und anschließend auf die Fahndung zu sprechen kommen. Und dann? Der Beamte würde sich vermutlich erkundigen, was ihn hergeführt habe, und er würde erklären, dass seiner Meinung nach Bernadette Manuelito nicht genug Erfahrung habe, um an einer Straßensperre Dienst zu tun. Was man ihm darauf antworten würde, konnte er sich lebhaft vorstellen.

Hinter einer Kuppe erfassten die Scheinwerfer seines Wagens ein rotes Verkehrsschild: GESCHWINDIGKEIT REDUZIEREN!

«Ach, so ist das», würde der Cop sagen. «Die junge Dame ist Ihre Freundin. Na, dann werden wir natürlich ganz besonders gut auf sie aufpassen.» Und der Deputy hinter ihm würde Mühe haben, sich das Lachen zu verbeißen.

Mit Schrecken wurde Chee plötzlich klar, dass das noch längst nicht alles war. Als Nächstes würde man Bernie anweisen, sich weiter hinten aufzuhalten und sobald ein Fahrzeug in Sicht käme, im Streifenwagen Schutz zu suchen. Bernie würde außer sich sein vor Zorn und ihm die Einmischung ihr Leben lang nicht verzeihen. Zu Recht.

Sein Wagen fuhr jetzt ganz langsam. Chee lenkte ihn aus einem spontanen Entschluss heraus rechts auf die Bankette, setzte scharf zurück, wendete, gab Gas und fuhr wieder in Richtung Bluff. Officer Bernadette Manuelito vor Schaden zu bewahren war nicht so einfach, wie er sich das gedacht hatte. Er würde sich das Ganze noch einmal durch den Kopf gehen lassen müssen.

Aber daraus wurde nichts. Hinter ihm ertönte eine Polizeisirene, und in seinem Rückspiegel erschien das rotierende Einsatzlicht eines Streifenwagens. Chee stieß auf Navajo einen derben Fluch aus, zog sein Auto ganz rechts zur Fahrbahnkante und hielt. Er schlug sich mit der Hand an die Stirn. Na klar, dachte er, so ein Wendemanöver unmittelbar vor einer Straßensperre hätte jeden Polizisten von Argentinien bis Zaire veranlasst, die Verfolgung aufzunehmen. Er zog die Handbremse an, holte seinen Dienstausweis heraus und schaltete die Innenbeleuchtung ein, um dem Cop, der gleich neben der Fahrertür auftauchen würde, nicht noch mehr Anlass zu Misstrauen zu geben. Wahrscheinlich würde es ein Kollege von der Utah State Police sein.

Er hatte richtig vermutet.

Der Beamte leuchtete Chee mit seiner Taschenlampe ins

Gesicht, warf einen Blick auf den Dienstausweis, den dieser ihm entgegenhielt, und sagte: «Bitte verlassen Sie Ihr Fahrzeug.» Dann trat er einen Schritt zurück.

Chee öffnete die Wagentür und stieg aus.

«Drehen Sie sich bitte zum Auto, und legen Sie Ihre Hände aufs Dach.»

Chee tat, wie ihm befohlen, und war froh, dass er sein Holster mit der Pistole im Motel auf dem Bett hatte liegen lassen.

Der Beamte tastete ihn von oben bis unten gründlich nach Waffen ab. «Okay», sagte er schließlich.

Plötzlich ließ sich eine Frauenstimme vernehmen. «Sergeant Chee! Was tun Sie denn hier?» Es war Bernie Manuelito.

Chee, die Hände immer noch auf dem Autodach, drehte langsam den Kopf. Er versuchte zu lächeln, aber es wurde nur eine klägliche Grimasse. Schlimmer hätte es nicht kommen können, dachte er.

Kapitel neunzehn

Die helle Rosafärbung am östlichen Himmel über Bluff verwandelte sich im Schein der aufgehenden Sonne in ein zunehmend intensiveres Rot, als Chee seinen Streifenwagen bestieg. Er steckte den Zündschlüssel ins Schloss und startete den Motor. Doch bevor er losfuhr, sah er wie alle Autofahrer, die sich in diesem dünn besiedelten Gebiet auf den Weg machen, vorsichtshalber noch einmal auf die Benzinanzeige. Die Nadel zitterte zwischen halb und viertel voll. Das war für die Hin- und Rückfahrt zur Casa Del Eco Mesa völlig ausreichend, doch nicht genug, um restlos beruhigt zu sein, wenn man wusste, dass man den Tag über auf Sandpisten und weitab von jeder Tankstelle unterwegs war. Er blickte auf seine Uhr und fuhr vom Parkplatz des Recapture Lodge hinaus auf den U.S. Highway 163. Die Chevron-Tankstelle mit dem Imbiss, an der er am Abend zuvor vorbeigekommen war, könnte schon geöffnet haben. Er würde dort tanken und für alle Fälle gleich noch ein paar Schokoriegel kaufen, genug, dass er auch Nez davon abgeben konnte. Auf der Fahrt hoch zur Mesa würde die Erinnerung an die Blamage gestern Abend hoffentlich allmählich verblassen.

Die Tankstelle schien tatsächlich schon offen zu sein. Er konnte zwar nicht erkennen, ob drinnen Licht war. Aber als er in die Zufahrt einbog, sah er gerade einen Pickup davonfahren. Chee hielt an einer der Zapfsäulen. Neben dem Eingang zum Kassenraum hockte ein Mann am Boden. Wenn er all die Betrunkenen gezählt hätte, mit denen er, seit er Polizist war, zu tun gehabt hatte, dann wäre dieser hier schätzungsweise Nummer 999, dachte er und stieg aus. Wo blieb bloß der Tankwart?

Erst jetzt bemerkte Chee, dass dem Mann am Boden Blut von der Stirn rann. Er ging neben ihm in die Hocke. Anfang sechzig, schätzte er, das Haar wurde schon grau. Auf seinem Khakihemd war ein Name eingestickt: *LEROY DELL*. Der Mann atmete schwer. Das Blut sickerte aus einer Platzwunde über seinem rechten Auge. Chee stand auf. Er wollte zu seinem Wagen, um über Funk Meldung zu machen, dass man eine Ambulanz schicken solle.

«Wer …? Wer sind Sie? Oh!»

Chee fuhr herum.

Der Mann starrte ihn aus aufgerissenen Augen an, er versuchte hochzukommen. «Was ist passiert?», fragte er. «Wo steckt der Kerl? Ist er getürmt?»

Chee half ihm auf die Beine. «Jetzt erzählen Sie mir erst mal, was passiert ist. Hat Sie jemand angegriffen?», fragte er. «Ich gebe es dann per Funk weiter. Vielleicht schaffen wir es ja, ihn noch zu schnappen. Außerdem werde ich einen Krankenwagen für Sie anfordern.»

«Dieser Mistkerl!», fluchte der Tankwart und deutete mit einer Handbewegung zur Seite. «Sehen Sie bloß, was für eine Riesenschweinerei er angerichtet hat!»

Neben dem Eingang, unter einem Schild *TOILETTE NUR FÜR KUNDEN*, lag eine umgeworfene Mülltonne. Drum herum war alles verstreut, was die Kunden einer Tankstelle im Laufe eines Tages wegwerfen: leere Dosen, Flaschen, Zeitungen, zerknüllte Tüten, fettige Papierservietten. Und mittendrin ein umgestürzter Zeitungsautomat.

«Wer war der Mann?», fragte Chee. «Ich will möglichst schnell Meldung machen. Je früher meine Kollegen informiert sind, umso besser die Chance, ihn noch zu fassen.»

«Ich kenne ihn nicht, hab ihn noch nie gesehen», antwortete der Tankwart. «Es war ein großer, breiter Kerl. Sah indianisch aus. Wahrscheinlich ein Navajo, könnte aber auch ein Ute gewesen sein. Sehr groß. So um die Fünfzig, würde ich sagen.»

«Fuhr er den blauen Pickup, der gerade wegfuhr, als ich kam?»

«Weiß ich nicht. Hab ich nicht gesehen.»

«Hatte er eine Waffe?»

Der Tankwart nickte. «Ja. Damit hat er mir eins übergezogen. Eine Pistole.»

«Gut, fürs Erste reicht das», sagte Chee. «Am besten, Sie

gehen rein und setzen sich ein bisschen hin. Ich sage inzwischen meinen Kollegen Bescheid.»

Die Stimme des Dienst habenden Polizisten klang verschlafen. Doch als er hörte, dass eine Pistole im Spiel war, schien er plötzlich hellwach zu sein.

«Geben Sie durch, dass er bewaffnet ist und gefährlich», sagte Chee. «Und es kann auch nicht schaden, wenn Sie erwähnen, dass genau in dieser Gegend eine Großfahndung nach den Spielbank-Gangstern läuft.»

Der Polizist in der Funkzentrale lachte. «Dieselben, von denen die Feds neulich behaupteten, sie wären längst über alle Berge? Im Flugzeug auf und davon?»

«Schön wär's», erwiderte Chee und ging in den Kassenraum, um sich den Hergang des Überfalls noch einmal genau schildern zu lassen.

Leroy Dell hockte zusammengesunken hinter dem Tresen.

«Der Krankenwagen muss gleich hier sein», sagte Chee.

Dell schüttelte vorsichtig den Kopf. «Der kommt von Blanding. Von der Klinik dort bis hierher sind es mehr als fünfundzwanzig Meilen.» Er stöhnte vor Schmerzen. «Das kann dauern.»

Seiner Beschreibung nach hatte sich das Ganze folgendermaßen abgespielt: Er war morgens von seinem Wohnhaus heruntergekommen, um die Tankstelle aufzumachen, als er plötzlich ein lautes Scheppern hörte. Daraufhin hatte er sich beeilt, und als er um die Ecke bog, sah er neben der umgestürzten Mülltonne einen Mann im Abfall wühlen. Er hatte ihn angebrüllt, was er da treibe, und der andere hatte geknurrt, er suche nur nach alten Zeitungen.

«Wieso Zeitungen?»

«Versteh ich auch nicht. Ich sage ihm: ‹Das werden Sie

alles schön wieder in Ordnung bringen!› In dem Moment sehe ich, dass der Zeitungsautomat umgekippt ist, und wie ich mich hinunterbeuge, merke ich, er hat den aufgebrochen. Ich drehe mich um und sage, den Schaden muss er aber ersetzen. Da hat er auf einmal eine Pistole in der Hand und schlägt sie mir ins Gesicht.»

«Fehlt irgendwas?»

«Nein.» Dell stöhnte leise. «Hier war ja abgeschlossen.»

«Am besten rufen Sie jemand an, der herkommt und sich um Sie kümmert, bis der Krankenwagen da ist», sagte Chee. «Ich tanke jetzt, und dann werde ich losfahren und nach dem blauen Pickup Ausschau halten.»

Die Fahndung nahm den größten Teil des Tages in Anspruch. Erst gegen Abend entdeckte ein Polizist vom Bureau of Indian Affairs den Pickup am Rand des Ölfeldes von Aneth, abseits einer nicht mehr benutzten Straße südlich von Montezuma Creek. Der Wagen steckte westlich des Highway 35 im Sand eines ausgetrockneten Bachbettes fest. Zum zweiten Mal innerhalb weniger Tage endete damit eine Suche auf der verlassenen Hochfläche der Casa Del Eco Mesa. Und wiederum in einer Gegend, von der aus der Gothic Creek Canyon zu Fuß gut erreichbar war – erst recht für einen Mann, der nur eine Zeitung zu tragen hatte.

Für Jim Chee allerdings wäre die Strecke nicht zu schaffen gewesen. Im Verlauf der Suchaktion hatte er sich beim Abstieg über einen Felsrücken den linken Knöchel verstaucht. Es war einer dieser dummen kleinen Unfälle, wie sie aus Unachtsamkeit passieren. Er war mit seinem ganzen Gewicht auf eine überstehende Sandsteinplatte getreten, die zwar stabil aussah, tatsächlich aber nur locker auflag. Als sie unter ihm wegbrach und er sein Gleichgewicht verlor, hätte er sich nur auf dem Boden abrollen müssen. Stattdessen hatte er versucht, sich durch einen Sprung zu retten, und war auf dem falschen Fuß gelandet. Der Schmerz war heftig und äußerst unangenehm. Aber als wesentlich schlimmer empfand Chee, dass er gezwungen war, Hilfe anzufordern, und ein Deputy Sheriff und ein FBI-Agent ihn auf dem Rückweg zu seinem Auto stützen mussten.

Kapitel zwanzig

Der Anrufer war Captain Largo. Er machte nicht viele Worte, sondern kam gleich auf den Punkt.

Chee hörte zu, sagte dann: «Nein, Sir, ich kann ihn noch nicht wieder belasten», schwieg, murmelte: «Ja, Sir», schwieg erneut und legte dann, nach einem letzten «In Ordnung, Sir», auf.

Largo hatte sich erkundigt, wann Chee wieder in der Lage sein würde, sich an der Suchaktion zu beteiligen. Ohne dass er es ausdrücklich ansprach, war klar: je eher, desto besser. Er hatte Chee informiert, dass er eine Unfallmeldung abfassen müsse, ein Kollege sei mit dem entsprechenden Formular bereits zu ihm unterwegs. Chee solle es an Ort und Stelle ausfüllen, dem Boten gleich wieder mitgeben und auf keinen Fall vergessen, Namen, Adresse und Telefonnummer des Arztes anzugeben, der die Röntgenuntersuchung durchgeführt hatte. Im Übrigen müsse er ihn, Chee, ja wohl nicht extra daran erinnern, dass zur Zeit jeder Mann gebraucht werde. Er möge also den Kollegen nicht länger als unbedingt nötig aufhalten und nicht etwa auf die Idee kommen, ihn in ein Gespräch zu verwickeln.

Chee rückte den Eisbeutel auf seinem Fuß zurecht und

fragte sich, mit welchem Wort – in Navajo oder Englisch – sich die dunkle Verfärbung seines geschwollenen Knöchels angemessen beschreiben ließ. «Pflaumenblau» schien es am besten zu treffen. Eine Weile sann er darüber nach, ob er es dem Captain übel nehmen sollte, dass er weder ein Wort des Bedauerns geäußert noch versucht hatte, ihn aufzumuntern. Gerade als er sich dazu durchgerungen hatte, es nicht persönlich zu nehmen, sondern als Ausdruck von Largos tief sitzender Misanthropie, hörte er draußen auf dem Kies das Knirschen von Autoreifen.

«Die Tür ist offen», rief er, und kurz darauf trat Bernadette Manuelito ein. Sie war in Uniform und sah ausnahmsweise richtig adrett aus.

«Wow», sagte sie nach einem Blick auf seinen Knöchel und lächelte mitfühlend. «Tut bestimmt ziemlich weh, oder?»

Chee nickte.

«Sie haben Glück gehabt, dass man nicht auf Sie geschossen hat», fuhr sie fort. «So einfach da aufzukreuzen und …»

«Was heißt ‹einfach aufkreuzen›?», wehrte sich Chee. «Ich wollte zum Tanken, weil ich festgestellt hatte, dass mein Benzin knapp werden könnte. Als ich ankam, bemerkte ich einen Pickup, der gerade wegfuhr. Gleich darauf fand ich den verletzten Tankwart. Und im Übrigen sind Sie ja wohl nicht gekommen, um mit mir lange Diskussionen über mein Verhalten zu führen, sondern um das Formular für die Unfallmeldung zu bringen. Ich soll es gleich ausfüllen und Sie umgehend wieder damit zurückschicken.»

«Wirklich großes Glück», wiederholte Manuelito unbeeindruckt. «Sie glauben anscheinend, dass ich keine ausreichende Erfahrung mitbringe und noch nicht kompetent genug bin, um an einer Straßensperre zu stehen.»

Chee spürte, wie er rot wurde. Er sah Manuelito kurz an, konnte ihren Gesichtsausdruck aber nicht recht deuten. «Wie kommen Sie denn darauf?»

«Ich habe mich mit Professor Bourebonette unterhalten.»

«Das darf doch nicht wahr sein!», rief Chee. «Wie kann sie so etwas sagen? Wo haben Sie sie überhaupt getroffen?»

«An der Straßensperre. Sie und Lieutenant Leaphorn kamen ungefähr eine Stunde, nachdem Sie …» Manuelito zögerte, sie suchte nach den passenden Worten, um Chees Auftritt zu beschreiben. «… nachdem Sie da gewesen waren. Die beiden hielten ein Weilchen an, und wir haben uns unterhalten. Dabei kam die Rede auch auf Sie. Professor Bourebonette wollte nämlich wissen, ob Sie schon vorbeigeschaut hätten. Als ich das bestätigte, fragte sie mich, was Sie gesagt hätten, und ich antwortete, nicht viel. Das schien sie sehr zu überraschen. Ich wollte wissen, wieso, und da erzählte sie mir, dass Sie, als Sie gehört hätten, dass ich an der Straßensperre eingesetzt worden sei, wütend aus dem Zimmer gestürmt wären.»

Chee sah sie forschend von der Seite an, wusste aber nicht recht, woran er war. Hatte der Vorfall sie nur amüsiert, oder lag in ihrem Blick vielleicht sogar etwas wie Zuneigung? Oder beides?

«Von ‹nicht kompetent› habe ich nichts gesagt», verteidigte sich Chee.

«Na gut», sagte Manuelito mit einem Schulterzucken.

«Ich hielt es einfach für viel zu gefährlich, Sie dort zu postieren. Die beiden Kerle, nach denen wir suchen, schrecken vor nichts zurück. Sie haben, wie Sie selbst wissen, bei dem Überfall einen der Wachmänner erschossen und einen zweiten schwer verletzt. Und Ironhand – falls wirklich er einer der Täter ist – wurde als Scharfschütze ausgebildet und hat in Vietnam reichlich Gelegenheit gehabt, sich im Töten zu üben.»

«Danke», sagte Manuelito und schenkte ihm ein strahlendes Lächeln, das selbst Chee nicht mehr zu hinterfragen suchte.

Chee streckte seine Hand aus. «Wenn Sie mir jetzt bitte das Formular geben würden. Sie wissen, der Captain wartet.»

Manuelito reichte ihm ein Schreibbrett, auf dem der Fragebogen schon festgeklemmt war. An der Seite baumelte ein Kuli.

«Wer war der Mann an der Tankstelle?», wollte sie wissen. «Ironhand oder Baker?»

«Ein groß gewachsener Indianer, so um die Fünfzig. Also wohl Ironhand.»

«Und stimmt es, was sie im Radio gesagt haben – er wollte wirklich nur Zeitungen?»

Chee hatte das Klemmbrett auf sein rechtes Knie gelegt und war dabei, den Bogen auszufüllen. «Scheint so. Der Tankwart hat jedenfalls nichts weiter vermisst.»

«Ich finde, Sie sollten Lieutenant Leaphorn anrufen», sagte Manuelito. «Die ganze Geschichte klingt irgendwie merkwürdig.»

Chee sah sie überrascht an. «Wieso?»

«Na ja, so ein Risiko einzugehen, nur um an Zeitungen zu kommen ...»

«Ich meinte, wieso Sie denken, dass ich Leaphorn anrufen soll.»

«Weil ich mir vorstellen könnte, dass ihn das sehr interessiert. Er hat uns, als wir uns an der Straßensperre unterhielten, extra noch mal eingeschärft, wirklich vorsichtig zu sein. Man müsse davon ausgehen, dass genau jetzt der Zeitpunkt gekommen sei, zu dem die Täter ihr Versteck verlassen würden. Natürlich vorausgesetzt, dass sie tatsächlich die ganze Zeit über in einem der Canyons waren. Der Deputy, mit dem zusammen ich Dienst tat, wandte ein, es sei doch viel wahrscheinlicher, dass sie sich weiterhin verborgen halten würden, bis man die Suche nach ihnen aufgebe. Und der Lieutenant erwiderte, ja, normalerweise schon. Aber man müsse bedenken, dass sie offenbar ohne Radio unterwegs und also seit Tagen ohne Informationen seien. Deshalb stünden sie vermutlich zunehmend unter Druck, endlich in Erfahrung zu bringen, was draußen vor sich gehe.»

«Er hat tatsächlich gesagt, dass jetzt der Zeitpunkt gekommen sein müsste, wo sie ihr Versteck verlassen würden?», fragte Chee ungläubig. «Darauf muss man erst einmal kommen. Und deshalb soll ich ihn also anrufen?»

Bernie wirkte plötzlich verlegen. Sie zögerte einen Moment. «Ich mag ihn», sagte sie dann. «Und ich glaube, er mag Sie. Und außerdem denke ich, dass er oft sehr einsam ist und …»

Das Summen des Telefons unterbrach sie. Es war noch einmal Captain Largo.

«Was zum Teufel treiben Sie und Manuelito eigentlich?», fragte er. «Füllen Sie das Formular aus, und dann schicken Sie sie unverzüglich wieder her.»

«Officer Manuelito ist gerade eben gegangen, Sir», sagte Chee.

Er legte auf, machte rasch die letzten Eintragungen, unterschrieb und händigte Bernie das Papier aus. Leaphorn mochte ihn? Das war noch keinem sonst aufgefallen. Ihm selbst auch nicht. Allein der Gedanke, dass der Lieutenant jemanden mögen könnte ... Leaphorn war für ihn immer nur ... eben Leaphorn gewesen.

«Wissen Sie, Bernie», sagte er. «Ich glaube, ich werde Ihrem Vorschlag folgen und ihn anrufen. Ich bin neugierig zu erfahren, was er denkt.»

Kapitel einundzwanzig

Joe Leaphorn hatte sich innerlich damit abgefunden, gleich wieder irgendwelchen alten Ute gegenüberzusitzen und zuzuhören, wie sie sich Stunde um Stunde an immer neue Erzählungen aus dem schier unerschöpflichen Mythenschatz ihres Volkes erinnerten. Gerade wollte er seine Mütze vom Haken nehmen und die Wohnung verlassen, da klingelte das Telefon.

«Hallo», sagte er und merkte selbst, wie missgelaunt seine Begrüßung klang.

Der Anrufer war Jim Chee. Leaphorns Stimmung hellte sich augenblicklich auf.

«Lieutenant, hätten Sie vielleicht ein paar Minuten Zeit für mich? Ich würde gern mit Ihnen über die Geschichte gestern an der Chevron-Tankstelle in Bluff reden. Ich nehme an, Sie haben davon gehört? Mich würde interessieren, was Sie davon halten.»

«Ja, ich habe Zeit, kein Problem», antwortete Leaphorn. «Ich habe gestern Abend aus den Fernsehnachrichten von der Sache erfahren. Es hieß, dass sich zur Tatzeit zufällig auch ein Polizist der Navajo Tribal Police an der Tankstelle aufgehalten hätte, der jedoch die Flucht des Mannes nicht habe verhindern können. War die Berichterstattung korrekt?»

Chee ließ sich mit der Antwort Zeit. «Also, der Polizist, von dem da die Rede war, das war ich», sagte er nach einer Weile. Man hörte seiner Stimme an, dass ihm dieses Eingeständnis schwer fiel. »Aber als ich ankam, war alles schon vorbei. Ich habe den Kerl nur noch wegfahren sehen. Übrigens haben sie das Wichtigste in den Fernsehnachrichten gar nicht erwähnt: dass es nämlich dem Täter einzig und allein um Zeitungen ging. Als der Tankwart, ein gewisser Leroy Dell, ihn bei Tagesanbruch überraschte, hatte der Mann bereits den Automaten aufgebrochen und sich die Morgenzeitung herausgeholt. Er stöberte gerade in dem Abfall aus der umgestoßenen Mülltonne nach älteren Ausgaben. So hat er es jedenfalls Dell erklärt, als der ihn zur Rede stellte.»

Leaphorn schwieg. «Er suchte also bloß nach Zeitungen», sagte er nach einer Weile nachdenklich. «Sonst hat er nichts mitgehen lassen? Etwas zum Essen zum Beispiel? Oder Zigaretten?»

«Nein. Der Verkaufsraum war verschlossen,und es gab auch keine Anzeichen, dass der Mann versucht hätte, gewaltsam einzudringen.»

«Er scheint also wirklich nur an Zeitungen interessiert gewesen zu sein», stellte Leaphorn fest.

«Ja», bestätigte Chee. «Und die aktuelle Ausgabe hat ihm offenbar nicht gereicht, sonst hätte er nicht die Mülltonne umwerfen und den Abfall durchwühlen müssen. Ich nehme an, er suchte nach Informationen über unsere Fahndungsmaßnahmen.»

«Klingt plausibel. Sagen Sie, wo sind Sie jetzt eigentlich?»

«Bei mir zu Hause. Ich bin, als ich hinter dem Kerl her war, unglücklich gestürzt und habe mir den Knöchel verstaucht. Bis die Schwellung wieder zurückgegangen ist, sitze ich hier fest.»

«Einen Moment, bitte», sagte Leaphorn. Er legte seine Hand auf die Sprechmuschel und blickte Louisa an, die, das tragbare Tonbandberät über der Schulter, aufbruchbereit in der Tür stand.

«Es ist Jim Chee in Shiprock», erklärte er. «Es geht um den Überfall auf diese Chevron-Tankstelle, über den wir beide gestern Abend gesprochen haben. Das Einzige, was der Täter gesucht hat, waren offenbar Zeitungen. Erinnerst du dich, was ich dir vor ein paar Tagen über das kaputte Radio im Fluchtauto …?»

«Das klingt ja interessant», unterbrach ihn Louisa. «Übrigens – du musst bei den Interviews heute Morgen nicht unbedingt dabei sein. Warum fährst du nicht gleich zu Chee und ihr sprecht alles in Ruhe durch? Ich würde dann Becenti anrufen und ihn bitten, dass er mich mitnimmt.»

Genauso hätte Emma auch reagiert, dachte Leaphorn und stellte erleichtert fest, dass er bei diesem Vergleich nicht das geringste Schuldgefühl empfand.

Die Tür zu Chees Trailer stand offen, und als Leaphorn aus seinem Pickup stieg, rief ihm der Sergeant von drinnen zu, er möge gleich hereinkommen. Chee saß, das linke Bein hochgelegt, auf dem Bett. Die beiden Männer tauschten die traditionellen Begrüßungsformeln aus, dann deutete Leaphorn auf die «Indian Country»-Karte, die bereits auf dem Tisch ausgebreitet lag.

«Wie ich sehe, können wir gleich anfangen», sagte er und setzte sich. «Wie weit sind Sie denn inzwischen mit Ihren Überlegungen?»

«Ehrlich gesagt finde ich die ganze Geschichte ziemlich verwirrend», erwiderte Chee. «Ich hatte gehofft, dass Sie mir vielleicht eine Erklärung liefern könnten.»

«Mir kommt das Ganze vor wie ein Puzzle, bei dem die

Mitte noch leer ist», sagte Leaphorn. «Aber ich glaube, wir können jetzt zwei weitere Teile einordnen. Auf der Fahrt hierher kam mir plötzlich so eine Idee.»

«Die Täter brauchten die Zeitungen, weil ihr Transistorradio kaputt war und sie über das Vorgehen der Polizei auf dem Laufenden sein wollten», sagte Chee. «Richtig?»

Leaphorn nickte. «Richtig. Und daraus lässt sich etwas schließen.»

Chee runzelte die Stirn. »Sie meinen, dass sie kein zweites Radio haben und auch sonst keine Möglichkeit, an Informationen zu kommen? Oder noch etwas anderes?»

Leaphorn lächelte. «Ich bin Ihnen gegenüber im Vorteil», sagte er. «Ich kann bequem zu Hause sitzen und mich in aller Ruhe per Telefon bei meinen pensionierten Kollegen umhören, während Sie sich draußen die Hacken ablaufen.»

Chee beugte sich vor und tat, als müsse er die Eispackung auf seinem Knöchel neu richten. Leaphorns Bemerkung, er sei ihm gegenüber im Vorteil, hatte sofort wieder das altvertraute Gefühl intellektueller Unterlegenheit hervorgerufen. Er konnte plötzlich keinen klaren Gedanken mehr fassen und verspürte im Kopf nur noch eine dumpfe Leere. Gleich würde der «Legendäre Lieutenant» wieder eine seiner genialen Einsichten präsentieren, dachte er, und seine freundlichen Worte sollten ihm, dem ewigen Anfänger, darüber hinweghelfen, dass er erneut versagt hatte. Er riss sich zusammen.

«Ich könnte mir denken», begann er zögernd, «dass die Kerle allmählich in Panik geraten sind, weil sie nicht wussten, was zum Teufel draußen eigentlich vor sich geht. Sie mussten herausfinden, ob es nicht höchste Zeit war, sich aus dem Staub zu machen.»

«Genau», bestätigte Leaphorn. «Zu diesem Schluss bin

ich auch gekommen. Und ich habe da noch eine Information für Sie, etwas, was Sie nicht wissen können. Ich habe mich mit meinem alten Bekannten Jay Kennedy in Verbindung gesetzt und ihn gebeten, für uns im FBI-Labor nachzufragen, was die Untersuchung des Radios ergeben hat. Gestern nun rief mich Jay zurück. Er sagte, das Labor hätte ihm mitgeteilt, das Radio sei vorsätzlich funktionsuntüchtig gemacht worden.»

Chee ließ den Eisbeutel los und starrte Leaphorn an. Hatte er richtig gehört? Hatte der Lieutenant wirklich gesagt «für *uns* nachfragen»?

«Vorsätzlich?», wiederholte er langsam. «Weshalb sollten sie so etwas tun? Oder – Moment mal. Lassen Sie mich die Frage anders formulieren. Wer von ihnen hat es getan, und warum? Außerdem würde mich interessieren, wie das FBI festgestellt haben will, dass es Vorsatz war und nicht einfach Ungeschicklichkeit?»

«Die Leute im FBI-Labor sind Experten. Man sollte sie nicht unterschätzen. Die haben das Radio auseinandergenommen, weil sie hofften, Fingerabdrücke zu finden. Dabei entdeckten sie, dass an einer der Lötstellen ein paar Drähte mit einem scharfen Werkzeug aufgebogen worden waren. Wahrscheinlich mit einer Messerspitze.»

Chee überlegte einen Augenblick. «Und haben sie Abdrücke gefunden? Wenn ja, dann doch bestimmt die von Jorie. Wie wir wissen, war ihm klar, dass die beiden anderen ihn hintergehen wollten. Deshalb hat er sich die Sache mit dem Radio ausgedacht, um ihre Pläne zu durchkreuzen oder zumindest zu erschweren.»

Leaphorn wiegte den Kopf. «Es gab keine vollständigen Abdrücke», sagte er, «nur Fragmente. Und die ließen sich keiner dem FBI bekannten Person zuordnen.»

Chee versank in Grübeln. Ihm war bewusst, dass der Lieutenant ihn beobachtete. Er schien gespannt, was er dazu sagen würde.

«Dass man von Jorie keine Abdrücke gefunden hat, heißt noch gar nichts», bemerkte er schließlich. «Er kann Handschuhe getragen haben oder hat ein Taschentuch über die Stelle gelegt, bevor er sich an den Kontakten zu schaffen machte. Vielleicht hat er auch ausschließlich mit dem Messer gearbeitet und sorgfältig darauf geachtet, nichts mit den Fingern zu berühren.»

Leaphorn lächelte zustimmend. «Ich glaube, wir sollten uns wegen der fehlenden Fingerabdrücke nicht allzu viel Kopfzerbrechen machen», sagte er. «Was die vorsätzliche Unterbrechung der Kontakte angeht, musste ich auch gleich an Jorie denken. Es erscheint mir im Moment immer noch am plausibelsten, dass er es war, der das Gerät manipuliert hat.»

«Er hatte auf jeden Fall ein Motiv. Unsere Überlegungen setzen jedoch voraus, dass er noch die Möglichkeit hatte, an das Radio heranzukommen, nachdem ihm klar geworden war, was seine Komplizen vorhatten.»

Leaphorn nickte. «Und als er sich dann entschieden hatte, die Identität der beiden preiszugeben, musste er natürlich verhindern, dass sie von seinem Verrat erfuhren. Sie durften also auf keinen Fall Radionachrichten hören.»

Chee nickte.

«Es gibt da allerdings noch eine unbeantwortete Frage», bemerkte Leaphorn.

«Ja, sicher», stimmte Chee zu, während er überlegte, worauf der Lieutenant wohl hinauswollte. «Im Grunde sind noch eine ganze Menge Fragen offen.»

«Was mich interessieren würde, ist, warum Ironhand und Baker auf die Casa Del Eco Mesa geflohen sind.»

«Dafür hätte ich zwei mögliche Erklärungen anzubieten», sagte Chee. «Sie können sich aussuchen, welche Ihnen einleuchtender erscheint. Erklärung Nummer eins: Die Kasino-Gangster sind, nachdem sie das Fluchtfahrzeug stehen gelassen haben, in einen zweiten Wagen umgestiegen, den sie vor der Tat dort oben versteckt hatten. Die Casa Del Eco Mesa ist eine menschenleere Gegend, sie konnten also ziemlich sicher sein, dass niemand sie dabei beobachten würde. Cowboy hat zwar gesagt, dass er keinerlei Spuren gefunden hätte, die auf einen zweiten Wagen hindeuteten. Aber bei dem felsigen Untergrund dort heißt das nicht viel.»

Leaphorn nickte kaum merklich mit dem Kopf.

«Erklärung Nummer zwei basiert auf dem, was Sie und Professor Bourebonette über Ironhand senior in Erfahrung gebracht haben. Ich gehe davon aus, dass *unser* Ironhand weiß, wo sein Vater sich nach seinen Raubzügen verborgen hielt. Und auch, wie er es angestellt hat, seinen Verfolgern immer wieder auf so überraschende Art und Weise zu entkommen. Was, wenn Ironhand junior sich zusammen mit Baker in das alte Versteck seines Vaters zurückgezogen hätte und wenn dieses Versteck auf der Casa Del Eco Mesa liegt? Möglich wäre es doch. Wenn sie vorher für Trinkwasser und Proviant gesorgt haben, können sie dort ungestört eine Zeit lang ausharren, bevor sie ihre Flucht fortsetzen. Ihren Pickup haben sie natürlich absichtlich fahruntüchtig gemacht, damit es so aussieht, als ob sie ihn gezwungenermaßen hätten stehen lassen. In Wahrheit brauchten sie ihn nicht mehr, weil sie ganz in der Nähe ihren Unterschlupf hatten.»

Leaphorn nickte lebhaft. «Jorie war in ihr Vorhaben selbstverständlich nicht eingeweiht», sagte er. «Sie haben alles hübsch für sich behalten. Aber wenn es sich wirklich so abgespielt hat, wie Sie es eben beschrieben haben, dann bedeutet das, die beiden haben ihr Täuschungsmanöver von langer Hand geplant. Vielleicht hatten sie nie die Absicht, die Beute mit Jorie zu teilen.»

«Könnte sein», sagte Chee.

«Bleiben wir noch ein wenig bei Ihrer Erklärung Nummer zwei», fuhr Leaphorn fort. «Wenn Baker und Ironhand das Fluchtauto stehen gelassen haben und zu Fuß zu ihrem Versteck gelangt sind, dann kann es nicht weit entfernt sein. Wir haben ja schon darüber gesprochen, dass die beiden außer ihren Waffen auch noch die Säcke mit dem geraubten Geld bei sich hatten. Theoretisch wäre es natürlich möglich, dass sie das alles unterwegs irgendwo deponiert haben, aber das halte ich für sehr unwahrscheinlich.»

Chee nickte.

«Ich muss die ganze Zeit daran denken, dass Ironhand senior den Beinamen ‹Dachs› hatte», sagte Leaphorn. «Bei ‹Dachs› sehe ich immer gleich ein System von tief in den Boden reichenden Röhren vor mir, und das wiederum erinnert mich an die vielen alten Kohleschächte hier. Das Four-Corners-Gebiet ist ja von einem ganzen Netz solcher unterirdischer Schächte und Stollen durchzogen. Wo man auch gräbt, überall Kohle. Und, nicht zu vergessen, Uran. In den Vierzigern stieg der Bedarf wegen des Baues der ersten Atombomben dramatisch an. Die Geologen wiesen darauf hin, dass Uranlagerstätten und Kohleflöze oft dicht zusammenliegen. So begann man erneut, sich in den Boden zu wühlen.»

«Als ich mit Nez im Gothic Creek Canyon nach Spuren der Gangster suchte, sind wir auf etliche Stellen gestoßen, an denen offenbar früher einmal Kohle abgebaut worden ist», bemerkte Chee.

Leaphorn schien das sehr zu interessieren. «Richtige Stollen oder eher kleine Gruben, wo sich die Leute aus der Gegend ein paar Säcke voll für den eigenen Verbrauch herausgeholt haben?»

«Keine Stollen, nein», antwortete Chee. «Nur wenige Meter tiefe Tagebaue, um etwas Kohle zum Heizen des Hogans zu haben.»

Leaphorn blickte nachdenklich. «Regelrechter Bergbau begann hier im Westen erst mit der Ankunft der Mormonen-Siedler», sagte er. «So um die Mitte des neunzehnten Jahrhunderts. Die Mormonen hatten nämlich einen ungleich höheren Kohleverbrauch als unsere Vorväter, weil sie ihre Schmelzöfen zur Eisenverhüttung damit befeuerten. Deshalb begannen sie bald, Stollen anzulegen. Nach ein paar Jahrzehnten wurde der Betrieb dieser Minen dann unwirtschaftlich. Einige füllte man auf, andere ließ man einfach verfallen. Doch es gibt sie noch, in was für einem Zustand auch immer.»

«Sie halten es also für möglich, dass Ironhand und Baker in einem alten Bergwerk Unterschlupf gesucht haben?», fragte Chee. «Ich weiß nicht so recht. Dort, wo ich aufgewachsen bin, in der Nähe von Rough Rock, haben die Leute auch ein wenig Kohle gefördert, aber dort hatten sie nur flache Gruben. Wir nannten sie ‹Hundelöcher›. Darin hätte sich ganz bestimmt niemand verstecken können.»

«Rough Rock liegt in den Chuska Mountains», sagte Leaphorn. «Die geologischen Formationen dort sind vulkanischen Ursprungs. Beim Gothic Creek Canyon dagegen handelt es sich um Sedimentgestein. Schicht auf Schicht.»

Chee nickte.

«Als ich noch ganz frisch im Polizeidienst war», fuhr Leaphorn fort, «hat mir mal in Mexican Water ein alter Mormone erzählt, dass seine Leute vor langer Zeit im Gothic Creek Canyon ein Bergwerk unterhalten hätten. Sie hätten einen Stollen in den Fels getrieben und die geförderte Kohle in Körben auf verschlungenen Wegen nach oben aufs Plateau geschafft. Dort lud man sie auf Ochsenkarren um und fuhr an den Rand der Mesa, wo man eine Art Rutsche aus dem Fels geschlagen hatte, auf der man sie ins Tal des San Juan gleiten ließ. Anschließend wurde die Kohle erneut auf Karren gepackt, zum Fluss transportiert und mit einer Kabelfähre ans andere Ufer geschafft.»

Chee blickte skeptisch. «Und wann soll das gewesen sein?»

«So um die Mitte des neunzehnten Jahrhunderts, würde ich sagen», antwortete Leaphorn. «Und ich wüsste zu gerne, was von dieser alten Kohlemine wohl überdauert hat.»

«Es dürfte nicht ganz einfach sein, sie nach all den Jahren zu finden», gab Chee zu bedenken. «Oder glauben Sie, dass sich noch Spuren der Fuhrwerke von damals erhalten haben, die wir zurückverfolgen könnten?»

Leaphorn schüttelte den Kopf. «Ich hatte eigentlich an etwas anderes gedacht», sagte er. «Haben Sie sich mal die Bekanntmachungen an den schwarzen Brettern in den Chapter Houses angeschaut? Das Umweltschutzamt hängt da Karten aus, auf denen eingezeichnet ist, in welcher Gegend ihr Hubschrauber demnächst seine Sondierungsflüge aufnehmen wird, um stillgelegte Bergwerke zu lokalisieren.»

«Ja, habe ich», antwortete Chee. «Aber bei diesen Flügen geht es meines Wissens um Uranminen. Sie wollen eventuell noch vorhandenen radioaktiven Abraum aufspüren.»

«Stimmt. Die Messgeräte im Hubschrauber zeigen Orte mit hoher Strahlungsintensität an. Aber Uranvorkommen gehen bekanntlich oft zusammen mit Kohleflözen. Das hier sind nicht meine Ermittlungen, aber wenn sie es wären, wüsste ich, was ich täte. Ich würde die Umweltschutzleute in Flagstaff anrufen und mich erkundigen, ob sie den infrage kommenden Abschnitt der Reservation, das heißt die Gegend, wo das Fluchtfahrzeug der Kasino-Gangster gefunden wurde, schon kartographiert haben. Falls ja, dann können die Ihnen sicher sagen, ob es dort einmal ein Bergwerk gegeben hat oder nicht.»

«Na schön, versuchen kann ich es ja», sagte Chee. Er schien noch nicht recht überzeugt.

«Ich an Ihrer Stelle wäre da gar nicht so pessimistisch», sagte Leaphorn. «Kohleflöze gibt es hier in allen möglichen Tiefen. Einige liegen direkt unter der Erdoberfläche, andere in Hunderten Fuß Tiefe, und der Rest befindet sich irgendwo dazwischen. Ich denke mir, die Mormonen sind es irgendwann leid gewesen, die Kohle mühselig bis oben aufs Plateau zu schleppen. Stattdessen gruben sie einen Schacht von der Mesa hinab zum Stollen und beförderten die Kohle in einer Art Aufzug nach oben, so wie es bis heute in den meisten Bergwerken üblich ist.»

«Womit vielleicht auch erklärt wäre, wie Ironhand senior es geschafft hat, von einem Moment zum andern von der Talsohle hinauf zur Felskante zu gelangen», sagte Chee. «Der Bau eines Dachses hat eben immer mehrere Ausgänge.»

Er nahm den Telefonhörer ab, wählte die Auskunft und bat um die Nummer des Umweltschutzamtes in Flagstaff.

Kapitel zweiundzwanzig

Chees Absicht, sich mit den Leuten, die den radioaktiven Abraum kartographierten, in Verbindung zu setzen, erwies sich als unerwartet schwierig. Mehrere Gesprächspartner sowohl beim Umweltschutzamt in Flagstaff, Arizona, als auch bei der Außenstelle des Energieministeriums in Las Vegas, Nevada, konnten ihm nicht weiterhelfen. Nach einigen Stunden hatte er mit seinem sechsten Anruf endlich Glück. Man nannte ihm eine Nummer in New Mexico, an die er sich wenden solle.

Der Mann in Albuquerque wusste gleich, wovon Chee sprach. «Ja, ich verstehe», sagte er. «Ich gebe Ihnen die Nummer der Koordinierungsstelle, von wo aus die Flüge organisiert werden. Am besten verlangen Sie gleich den Projektleiter. Die Koordinierungsstelle befindet sich in Arizona am Flughafen Farmington.»

Womit wir wieder zum Ausgangspunkt unserer Ermittlungen zurückgekehrt wären, dachte Chee.

«Hier Smith», meldete sich eine Männerstimme.

Chee stellte sich vor, erklärte sein Anliegen und erkundigte sich dann: «Sind Sie der Projektleiter?»

«Nein, ich bin einer der beiden Messtechniker», antwortete Smith. «Leider kann ich Ihnen dazu nichts sagen, aber bleiben Sie dran. Ich werde versuchen, Sie mit P. J. Collins zu verbinden.»

«Was hat er für eine Funktion?»

«*Sie.* P. J. ist eine Frau. Ihr untersteht die wissenschaftliche Leitung des Projekts. Moment, ich stelle zu ihr durch.»

«Ja?» P. J.s Stimme klang, als hätte sie nur wenig Zeit. Chee fasste sich so kurz wie möglich.

«Hat das mit diesem Überfall auf das Kasino zu tun, bei dem der Wachmann getötet wurde?», wollte sie wissen.

«Ja, genau», sagte Chee. «Und wir sind jetzt auf der Suche nach dem Versteck der Täter. Wir wissen von einer alten Kohlegrube im Gothic Creek Canyon. Die Förderung dort wurde zwar schon vor langer Zeit eingestellt, aber wir dachten, dass man möglicherweise …»

«Gut überlegt», unterbrach ihn P.J. «Besonders das ‹möglicherweise›», fügte sie hinzu. «Es stimmt, dass Kohle- und Uranvorkommen häufig dicht beieinander liegen, man kann sogar sagen, dass sie sich wechselseitig durchdringen. Mit anderen Worten: Kohle in dieser Gegend ist immer uranhaltig und strahlt eine gewisse Menge Radioaktivität ab. Andererseits wird im Laufe der Zeit viel von dem Uran ausgewaschen, die Strahlung lässt sehr nach. Haben Sie denn eine ungefähre Vorstellung, wo sich diese Mine befindet? Vielleicht haben wir die Gegend schon untersucht. Dann könnte ich Jesse bitten, unsere Karten im Van auf Strahlungsherde zu checken.»

«Das wäre eine große Hilfe», sagte Chee. «Wir denken, dass sich das Bergwerk in der östlichen Felswand des Gothic Creek Canyon befinden müsste, maximal zehn Meilen entfernt von der Mündung des Gothic Creek in den San Juan.»

«Na, das hört sich doch schon mal gut an», bemerkte P.J. «Der Gothic Creek Canyon liegt auf dem Gebiet der Navajo-Reservation und damit in dem Bereich, den wir laut Vertrag zu untersuchen haben. Das Energieministerium hat uns nämlich den Auftrag erteilt, zu helfen, den Dreck zu beseitigen, den es vor Jahrzehnten bei seiner hektischen Suche nach Uran auf der Reservation hinterlassen hat. Die stellen bei dem Unternehmen die Hubschrauber und Piloten und wir die Umweltfachleute.»

«Können Sie sagen, ob das fragliche Gebiet schon untersucht worden ist?», wollte Chee wissen.

«Möglicherweise gerade heute», sagte sie. «In dieser Woche ist nämlich das Areal südlich Bluff und Montezuma Creek an der Reihe. Und falls sie heute noch nicht da gewesen sind, dann bestimmt morgen.»

Bei den vorangegangenen Telefongesprächen hatte Chee sich ziemlich unsicher gefühlt, und seine Skepsis hatte jedes Mal neue Nahrung bekommen. Doch jetzt war er wie elektrisiert; P. J. schien die Idee, nach dem Bergwerk zu suchen, tatsächlich ernst zu nehmen.

«Darf ich Ihnen meine Nummer geben, und Sie rufen mich zurück, sobald Sie etwas wissen? Ich bin heute den ganzen Tag zu erreichen. Morgen auch. So lange, wie es eben dauert.»

«Von wo rufen Sie an?»

«Aus Shiprock.»

«Der Hubschrauber wird innerhalb der nächsten Stunden zurück sein», sagte sie. «Dann ist Schluss für heute, es müssen allerdings noch die Daten überspielt werden. Warum fahren Sie nicht einfach her, dann kann ich Ihnen gleich zeigen, was bei dem Flug heute herausgekommen ist.»

Ja, warum eigentlich nicht? «Mach ich», sagte er.

Chee hatte es aufgegeben, sich einen Socken über seinen verletzten Fuß zu ziehen. Es ging einfach nicht. Er war gerade dabei, ihn vorsichtig in eine Sandale zu schieben, als er auf dem Zufahrtsweg ein Auto kommen hörte. Es hielt vor seinem Trailer an. Chee sah durch die mit Fliegengitter bespannte Tür, wie der Wind den frisch aufgewirbelten Staub in einer Wolke vor sich hertrieb. Kurz darauf erschien Officer Bernadette Manuelito auf der Schwelle. Mit ihrer rechten Hand balancierte sie ein Tablett und versuchte mit gekrümmtem Zeigefinger, das lose darüber liegende Tuch festzuhalten, das durch die Windböen wegzufliegen drohte. Die linke Hand hatte sie erhoben und wollte gerade anklopfen, als Chee sie hereinbat.

«*Ya'eeh te'h*», begrüßte sie ihn. «Wie geht es dem Fuß? Hätten Sie vielleicht Lust, etwas zu essen?»

Chee nickte. «Eigentlich schon. Aber nicht jetzt», sagte er. «Ich muss gleich noch einmal weg.»

Bernie betrachtete kritisch seinen geschwollenen Knöchel. Es war kein schöner Anblick. Sie schüttelte den Kopf. «Mit dem Fuß können Sie nirgendwohin», sagte sie. «Autofahren ist völlig ausgeschlossen. Wie stellen Sie sich das vor?» Sie setzte das Tablett ab.

«Es ist nicht weit», antwortete Chee. «Nur nach Farmington, zum Flugplatz. Und natürlich kann ich fahren. Warum denn nicht? Ich benutze einfach den rechten Fuß für Gas *und* Bremse.»

«Ziehen Sie die Sandale aus», befahl Manuelito. «Erst mal werde ich Ihnen einen neuen Verband machen. Und wenn Sie wirklich meinen, diese Angelegenheit sei so dringend, dass sie nicht aufgeschoben werden kann, dann werde ich Sie eben fahren.»

Das war natürlich das Vernünftigste. Chee gab sich geschlagen.

P. J. war eine zierliche, leicht gebräunte Blondine, die ihm schon vor ein paar Tagen, als er mit Jim Edgar gesprochen hatte, aufgefallen war. Sie stand neben dem Hubschrauber, der offenbar gerade eben gelandet war, und hielt einen schwarzen Metallkasten in den Händen, der durch ein dickes Kabel mit einem der großen weißen Behälter über den Landekufen verbunden war. Als sie Chee auf sich zukommen sah, runzelte sie überrascht die Stirn und blickte ihn ein wenig fragend an.

Kein Wunder, dachte er. Er hatte ein Paar alte, ausgewaschene Jeans an, die er sonst nur zu Hause trug, und sein blaues T-Shirt war mit Bernies Hammelragout bekleckert, das er während der Fahrt gegessen hatte.

Chee stellte ihr zunächst Bernadette Manuelito vor, die

heute – ganz untypisch – in ihrer Uniform aussah wie aus dem Ei gepellt, dann sich selbst.

P. J. lächelte. «Ich bin Patti Collins. Einen Moment bitte. Ich muss erst noch die Daten überspielen.»

Weiter hinten erschien jetzt Jim Edgar im Tor des Hangars und sah zu ihnen herüber. Er hob grüßend die Hand und rief: «Hab gehört, Sie haben das Flugzeug vom alten Timms gefunden. Glückwunsch!» Damit drehte er sich um und verschwand wieder in der Halle.

P. J. zog das Kabel aus der Buchse. «Sie waren ja schnell hier», bemerkte sie. «So, den Kasten hier nehmen wir jetzt mit ins technische Labor, und dann sehen wir mal, was wir haben.»

Das technische Labor befand sich in einem Wohnmobil vom Typ Winnebago Standard. Außen war es ziemlich schmutzig und hätte gut eine Wäsche gebrauchen können, innen dagegen war alles makellos sauber und aufgeräumt.

«Setzen Sie sich einfach irgendwohin», sagte P. J., während sie die schwarze Metallbox an eine teuer aussehende Datenverarbeitungsanlage anschloss, die im hinteren Teil des Raumes fest eingebaut war.

Sie bediente routiniert einige Schalter und Knöpfe, die Anlage nahm leise summend den Betrieb auf, und gleich darauf begann der Drucker einen langen Streifen Papier auszuspucken, den P. J. sofort eingehend betrachtete.

«Aha», sagte sie nach einer Weile, «ich kann zwar nicht beurteilen, ob Ihnen damit wirklich gedient ist, aber ich finde, es sieht ganz viel versprechend aus.»

Sie riss ein ungefähr fünfzig Zentimeter langes Stück des Ausdrucks ab und legte es über den entsprechenden Abschnitt einer geologischen Karte, die in großem Maßstab das Four-Corners-Gebiet zeigte und bereits ausgebreitet auf dem Tisch lag.

«Sehen Sie mal», sagte P. J. und fuhr mit dem Finger die gezackten Linien auf dem Ausdruck nach. «Diese Ausschläge hier entsprechen genau dem Verlauf des Gothic Creek.»

Chee nickte höflich. Ihre Erläuterungen sagten ihm nicht viel.

«Und das bedeutet», fuhr sie fort, «dass ungefähr eine Meile von hier an canyonabwärts», sie klopfte mit dem Zeigefinger auf das «h» in «Gothic Creek», «radioaktives Material ausgebracht worden ist.»

«Heißt das, dass sich dort strahlender Kohleabraum befindet?», wollte Chee wissen. «Das wäre ja wirklich interessant.»

«Ja, ich denke schon», sagte P. J. und vertiefte sich erneut in den Ausdruck. «Allerdings habe ich jetzt ein Problem. Ich muss nämlich entscheiden, ob es gerechtfertigt ist, den Hubschrauber morgen ein paar Meilen Umweg fliegen zu lassen, damit wir uns das Ganze noch einmal genauer ansehen.»

«Es könnte sein, dass uns das sehr hilft», sagte Chee.

«Ich werde mit dem Piloten sprechen», versprach P. J. «Der Flug würde sich um schätzungsweise zwanzig Minuten verlängern, kaum mehr. Und wenn die radioaktive Strahlung dort über dem zulässigen Grenzwert liegt, sollten wir diese Abraumhalde ohnehin in unsere Karte aufnehmen.»

«Sagen Sie, wäre es vielleicht möglich, dass ich morgen mitfliege?»

P. J. warf ihm einen skeptischen Blick zu. «Mit Ihrem verletzten Fuß wäre das, glaube ich, nicht so gut», sagte sie.

«Ich hab mir gestern den Knöchel verstaucht», erwiderte

Chee. «Aber die Schwellung ist schon deutlich zurückgegangen.»

Damit waren ihre Bedenken aber noch nicht ausgeräumt. «Sind Sie überhaupt schon mal in einem Hubschrauber geflogen?»

«Zweimal», antwortete Chee. «Ich kann nicht gerade sagen, dass ich es genossen hätte, aber anscheinend habe ich einen stabilen Magen. Jedenfalls wird mir nicht schlecht.»

«Ich gebe Ihnen Bescheid», sagte sie. «Schreiben Sie mir die Nummer auf, unter der Sie heute Abend zu erreichen sind. Wenn alles klappt, ruf ich Sie an und sage Ihnen, wo Sie Rosner mit dem Kerosintankwagen treffen können.»

Kapitel dreiundzwanzig

Diesmal hatte Chee Glück. Es klappte mit der Verabredung.

Wie abgemacht hatte P. J. ihn angerufen. Ja, sie würden die geplante Route morgen abändern und einen kleinen Umweg fliegen, um am Gothic Creek eine Nachmessung aus geringer Höhe vorzunehmen. Er könne mitkommen. Alles sei geklärt und offiziell abgesegnet. Er brauche es trotzdem nicht überall herumzuerzählen. Man müsse ja nicht unnötig das Risiko eingehen, dass irgendein hohes Tier weitab vom Schuss an dieser zugegebenermaßen etwas großzügigen Interpretation der Dienstvorschriften womöglich Anstoß nähme. Am einfachsten sei es, den Abstecher mit dem letzten Flug des Tages zu verbinden. Chee solle sich morgen gegen Viertel vor drei beim Tankwagen einfinden. Dieser stehe um diese Zeit an derselben Stelle, wo er ihn vor ein paar Tagen gesehen habe, nämlich auf der Casa Del Eco Mesa an der Straße, die zu Timms' Ranch führe.

«Danke», sagte Chee. «Ich werde pünktlich da sein.»

Er hielt Wort. Am Morgen war er noch in der Dienststelle gewesen, hatte einigen Papierkram erledigt und Captain Largo einen Teil seiner Arbeit abgenommen. Anschließend hatte er etwas zum Essen gekauft – auch an einen Apfel für den Tankwagenfahrer hatte er gedacht – und sich dann aufgemacht nach Westen, zur Mesa. Bereits um zwei Uhr saß er neben Rosner im Schatten des Tankwagens. Beide hatten ihr Lunchpaket vor sich. Sie waren gerade mit dem Essen fertig, als der Hubschrauber landete. Es war der große weiße Bell mit den verkleideten Strahlungssensoren über den Landekufen. Der Pilot ging in einigem Abstand nieder, damit sie von dem aufgewirbelten Staub verschont blieben.

Rosner fuhr mit dem Tankwagen hinüber. Er stellte Chee dem Piloten, Kopiloten und Techniker vor und begann dann, den Helikopter zu betanken.

«P. J. sagte, dass Sie nach was ganz Bestimmtem suchen», bemerkte der Pilot. «Ich weiß nicht genau, ob sie es richtig verstanden hat: Es geht um den Eingang zu einem alten Bergwerksstollen, der sich in der Steilwand des Gothic Creek Canyon befinden soll – stimmt das?»

Der Pilot hieß Tom McKissack. Er hatte ein von tiefen Falten durchzogenes, wettergegerbtes Gesicht und mochte etwa Anfang sechzig sein. Chee erinnerte sich, dass P. J. erwähnt hatte, er sei einer jener Armeeflieger gewesen, die in Vietnam unter Lebensgefahr Verwundete von den Schlachtfeldern geholt hätten. Der Kopilot Greg DeMoss war etwas jünger als McKissack, aber ebenfalls Armeeflieger gewesen. Jesse war der Spezialist des Umweltschutzamts, der sich um die Messung der radioaktiven Strahlung kümmerte. Alle drei waren staubbedeckt und sahen müde aus. Sie wirkten nicht gerade begeistert, heute noch eine Extrastrecke zu fliegen.

«Doch, P. J. hat es ganz richtig verstanden», erklärte Chee. «Wir versuchen herauszukriegen, wo sich der Eingang zu einem alten Mormonen-Bergwerk befindet, das gegen Ende des neunzehnten Jahrhunderts aufgegeben wurde. Unserer Vermutung nach könnte er ziemlich weit oben in der Canyonwand liegen, vielleicht auf einer Art Felsvorsprung. Und auf der Hochfläche darüber gibt es möglicherweise noch die Reste einer primitiven Förderanlage.»

McKissack nickte und warf einen Blick auf Chees Polaroid-Kamera. «Die sollen ja inzwischen wesentlich besser geworden sein, hab ich gehört», sagte er. Dann gab er Chee eine Papiertüte für den Fall, dass ihm beim Flug doch übel würde, und händigte ihm einen Fliegerhelm mit integriertem Bordfunk aus. «Sie sitzen rechts hinter DeMoss», erklärte er. «Nach der Seite hin werden Sie also einen hervorragenden Blick haben, links allerdings werden Sie kaum etwas sehen. Falls Sie mit Ihrer Vermutung Recht haben, dass sich das Bergwerk auf der östlichen Seite des Canyons befindet, können Sie es am besten erkennen, wenn wir in nördlicher Richtung fliegen, das heißt canyonabwärts Richtung San Juan River.»

Chee nickte.

«Normalerweise bewegen wir uns hundertfünfzig Fuß über dem Boden, damit erfassen unsere Sensoren einen Streifen von dreihundert Fuß Breite. Wenn wir einen Canyon entlangfliegen, gehen wir auch tiefer, aber kaum unter fünfzig Fuß. Melden Sie sich, wenn Sie etwas Interessantes sehen. Ich werde dann den Helikopter eine Minute an Ort und Stelle im Schweben halten – vorausgesetzt, die Flugsituation erlaubt es –, und Sie können Ihre Fotos machen.»

McKissack startete die Rotoren. «Und noch etwas», sagte er. Chee hörte seine Stimme jetzt über den Bordfunk in seinem Helm. «Ein paar Mal ist hier draußen auf uns geschossen worden. Vielleicht glaubt jemand, dass unser Hubschrauber zu einem geheimen Kommando gehört, das beabsichtigt, weltweit die Macht zu übernehmen. Vielleicht steckt auch nur ein wütender Rancher dahinter, der das Gefühl hat, dass wir seine Schafe nervös machen. Wer weiß? Halten Sie es für möglich, dass im Gothic Creek Canyon jemand das Feuer auf uns eröffnet?»

Chee überlegte einen Augenblick und sagte dann: «Das halte ich für unwahrscheinlich.»

Gleich darauf erhob sich der Hubschrauber in einer Wolke von Staub und unter ohrenbetäubendem Lärm in die Luft.

Später hatte Chee wenige, dafür sehr eindrückliche Erinnerungen an jenen Flug.

Das Tafelland aus Felsgestein unterschiedlichster Färbung sah durch die tiefen Einschnitte der Canyons von oben wie ein gigantisches Labyrinth aus – viele hundert Meilen von bizarr geformtem Fels, der im Norden an einer blaugrünen Bergkette endete. Die schrägen Strahlen der Nachmittagssonne ließen das Rot des Sandsteins aufleuchten, sodass die Schatten ringsum fast schwarz wirkten. Eine Stimme in Chees Ohr sagte: «Hier können Sie sehen, warum die Mormonen die Gegend um Bluff ‹das Loch im Felsen› nannten.» Und der Techniker meldete sich mit dem Kommentar: «Wenn es für Gestein einen Markt gäbe, wären wir alle längst reich.»

Dann ging es hinab in den Gothic Creek Canyon und in ruhigem Flug nordwärts. Rechts über ihnen lag der Rand der Casa Del Eco Mesa, zu ihrer Linken die wie ein großer

Buckel aussehende Nokaito Bench. Der Pilot informierte Chee, sie seien jetzt etwa zwei Meilen von dem Punkt entfernt, wo die Messungen gestern auf dem Grund des Canyons eine erhöhte Strahlung angezeigt hätten.

«In ein paar Minuten haben wir die Stelle erreicht», sagte McKissack. «Sagen Sie Bescheid, wenn Sie etwas Auffälliges entdecken.»

Chee lehnte seinen Kopf gegen die Plexiglasscheibe. Unter ihm glitten langsam die Canyonwände vorbei. Form und Farbe wechselten ständig. An einer Stelle hatte die Erosion vom Sandstein nur noch Scheiben übrig gelassen. An einer anderen war durch einen Erdrutsch eine Art Damm entstanden. Ein paar Meilen weiter hatte sich durch eine Laune der Natur eine ausladende terrassenähnliche Formation gebildet. Die Canyonwände bestanden zum größten Teil aus schierem rosafarbenem Sandstein, der jedoch immer wieder von anderen Gesteinsschichten durchzogen war: schwärzliche Verfärbung deutete auf Kohleflöze hin, Blau zeigte Schiefervorkommen an und Rot Eisenerz.

«Wir müssen gleich da sein», sagte McKissack. «Ich denke, wir können davon ausgehen, dass das strahlende Material aus Abraum stammt, der talwärts gespült wurde.»

Der Canyon weitete sich, und der Hubschrauber ging ein wenig tiefer, sodass sie auf Höhe der Felskante flogen. Rechts von Chee tauchte jetzt eine weitere terrassenartige Gesteinsformation auf. Sie war von einem Dickicht aus Knöterich und durch Dürre verkrüppelter Melde bedeckt und reichte bis hinauf zu einem breiten schwärzlichen Gesteinsstreifen – ein Kohleflöz. Ein Dutzend Yards weiter erblickte Chee unmittelbar unter sich, worauf er gehofft hatte.

«In dem Kohleflöz hier rechts ist eine ziemlich große Öffnung zu erkennen», hörte er in diesem Moment McKissacks Stimme in seinem Kopfhörer. «Glauben Sie, das könnte der Eingang des Stollens sein, nach dem Sie suchen?»

«Gut möglich», antwortete Chee.

Sie glitten langsam an der Öffnung vorüber, und Chee schoss eine Reihe von Bildern.

«Haben Sie dieses eigenartige Gebilde da oben auf der Mesa bemerkt?», wollte McKissack wissen.

«Ja», sagte Chee. «Ich würde es gern fotografieren. Können Sie die Maschine etwas hochziehen?»

Der Hubschrauber stieg auf. Fast senkrecht über dem Stolleneinstieg befanden sich die Reste eines steinernen Bauwerks. Das Dach war eingestürzt, die Seitenwände teilweise in sich zusammengefallen. Aus dem Innern ragte ein pyramidenförmiges Gestell aus massiven Balken heraus.

«Wie sieht's aus?», fragte McKissack. «Haben Sie jetzt, was Sie wollten?»

«Ja, ich denke schon. Und vielen Dank», erwiderte Chee.

«Leider können wir Sie nicht gleich wieder zurückbringen», sagte McKissack. «Wir müssen noch unseren Abschnitt zu Ende fliegen – von hier bis zum San Juan und zurück, anschließend wieder rüber auf die Mesa. Dann haben wir für heute unser Pensum erledigt.»

«Wie lange, schätzen Sie, wird das dauern?», fragte Chee.

«Ich kann es Ihnen ganz genau sagen: eine Stunde und vierunddreißig Minuten. Vier Meilen nach Norden, scharfe Kehre, vier Meilen nach Süden, wieder eine scharfe Kehre, vier Meilen nach Norden. Bis das Planquadrat abgedeckt ist. Dann landen wir, tanken auf und nehmen uns das nächste Planquadrat vor. Heute allerdings nicht mehr. Wie gesagt, wenn wir mit diesem Quadrat fertig sind, ist Feierabend.»

Chee hörte den Techniker in seinem Intercom-Helm sagen: «Aber morgen sind wir wieder zur Stelle und fliegen unsere vier mal vier Meilen ab. Ziemlich monoton. Die einzige Abwechslung ist, wenn mal jemand auf uns schießt.»

Kapitel vierundzwanzig

Joe Leaphorn räumte das Frühstücksgeschirr ab, goss sich noch eine Tasse Kaffee ein und breitete gerade die Landkarte auf dem Küchentisch aus, als er auf dem Kies vor seinem Haus Autoreifen knirschen hörte. Er zog die Gardine zur Seite. Draußen stand ein dunkelgrüner staubiger Dodge Ram Pickup. Den Wagen kannte er nicht, doch der Mann, der herauskletterte und jetzt eilig den Weg hinaufhastete, war Roy Gershwin. Seine Miene verriet Ärger.

Leaphorn öffnete die Tür, begrüßte ihn und ging ihm voraus in die Küche. «Was führt Sie schon so früh am Morgen nach Window Rock?», fragte er.

«Ich habe gestern einen Anruf bekommen», antwortete Gershwin. «Man hat mir gedroht. Der Stimme nach zu urteilen, war der Anrufer ein junger Mann. Er sagte, sie würden mich kriegen und es mir heimzahlen.»

«Haben Sie eine Ahnung, wer das war? Und was will man Ihnen heimzahlen?»

Gershwin hatte sich, ohne Leaphorns Aufforderung abzuwarten, auf den Küchenstuhl fallen lassen. «Ich weiß nicht, wer», blaffte er. «Das heißt, einen Verdacht habe ich schon. Seine Stimme kam mir nämlich irgendwie bekannt vor. Aber er hat sich was vor den Mund gehalten, sodass ich mir nicht sicher bin. Wenn es tatsächlich der war, an den ich denke, ist es einer von diesen verfluchten Milizleuten. Wie auch immer, die Drohung kommt jedenfalls aus dieser Ecke. Der Kerl sagte, sie hätten erfahren, dass ich sie verraten hätte, und dafür würde ich büßen.»

«Hört sich ganz so an, als ob Sie Scherereien kriegen könnten», sagte Leaphorn nachdenklich. «Trinken Sie erst mal einen Kaffee.»

«Ich bin nicht hierher gekommen, um mit Ihnen Kaffee zu trinken», erwiderte Gershwin gereizt. «Ich will von Ihnen wissen, wie Sie es angestellt haben, mich so hineinzureiten.»

«Aha.» Leaphorn stellte die Kaffeekanne wieder hin. Er musste sich Mühe geben, ruhig zu bleiben. «Lassen Sie mich nachdenken. Also, zunächst hab ich mir Ihre Bitte eine Weile durch den Kopf gehen lassen. Aber wie ich es auch drehte und wendete, es fiel mir beim besten Willen keine Möglichkeit ein, Ihre drei Namen ans FBI weiterzugeben, ohne dort Nachfragen zu provozieren. Meiner Einschätzung nach hätte ich entweder angeben müssen, woher meine Informationen stammten, oder ich hätte ins Gefängnis gemusst, falls ich einer entsprechenden richterlichen Aufforderung nicht nachgekommen wäre.»

Leaphorn setzte sich zu Gershwin an den Tisch und trank ein paar Schluck von seinem Kaffee. «Sie wollen wirklich keinen?», fragte er.

Gershwin schüttelte den Kopf.

«Anschließend bin ich losgezogen», fuhr Leaphorn fort, «und hab mich in der Gegend von Bluff ein wenig umgehört. Dabei habe ich eine ganze Menge über die drei erfahren, am meisten über Jorie. Ich beschloss, ihn aufzusuchen.» Er sah Gershwin über den Rand seiner Tasse hinweg aufmerksam an.

«Dann waren Sie es also, der seine Leiche gefunden

hat!», rief der Rancher aus. «Jorie hat Selbstmord begangen, richtig?»

Leaphorn nickte.

«In der Zeitung stand, er hätte einen Abschiedsbrief hinterlassen. Stimmt das?»

«Ja, das stimmt», sagte Leaphorn. Er überlegte, was er Gershwin antworten könnte, falls der sich nach dem Inhalt erkundigte. Aber Gershwin fragte nicht.

«Ich überlege ...», sagte er nach einer Weile, schwieg und begann noch einmal neu: «In der Zeitung wurde angedeutet, dass Jorie ein Geständnis abgelegt hätte. Es hieß auch, er hätte die Namen seiner beiden Komplizen genannt. Trifft das zu?»

Leaphorn nickte. «Dadurch kam das FBI in den Besitz der Namen. Ich musste nichts mehr dafür tun.»

«Dann verstehe ich aber nicht, wieso diese Mistkerle von der Miliz mich ins Visier genommen haben.» Gershwins Stimme klang wütend, und sein stechender Blick schien Leaphorn durchbohren zu wollen.

«Das kann ich Ihnen leider auch nicht sagen», entgegnete dieser. «Glauben die vielleicht, Sie hätten von dem Plan, das Kasino zu überfallen, etwas mitbekommen und Ihr Wissen weitergegeben?»

«Kann ich mir nicht vorstellen.» Gershwin schüttelte den Kopf. «Bei den Versammlungen, auf denen ich war, ist fast immer jemand aufgestanden und hat getönt, man müsste mal was richtig Spektakuläres machen. Etwas, was im ganzen Land für Aufmerksamkeit sorgt. Aber von einem Raubüberfall war nie die Rede.»

Leaphorn fragte nicht weiter nach. Er nahm noch einen Schluck von seinem Kaffee, sah Gershwin an, wartete.

Der hieb unvermittelt mit der Faust auf den Tisch. «Zum

Teufel!», rief er. «Warum kriegt die Polizei diese Gangster nicht endlich zu fassen? Irgendwo da draußen müssen sie doch stecken! Und schließlich weiß man ja, um wen es sich handelt. Den Cops ist bekannt, aus welcher Gegend die beiden stammen, wo sie sich auskennen. Aber ich hab den Eindruck, die Fahndung verläuft genauso chaotisch und ineffektiv wie bei der Sache '98. Alle stehen nur rum und warten an den Straßensperren darauf, dass die Verbrecher irgendwann vorbeikommen. Wieso startet man nicht eine groß angelegte Suchaktion?»

Leaphorn wiegte nachdenklich den Kopf. «Man sucht schon, aber es gibt hier so viele Canyons, dass man selbst mit einigen tausend Polizisten zusätzlich nicht jeden Winkel durchkämmen könnte.»

Gershwin zuckte die Schultern. «Na ja, vielleicht haben Sie Recht. Wahrscheinlich bin ich einfach ungeduldig.» Er verzog den Mund zu einem schiefen Lächeln. «Um ehrlich zu sein, ich habe Angst. Der Kerl, der da neulich früh bei Bluff an der Tankstelle aufgetaucht ist, der hätte genauso gut zu mir nach Hause kommen können. Dann läge ich jetzt tot in meinem Zimmer, ohne dass auch nur eine Menschenseele davon wüsste. So lange, bis zufällig jemand vorbeikäme und meine Leiche fände.»

Leaphorn wollte ihm irgendetwas Beruhigendes sagen. Das Einzige, was ihm einfiel, war, dass die Banditen jetzt vermutlich eher an Flucht als an Rache dachten. Aber Gershwin schien das nicht zu trösten.

«Vielleicht haben die Cops ja inzwischen einen Hinweis bekommen, wo die beiden sich aufhalten?»

«Ja, vielleicht.»

«Ich möchte endlich wieder schlafen können. Im Moment finde ich überhaupt keine Ruhe. Ich sitze Nacht für Nacht im Dunkeln in meinem Sessel, das Gewehr schussbereit auf den Knien.» Er sah Leaphorn beinahe bittend an. «Sie haben doch bestimmt etwas gehört. So lange, wie Sie bei der Polizei waren, da kennen Sie doch noch jede Menge Leute dort! Und Sie haben doch sicher auch noch Kontakt zu FBI-Kollegen von damals. Einer von denen wird Ihnen doch irgendetwas erzählt haben.»

«Alles, was ich erfahren habe, ist inzwischen längst allgemein bekannt. Der gestohlene Pickup wurde draußen auf der Mesa südlich des San Juan stehen gelassen, und soweit ich weiß, sucht man in einem Umkreis von mehreren Meilen nach Spuren. Südlich von Bluff und Montezuma Creek, rüber zum Aneth-Öl ...»

Das Summen des Telefons vor ihm auf dem Tisch unterbrach ihn.

Der Lieutenant nahm den Hörer ab und meldete sich. «Leaphorn.»

«Hier Jim Chee. Wir haben das Bergwerk gefunden.» Chee schrie fast vor Begeisterung.

«Und wo?»

«Haben Sie Ihre Karte zur Hand?»

«Moment.» Leaphorn zog die Landkarte zu sich heran und griff nach seinem Kugelschreiber. «Okay, legen Sie los!»

«Der Stolleneingang befindet sich etwa dreißig Fuß unterhalb der oberen Felskante. Vom Grund des Canyons bis dort oben hin sind es etwa hundert Fuß. Der Eingang geht auf eine ziemlich ausladende Felsplattform. Direkt oberhalb auf der Mesa sieht man Reste eines steinernen Gebäudes. Das Dach ist eingestürzt. Im Innern sieht man eine Art hölzerne Pyramide, wohl die ehemalige Förderanlage.»

«Hört sich an, als hätten Sie gefunden, wonach Sie gesucht haben», sagte Leaphorn.

«Ja. Und es passt alles genau ins Bild. Der Zugang zum Stollen ist von unten nicht zu erkennen. Er ist durch den Felsvorsprung völlig verborgen.»

«Wie haben Sie ihn entdeckt?»

Chee lachte. «Ganz einfach. Aus der Luft. Ich habe mich von dem Hubschrauber des Umweltschutzamts mitnehmen lassen.»

Leaphorn hielt immer noch den Kuli in der Hand, um auf seiner Karte die Lage des Bergwerks zu markieren. «Wie weit ist es von der Mine zu dem Ort, wo man den Pickup gefunden hat?», fragte er.

«Ungefähr zwei Meilen in nördlicher Richtung – vielleicht sogar etwas weniger.»

Leaphorn machte eines seiner kleinen, akkuraten Kreuzchen und blickte dann zu Gershwin.

«Eine neue Spur?», fragte der Rancher aufgeregt.

Leaphorn bat ihn mit einer Handbewegung um Geduld. «Haben Sie schon das FBI verständigt?», wollte er von Chee wissen.

«Noch nicht. Aber ich werde jetzt gleich Captain Largo anrufen», sagte Chee. «Der kann den Feds dann alles erklären.»

Sie verabschiedeten sich.

«Das klingt ja fast, als ob endlich Bewegung in die Sache käme», bemerkte Gershwin. «Haben die Cops irgendetwas Wichtiges entdeckt?»

Leaphorn zögerte. «Kann sein. Sie haben da draußen nach einer alten, schon lange aufgelassenen Kohlegrube gesucht. Aber es gibt natürlich noch unzählige andere Orte, an denen sich die Gangster versteckt halten könnten.»

«Eine alte Kohlegrube also», sagte Gershwin. «Was denken Sie – kann ich mich heute Nacht endlich wieder beruhigt schlafen legen?»

Leaphorn zuckte die Schultern. «Kann sein. Vielleicht werden die beiden jetzt wirklich bald gefasst.»

Gershwin nickte. «Hoffen wir's.» Er stand auf, griff nach seinem Hut und warf im Hinausgehen beiläufig einen Blick auf die Karte. An der Tür drehte er sich noch einmal um. «Ach verdammt!», rief er. «Ich glaube, ich muss mich bei Ihnen entschuldigen, Joe. Hier einfach so reinzuplatzen. Das Schlaueste wird sein, ich fahre jetzt nach Hause, packe ein paar Sachen zusammen und ziehe, bis das alles vorbei ist, in ein Motel.»

Kapitel fünfundzwanzig

Sergeant Jim Chee humpelte auf die Tür von Largos Büro zu. Er fühlte sich dabei heute noch unbehaglicher als sonst, wenn er zum Chef musste. Nicht ganz ohne Grund. Denn als er auf den Parkplatz der Navajo Tribal Police eingebogen war, hatte er zwei glänzende schwarze Ford-Taurus-Limousinen des FBI dort stehen sehen. Sein Verhältnis zu der mächtigsten Polizeiorganisation der Welt war seit jeher gekennzeichnet durch mehr oder weniger starke Spannungen. Und als Captain Largo ihn angerufen und zu sich beordert hatte, hatte das sehr kurz angebunden geklungen.

«Chee», hatte er gesagt, «bewegen Sie Ihren Hintern hierher.»

Als Chee jetzt den Raum betrat, nickte er Special Agent Cabot zu und dem anderen gut angezogenen Mann, der dem Captain gegenüber am Tisch saß. Dann nahm er auf dem Stuhl Platz, den Largo ihm anwies. Er legte den Gehstock auf seine Knie und wartete ab.

«Agent Cabot kennen Sie schon», sagte Largo. «Und dies ist Special Agent Smythe.»

Man nickte einander zu und murmelte eine Begrüßung.

«Ich habe versucht, den Herren zu erläutern, warum Sie glauben, dass diese alte Kohlengrube, die Sie ausfindig gemacht haben, das Versteck von Ironhand und Baker sein könnte», sagte Largo. «Dagegen wandten sie ein, dass sie bereits jede Mine auf der Mesa überprüft hätten, die tiefer als ein Hundeloch ist. Falls Sie auf eine gestoßen sind, die ihnen dabei entgangen ist, möchten sie wissen, wo die sich befindet.»

Chee sagte es ihnen, wobei er so genau wie möglich die Entfernungen angab sowohl vom San Juan River zum Stolleneingang als auch von der oberen Felskante zur Fördervorrichtung.

«Und Sie haben das von einem Hubschrauber aus entdeckt?», fragte Cabot. «Ist das richtig?»

«Ja, das ist richtig», bestätigte Chee.

«Wussten Sie, dass wir private Flüge in dem Gebiet untersagt hatten?», fragte Cabot.

«Das habe ich mir schon gedacht», sagte Chee. «War auch eine gute Idee. Sonst würde der Luftraum bald eng hier, bei den vielen Kopfgeldjägern, die Ihre Prämie anlockt.»

Diese Bemerkung Chees war eine kaum verhohlene Anspielung auf das blamable Hin und Her des FBI im Jahre 1998. Erst hatte man 250 000 Dollar Belohnung ausgesetzt, und die Kopfgeldjäger waren in Scharen eingefallen. Daraufhin hatte man schleunigst eine Aufforderung veröffentlicht, sie möchten doch bitte wieder verschwinden – was sie verständlicherweise nicht taten. Vier Bundesstaaten hatten darüber gelacht.

Nach einer kurzen Pause des Überlegens beschloss Cabot,

darüber hinwegzugehen. «Ich benötige von Ihnen den Namen der Firma, die diesen Flug durchgeführt hat.»

«Das war keine Firma», sagte Chee, «der Hubschrauber gehört der Bundesregierung.»

Cabot sah überrascht aus. «Und welcher Behörde?»

«Es war ein Hubschrauber des Energieministeriums», antwortete Chee. «Ich glaube, er ist auf dem Tonapaw-Atomtestgelände drüben in Nevada stationiert.»

«Energieministerium? Was haben die denn hier draußen zu suchen?»

Chee fand inzwischen, dass er den Special Agent Cabot doch nicht so besonders mochte. Vielleicht lag es an seinem Auftreten, den blank polierten Schuhen und dem Schlips, vielleicht auch an der Tatsache, dass auf seinem monatlichen Gehaltsscheck gut und gerne der doppelte Betrag von Chees eigenem stand, abgesehen von all den Vergünstigungen, die ihm darüber hinaus noch zustanden. Jedenfalls antwortete er nur: «Keine Ahnung.»

Captain Largo bedachte ihn mit einem finsteren Blick.

«Aber soweit ich weiß, hatte das Energieministerium den Helikopter an das Umweltschutzamt ausgeliehen», schob Chee nach und wartete auf die nächste Frage.

«Aha, einen Moment», sagte Cabot. «Dann werde ich meine Frage anders formulieren, damit Sie sie auch verstehen: Also, was haben die Umweltschutzleute hier draußen zu suchen?»

«Sie wollen alte Bergwerke ausfindig machen, von denen eine Bedrohung für die Umwelt ausgehen könnte», sagte Chee. «Deshalb kartographieren sie die Gegend. War das beim FBI nicht bekannt?»

Cabot, der es gewohnt war, Fragen zu stellen, und nicht, welche zu beantworten, sah wieder überrascht aus. Er zögerte. Blickte zu Captain Largo. Auch Chee blickte zu seinem Vorgesetzten. Dessen kaum unterdrücktes Grinsen zeigte, dass er Chees kleines Spielchen durchschaute und darüber nicht ganz so empört war, wie es eben noch schien.

«Natürlich war uns das bekannt», sagte Cabot. Sein Gesicht zeigte eine leichte Röte. «Und ich bin mir sicher, wenn uns diese Karten in irgendeiner Hinsicht hätten weiterhelfen können, dann hätten wir sie herangezogen.»

Chee nickte. Der Ball lag in der Feldhälfte des FBI, und er brauchte nur auf Cabots nächste Frage zu warten. Der blickte wieder zu Largo hinüber. Doch der Captain sah angelegentlich aus dem Fenster.

«Sergeant Chee», sagte Cabot, «Captain Largo teilte uns mit, Sie hätten Gründe zu vermuten, dass diese betreffende Mine von den Kasino-Gangstern als Versteck benutzt wird. Würden Sie das bitte erläutern.»

Das war der Augenblick, den Chee gefürchtet hatte. Er sah schon Cabots ironisch amüsiertes Lächeln vor sich, wenn er versuchte zu erklären, wie eine Überlieferung der Ute ihn auf die Idee gebracht hatte, wenn er versuchte, den Helden dieser Überlieferung als eine Gestalt zu beschreiben, die sich unbemerkt und in kürzester Zeit vom Grunde des Canyons auf den Rand der Mesa bewegen konnte. Er holte tief Luft und begann.

Chee erwähnte kurz das verwandtschaftliche Verhältnis zwischen George Ironhand und dem ursprünglichen Ironhand, den Bericht, wie die Navajo es seinerzeit nicht geschafft hätten, dieses Verbrechers habhaft zu werden, und seinen Gedanken, da der Ute-Beiname des Mannes «Dachs» laute, er könnte – wie das Tier – ein Schlupfloch mit mehreren Ausgängen haben. Wie Chee erwartet hatte, schienen seine Worte die beiden FBI-Leute zu amüsieren. Captain

Largo dagegen blickte ganz und gar nicht amüsiert, sondern eher verdrießlich. Chee ertappte sich dabei, dass er immer schneller sprach.

«Da die Umweltschutzbehörde hier in der Gegend gerade Messungen vornahm, bat ich darum, auf einem Hubschrauberflug mitgenommen zu werden, und entdeckte dabei tatsächlich, wonach ich suchte. Der alte Stolleneingang befand sich auf einem Felsvorsprung hoch in der Canyonwand, und oberhalb davon waren die Überreste der Förderanlage. Das passte zu meinen Vermutungen», sagte Chee. «Ich sprach mich Captain Largo gegenüber dafür aus, die Anlage zu überprüfen.»

Cabot sah ihn aufmerksam an. «Sie glauben also», fragte er, «dass die Leute, die dort nach Kohle gruben, sich entschlossen, den Schacht immer weiter senkrecht nach oben zu treiben? Wenn meine Geologiekenntnisse mich nicht völlig im Stich lassen, hätten sie sich dabei durch mehrere dicke Lagen Sandstein und alle möglichen anderen Schichten arbeiten müssen. Stimmen Sie mir da zu?»

«Ich war eigentlich eher davon ausgegangen, dass sie den Schacht von oben nach unten getrieben haben», sagte Chee.

«Können Sie die alte Förderanlage beschreiben?», fragte Cabot. «Das Gebäude?»

«Ich habe Fotos davon», sagte Chee. «Ich hatte meine Polaroid-Kamera mitgenommen.» Er reichte Cabot zwei Bilder. Das eine war in Höhe der Felskante, das andere von einem etwas höheren Blickpunkt aus aufgenommen.

Cabot sah sie sich an. Dann gab er sie an seinen Kollegen weiter. «Ist es das, von dem du sprachst?», fragte er ihn.

«Ja», antwortete Smythe. «Es ist uns gleich an dem Tag aufgefallen, als wir ihren Pickup fanden. Wir haben noch am selben Nachmittag ein paar Mann dort abgesetzt. Die haben sich das Ding von innen angesehen und noch einige andere Gebäude auf der Mesa.»

«Und was habt ihr gefunden?», fragte Cabot. Es klang, als ob er die Antwort schon kenne. «Gab es irgendetwas dort, was darauf hingedeutet hätte, dass sich jemand in dem Schacht versteckt haben könnte?»

Die Frage schien Smythe zu erheitern. «Wir haben nicht einmal einen Schacht gesehen», sagte er. «Geschweige denn Menschen. Nur jede Menge Kot von Nagetieren, uralten Müll, Reste von irgendwelchen technischen Vorrichtungen, Spuren von Tieren und drei leere Weinflaschen, nach den Etiketten zu urteilen, recht bejahrt. Es gab keinerlei Anzeichen, dass sich Menschen dort aufgehalten hätten. Weder jetzt noch in den letzten Jahren.»

Cabot gab Chee die Fotos zurück. «Vielleicht wollen Sie die ja noch zur Erinnerung in Ihr Fotoalbum kleben», sagte er mit einem maliziösen Lächeln.

Kapitel sechsundzwanzig

Joe Leaphorn hatte sich früh schlafen gelegt, wie er das zeitlebens gewohnt war.

Louisa Bourebonette war erst spät heimgekehrt von ihrem Besuch bei den Ute. Das Zuklappen der Autotür draußen vor seinem offenen Fenster hatte ihn geweckt. Eine Weile lag er wach im Bett und hörte zu, wie sie sich mit Conrad Becenti über irgendein obskur klingendes Übersetzungsproblem unterhielt. Schließlich kam sie ins Haus und machte sich in der Küche zu schaffen. Die Tür zu dem

Raum, der einmal Emmas kleines Reich gewesen war und gleichzeitig als Gästezimmer diente, ging auf und wieder zu, dann herrschte Ruhe.

Er versuchte sich klar zu werden, was für Gefühle das in ihm auslöste: eine andere Person bei ihm, eine Frau. Und sie bewegte sich wie selbstverständlich in seinem Haus, das er früher mit Emma geteilt hatte. Aber zu einem Ergebnis kam er nicht.

Das Nächste, was er bewusst wahrnahm, war die helle Morgensonne auf seinem Gesicht. Er hörte die Kaffeemaschine gurgeln, das hieß, der Kaffee war fertig.

Louisa war schon in der Küche und quirlte neben dem Herd Eier für das Frühstück.

«Ich habe mir gemerkt, dass du morgens am liebsten Rührei isst», sagte sie. «Immer wenn wir unterwegs sind, bestellst du's dir.»

«Stimmt», sagte Leaphorn und dachte, dass er manchmal auch gern Spiegeleier aß und bei noch selteneren Gelegenheiten sogar pochierte. Er goss ihnen beiden Kaffee in die Tassen und setzte sich.

«Ich hatte einen ziemlich erfolgreichen Tag gestern», sagte sie. «Der alte Mann in dem Pflegeheim in Cortez erzählte uns eine Fassung der Sage von den Wanderungen der Ute, die ich noch nicht kannte. Wie war's bei dir?»

«Gershwin war hier.»

«Tatsächlich? Was wollte er?»

«Ehrlich gesagt, das frage ich mich auch. Ich weiß es wirklich nicht.»

«Was hat er denn gesagt, warum er dich besuchte? Er wird ja nicht gekommen sein, nur um sich bei dir zu bedanken.»

Leaphorn lachte und wurde dann wieder ernst. «Nein, er sagte, man hätte ihn am Telefon bedroht. Der Anrufer beschuldigte ihn, dass er der Polizei einen Hinweis gegeben hätte. Er sagte mir, er hätte Angst, und das schien auch zu stimmen. Und dann wollte er wissen, was unternommen wird, um die Gangster zu fassen. Ob die Polizei schon eine Vermutung hat, wo sie sind. Er hat vor, in ein Motel zu gehen, bis alles vorbei ist.»

«Das könnte aber eine hohe Rechnung werden», sagte Louisa. «Die beiden Burschen, die '98 den Tankwagen überfielen, sind ja wohl immer noch da draußen. Soweit ich gehört habe, behauptet das FBI nicht einmal mehr, dass sie tot sind.»

«Stimmt», sagte Leaphorn. Er nahm einen Schluck Kaffee, strich Butter auf sein Toast, aß das Rührei, das er eine Spur zu trocken fand, und überlegte, was ihn an Gershwins Besuch so irritierte.

«Du grübelst doch über irgendetwas nach», sagte Louisa. «Ist es der Kasino-Raub?»

«Ja. Eigentlich geht mich die Geschichte ja gar nichts mehr an, aber ein paar Dinge bereiten mir Kopfzerbrechen.»

Louisa hatte nur Toast gegessen. Sie war schon aufgestanden und machte den Herd sauber. «Ich fahre gleich los nach Flagstaff», sagte sie. «Muss endlich mal meine Aufzeichnungen durchsehen. Ich werde diesen wunderbaren alten Mythos nehmen, der generationenlang frei umherwehte wie die Luft, und ihn in meinen Computer hauen. Eines Tages lade ich ihn dann von der Festplatte, auf dass er verewigt werde in einem Beitrag zu einer gelehrten Publikation, wer auch immer ihn drucken mag.»

«Das klingt nicht sehr begeistert», sagte Leaphorn. «Warum verschiebst du das nicht auf morgen und begleitest mich?»

Louisa hatte während ihrer kleinen Rede den Abwasch nicht unterbrochen und Leaphorn den Rücken zugewandt. Jetzt drehte sie sich mit der Pfanne in der Hand zu ihm um. «Wohin begleiten? Was hast du vor?»

Leaphorn überlegte. Gute Frage. Gar nicht so einfach zu beantworten. «Nur in Ruhe nachdenken. Wenn ich mir über eine Sache nicht im Klaren bin, fahre ich manchmal weg, irgendwohin, gehe eine Weile spazieren oder setze mich auf einen Stein und warte auf eine Eingebung. Manchmal kommt sie, manchmal nicht.»

Louisas Gesichtsausdruck zeigte deutlich, dass ihr das gefiel. «Es würde mich als Sozialwissenschaftlerin reizen, diesen Prozess einmal aus der Nähe zu beobachten», sagte sie.

Sie ließen Louisas Auto also hinter dem Haus stehen und fuhren mit Leaphorns Pickup los. Sie nahmen die Navajo-Landstraße 12 in südlicher Richtung, rechter Hand die Sandsteinwände des Manuelito-Plateaus, links die riesige Leere des Black Creek Valley und vor ihnen sich auftürmende Wolken über den Painted Cliffs, die von der Morgensonne angestrahlt wurden.

«Du sagtest vorhin, einige Dinge würden dir Kopfzerbrechen bereiten», sagte Louisa. «Was denn zum Beispiel?»

«Neulich rief ich eine alte Bekannte von mir in Cortez an. Marci Trujillo. Sie arbeitete früher in einer Bank, bei der das Ute-Kasino Konten unterhielt. Wir sprachen von dem Überfall, und ich sagte ihr, meiner Ansicht nach sei die Schätzung der Beute mit über vierhunderttausend Dollar doch reichlich hoch. Aber sie meinte, nein, das könne durchaus hinkommen, es sei schließlich Freitag, also Zahltag gewesen.»

«Wow», sagte Louisa. «Und wenn man bedenkt, dass das

meiste Geld von Leuten ist, die sich eigentlich nicht leisten können, es zu verlieren … Ich finde, ihr Navajo wart sehr klug, auf eurer Reservation keine Spielbank zuzulassen.»

«Das stimmt wohl», sagte Leaphorn.

«Andererseits – früher mussten die Ute, wenn sie euch eure Pferde stehlen wollten, hier herunterreiten und sie sich holen. Heutzutage fahrt ihr rauf zu ihnen und drückt ihnen euer Geld selbst in die Hand.»

Leaphorn nickte. «Ich sprach mit Marci darüber, dass ich vermutete, die Beute würde wohl zumeist aus kleinen Scheinen bestehen. Nur wenige Hunderter und Fünfziger und die Mehrzahl Zwanziger, Zehner, Fünfer und Einer. Sie gab mir Recht, und ich fragte sie, wie hoch dann wohl das Gewicht wäre.»

«Das Gewicht?»

«Sie sagte, wenn man davon ausgehen würde, dass das Gros der Banknoten in der Beute Zehndollarscheine wären, was sie auch für annähernd richtig hielte, dann wären das fünfundvierzigtausend einzelne Scheine. Und das ergäbe ein Gewicht von hundertsieben Pfund, elf Unzen.»

«Das darf nicht wahr sein!», sagte Louisa. «Die Zahl nannte sie dir so auf Anhieb?»

«Nein, sie musste schon etwas rechnen. Sie sagte, die Banken würden ihre Bargeldvorräte in abgezählten Bündeln bekommen. Diese Bündel legt man auf Präzisionswaagen, um sicherzustellen, dass sich nicht jemand mal hier oder da einen Schein rauszieht.»

Louisa schüttelte den Kopf. «Es gibt Sachen in der wirklichen Welt, von denen wir in unserem akademischen Elfenbeinturm überhaupt nichts mitbekommen.» Sie schwieg ein Weilchen und dachte nach. «Jetzt zum Beispiel frage ich mich, worin der Zusammenhang besteht zwischen dem Gespräch mit Marci Trujillo und deinem Unbehagen in Bezug auf Gershwins Besuch.»

«Ms. Trujillo leitet inzwischen die Bank, bei der Everett Jorie Kunde war. Ich fragte, ob sie mir etwas zu seiner finanziellen Situation sagen könne. Eigentlich nicht, meinte sie. Aber da er tot sei und sein Kapital eingefroren, bis ein Nachlassverwalter eingesetzt sei, könne sie es wohl verantworten, mir ein paar allgemeine Hinweise zu geben. Sie sagte, Jorie hätte ein Giro- und ein Sparkonto gehabt. Auf dem ersten habe er ‹ein kleineres Guthaben›, auf dem zweiten ‹mehrere tausend Dollar›. Außerdem sei seine Einstufung in puncto Kreditwürdigkeit ausgesprochen gut gewesen.»

«Warum um alles in der Welt hat er dann … Aber er sagte ja, sie hätten es getan, um ihre kleine Revolution zu finanzieren, nicht wahr? Das wäre eine Erklärung. Was ich mich allerdings frage, ist: Woher kanntest du Jories Bank?»

«Das Scheckheft lag auf seinem Tisch», sagte Leaphorn.

Louisa grinste ihn an. «Tatsächlich?», sagte sie. «Gut sichtbar auf dem Tisch, wo man eben sein Scheckheft hinlegt. Da hattest du wirklich Glück.»

Leaphorn lachte. «Na ja, vielleicht hab ich seine Schreibtischschublade auch einen kleinen Spalt aufgemacht. Aber egal. Jedenfalls fragte ich sie dann, ob Ray Gershwin auch ihr Kunde sei, und sie antwortete, jetzt nicht mehr, aber früher. Letztes Frühjahr hätten sie ihm einen Kreditantrag abgelehnt, und darüber sei Gershwin so wütend gewesen, dass er die Bank gewechselt habe. Ich fragte sie dann nach seiner Zahlungsfähigkeit. Sie lachte und sagte, mit der sei es damals nicht weit her gewesen und sie bezweifle, dass sie sich seither gebessert hätte. Ich wollte von ihr wissen, wie sie zu dieser negativen Einschätzung komme, und sie antwortete, Gershwin werde wohl seine größte Weidepacht verlieren.

Da sei ein Verfahren bei Gericht anhängig. Ich rief also beim Bezirksgericht in Denver an und erkundigte mich danach. Der Justizangestellte dort rief mich später zurück und sagte mir, der Fall sei ad acta gelegt. Der Kläger sei verstorben.»

Schweigen. Leaphorn ordnete sich nach links ein, um auf den New Mexico Highway 134 zu wechseln. «Jetzt überqueren wir den Washington-Pass», sagte er. «Benannt nach einem Gouverneur des New Mexico Territory, der fest überzeugt war, die Erde hier sei voller Gold und Silber, und der ein früher Anhänger ethnischer Säuberung war. Er war derjenige, der den berüchtigten Kit Carson, die spanischen Siedler aus New Mexico und die Ute als Helfershelfer benutzte, um unser Volk wie Vieh zusammenzutreiben und sich dann vom Hals zu schaffen – ein für allemal. Es ist erst ein paar Jahre her, dass der Stammesrat die Regierung dazu bringen konnte, den Namen zu ändern. Aber alle sprechen nach wie vor vom Washington-Pass. Ich finde, das beweist, dass wir Navajo nicht nachtragend sind, sondern großzügig über so manches hinweggehen.»

«Ich aber nicht», sagte Louisa. «Sag mir endlich den Namen von diesem verstorbenen Kläger!»

«Ach komm, gib doch zu, du weißt ihn längst.»

«Everett Jorie?»

«Richtig. Interessant, nicht wahr?»

«Allerdings. Darüber muss ich erst mal nachdenken.» Nach einer Weile sagte sie: «Könnte das nicht ein Mordmotiv sein?»

«Ich denke auch.»

«Die Begleitumstände erinnern mich an bestimmte Szenen in diesen fürchterlichen Naturfilmen über wilde Tiere in Afrika, die sie immer im Fernsehen zeigen. Die Löwen haben ein Zebra geschlagen, und schon nähern sich Schakale und Geier und warten auf ihre Chance. In unserem Fall sind es der alte Mr. Timms, der seine Versicherung betrügen wollte, und Mr. Gershwin, der versucht hat, einen lästigen Kläger loszuwerden.»

«Man bekommt durch unser Geschäft keine sehr hohe Meinung von den Menschen», sagte Leaphorn.

Louisa blickte noch immer nachdenklich. «Bestimmt kennst du diesen Justizangestellten persönlich, hab ich Recht? Wenn ich beim Gericht anrufen würde und um Auskunft bäte, dann würde ich garantiert fünf oder sechs Mal weiterverbunden werden. Zwischendurch müsste ich ewig warten, nur um am Ende bei jemandem zu landen, der mir erklärt, dass er mir die gewünschte Information leider, leider nicht geben dürfe. Oder man würde mir sagen, ich solle nach Denver fahren und mich an den zuständigen Richter wenden.» Sie klang leicht gereizt. «Ich wette, du hast mal wieder auf dein allumfassendes und immer funktionierendes stilles Netzwerk von alten Freunden zurückgegriffen. Du kanntest den Mann doch, oder?»

«Ich geb's zu», sagte Leaphorn. «Aber weißt du, in diesem menschenleeren Land kennt eben jeder wirklich jeden. Wenn du so lange als Polizist hier gearbeitet hättest wie ich, hättest du unter den Leuten, die mit Strafverfolgung zu tun haben, auch jede Menge Bekannte.»

«Ja, vielleicht», sagte Louisa. «Er war also gleich bereit, ins Archiv zu traben und für dich in der Akte nachzusehen?»

«Ich glaube, es ging eher darum, die richtigen Befehle in seinen Computer einzugeben, und schon erschien ‹Jorie, Everett, Kläger› mitsamt einem ganzen Rattenschwanz von Anzeigen und Eingaben. Er sagte, Jorie hätte beim Bundesgericht ganz schön für Beschäftigung gesorgt. Unseren alten Timms hat er da übrigens auch verklagt. Der hätte die

Rechte benachbarter Pächter dadurch verletzt, dass er Land, das dem Bureau of Land Management untersteht, unbefugterweise als Startpiste für sein Flugzeug benutzte.»

«Aha, also noch einer, der ein Mordmotiv gehabt hätte. Andererseits – es gab doch einen Abschiedsbrief.»

«Stimmt. Aber erinnere dich: Der war nicht handgeschrieben», sagte Leaphorn. «Er war in einen Computer getippt. Es könnte ihn auch jemand anderes verfasst haben.»

Louisa lachte. «Weißt du, was ich mich gerade frage? Hat der schmutzige kleine Trick, den Mr. Timms versuchte, dich vielleicht auf die Idee gebracht, dass Gershwin ebenfalls die Situation ausgenutzt haben könnte, um sein Problem zu lösen?»

Leaphorn grinste. «Schon möglich.»

Kurz vor dem Scheitelpunkt des Passes bog er von der Fahrbahn ab auf einen schmalen Sandweg, der durch ein Gelbkiefernwäldchen bis zu einem Felsvorsprung führte. Leaphorn hielt an, und sie stiegen aus. Zu ihren Füßen ausgebreitet lag das Canyonland, überzogen von einem ständig wechselnden Muster aus Licht und Schatten. Seine Weite wurde im Norden und Osten eingerahmt durch die dunklen Umrisse der Mesas und einzelner Berge. Eine Weile standen sie schweigend da.

«Wow», sagte Louisa. «Ich kann von diesem Anblick nie genug bekommen.»

«Das da unten ist die Landschaft, in der ich groß geworden bin», sagte Leaphorn. «Jedes Mal wenn ich überlegte, ob ich nicht vielleicht doch eine Stelle in Washington annehmen sollte, hat Emma mich gedrängt, hierher zu fahren und mich umzusehen.» Er wies mit der Hand nach Nordosten. «Da unten, ungefähr zehn Meilen von hier, zwischen dem Trading Post von Two Grey Hills und Toadlena, habe ich als

Junge gelebt. Nach der Geburt hat meine Mutter meine Nabelschnur auf dem Hügel hinter unserem Hogan unter einer Nusskiefer begraben. Das schafft eine unzerstörbare Bindung, die auch weiter besteht, wenn das Kind einmal fortzieht.» Er lachte. «Emma kannte diesen Brauch auch.»

«Sie fehlt dir, nicht wahr?», fragte Louisa.

«Sie wird mir immer fehlen, glaube ich», antwortete Leaphorn.

Louisa umarmte ihn. Leaphorn genoss ihre körperliche Nähe sehr und hätte gern stundenlang so mit ihr dagestanden. Aber sie machte sich bald wieder los und blickte versonnen über das Canyonland.

«Diese aufgetürmten Wolken nach Südosten zu, verbirgt sich dahinter Mount Taylor?»

«Ja, und deswegen lautet einer seiner Namen ‹Mutter des Regens›. Die Westwinde drücken die Wolken an seiner Flanke empor. Infolge der niedrigeren Temperaturen in der Höhe müssen sie ihre Feuchtigkeit abgeben, und es regnet. Unterwegs nach Osten geben sie immer mehr von ihrer Feuchtigkeit ab. Bis sie schließlich Albuquerque erreichen, ist nichts mehr davon übrig.»

«Auf Navajo lautet sein Name *Tsoodzil*», sagte Louisa gedankenverloren, «was so viel bedeutet wie ‹türkisfarbener Berg›. Und die Pueblo-Indianer am Rio Grande nennen ihn ‹Dunkler Berg›. Aber vor allem ist er euer ‹Heiliger Berg des Südens›.»

Leaphorn nickte. «Richtung Norden, ungefähr vierzig Meilen von hier entfernt, kannst du, wenn du genau hinsiehst, den Ship Rock erkennen. Er zeigt wie ein erhobener Finger zum Himmel. Und dahinter die bläulich schimmernde Erhebung am Horizont, das ist die vorspringende Nase des Sleeping Ute Mountain …»

«… in dessen Schatten das Spielkasino liegt, das man überfallen hat», bemerkte Louisa.

Leaphorn schwieg. Mit gerunzelter Stirn blickte er wie gebannt nach Norden, holte dann tief Luft und atmete wieder aus.

«Was ist?», fragte Louisa. «Du wirkst auf einmal so besorgt.»

Er schüttelte den Kopf. «Ich bin mir nicht sicher, vielleicht sehe ich nur Gespenster», sagte er. «Lass uns nach Two Grey Hills fahren. Ich will Chee anrufen. Ich muss wissen, ob das FBI sich um das stillgelegte Bergwerk gekümmert hat.»

«Ich frage mich schon seit längerem, wieso du eigentlich kein Handy hast», sagte Louisa. «Oder funktionieren die hier draußen nicht?»

«Zu meiner Zeit als Cop hatte ich ein Funkgerät in meinem Streifenwagen. Nachdem ich den Dienst quittiert hatte, gab es sowieso niemanden mehr, den ich hätte anrufen können.»

Er muss sehr einsam gewesen sein, dachte Louisa, als sie zum Wagen zurückgingen. «Was ist mit diesem stillgelegten Bergwerk?», fragte sie, während sie wieder in den Pickup stiegen.

«Ach, ich habe ganz vergessen, dir davon zu erzählen», sagte Leaphorn. «Chee hat ein altes Mormonen-Bergwerk entdeckt, das im neunzehnten Jahrhundert stillgelegt wurde. So wie es aussieht, besaß es zwei Zugänge, einen in der Canyonwand und einen oben auf der Mesa. Der obere Zugang wurde vor allem dazu benutzt, die Kohle herauszuschaffen. So ersparte man sich den mühsamen Transport durch den Canyon. Es spricht einiges dafür, dass dieses Bergwerk der Ort war, der Ironhands Vater vor achtzig Jahren als Versteck gedient hat. Damit hätten wir auch endlich die Erklärung für das rätselhafte Phänomen, das meine Vorfahren so entsetzt hat – gerade eben hatten sie Ironhand senior noch vor sich unten im Canyon gesehen, und im nächsten Augenblick stand er hoch oben über ihnen auf der Mesa. Du weißt ja, was Old Bashe Lady darüber zu erzählen wusste. Sie haben ihn für einen Zauberer gehalten, doch in Wirklichkeit hat er einfach nur die alte Fördereinrichtung benutzt.»

Louisa nickte. «Und du glaubst, dass Ironhand junior dieses Versteck seines Vaters kannte und er und Baker sich jetzt dort verborgen halten?»

«Ja, ich halte es für möglich.» Er bog vom Highway ab auf eine unbefestigte Nebenstraße. «Das wird jetzt ein wenig holprig», sagte er, «aber vorausgesetzt, wir überstehen die Fahrt unbeschadet, sind wir sehr viel schneller in Two Grey Hills. Auf dieser Piste hier sind es nur knapp neun Meilen, wenn man den Umweg über den Highway nimmt, gut dreißig.»

«Ich schließe daraus, dass du es sehr eilig hast, Chee zu erreichen, aber ich verstehe nicht ganz, warum.»

«Ich will sichergehen, dass er das FBI tatsächlich über das Bergwerk informiert hat», sagte Leaphorn und lachte. «In Bezug auf das FBI ist Chee nämlich geradezu überempfindlich. Eine kleine Nachlässigkeit interpretiert er sofort als Missachtung. Wenn es irgendwie geht, vermeidet er jeden Kontakt. Ich hoffe, dass er es ihnen trotzdem mitgeteilt hat. Und falls ja, dann muss ich herausfinden, ob sie seinem Hinweis nachgegangen sind.»

Sie durchquerten eine mit Steinen und Felsbrocken übersäte Trockenrinne und fuhren anschließend mit hoher Geschwindigkeit einen steilen Hang hinunter. Louisa klammerte sich an ihren Sitz, um nicht im Wagen hin und her geworfen zu werden.

«Das erklärt aber immer noch nicht, warum du derartig besorgt bist. Und so aus heiterem Himmel.»

«Weil ich mich vorhin plötzlich daran erinnert habe, dass Gershwin ein auffallendes Interesse gezeigt hat zu erfahren, wo das Bergwerk liegt.»

Louisa überlegte einen Moment. «Aber das ist doch ganz natürlich. Wenn jemand dich bedroht, dann willst du doch wissen, wo sich derjenige aufhält.»

«Kann schon sein», antwortete Leaphorn. «Wahrscheinlich sind meine Sorgen ganz und gar unbegründet.»

Aber er fuhr weiter in seinem halsbrecherischen Tempo.

Kapitel siebenundzwanzig

Sergeant Chee war zu Hause in seinem Trailer. Er saß weit zurückgelehnt in einem Sessel. Sein linker Fuß ruhte, von einem Kissen gestützt, auf dem Klappbett, der Knöchel war mit einem Verband umwickelt und verschwand unter einer mit zerstoßenen Eiswürfeln gefüllten Plastiktüte. Bernadette Manuelito stand schweigend am Herd und kochte Kaffee. Sie hantierte so leise wie möglich, weil sie spürte, dass Chee jetzt vor allem Ruhe wollte.

Chee rief sich den Ablauf seines gestrigen Besuchs in Largos Büro noch einmal ins Gedächtnis, vor allem die letzten Minuten, nachdem er die Fotos gezeigt hatte: Cabots verächtliches Lächeln und seine Bemerkung, wenn er wolle, könne er sie ja zur Erinnerung in sein Fotoalbum kleben. Daraufhin hatte er sich, gefolgt von Largos missbilligendem

Blick, stumm davongeschlichen mit dem Gefühl, soeben auch noch den letzten Rest von Würde verloren zu haben. Aber damit nicht genug. Noch ganz erfüllt von Scham und hilflosem Zorn, hatte er auf dem Weg zu seinem Pickup nicht darauf geachtet, wohin er trat. Er war über irgendetwas gestolpert und hatte bei seinem Versuch, die Balance zurückzugewinnen, sein ganzes Gewicht auf den immer noch nicht geheilten Fuß verlagert, war umgeknickt und der Länge nach auf dem Kiesboden des Parkplatzes hingeschlagen. Und natürlich war ein ganzer Schwarm von Ordnungshütern der verschiedenen Strafverfolgungsbehörden, die wegen der Großfahndung hierher beordert worden waren, zugegen gewesen und hatte seinen Sturz aus nächster Nähe mitbekommen. Zum Glück war, gerade als er hochzukommen versuchte, was nicht einfach war, da er den verletzten Fuß nicht belasten durfte, Bernie aufgetaucht, hatte ihm ohne viele Worte unter den Arm gefasst und aufgeholfen.

Und jetzt stand sie hier in seinem Trailer am Herd und kochte Kaffee. Unmittelbar nach seinem Sturz war Largo auf dem Parkplatz erschienen und hatte, Chees Einwände souverän ignorierend, Bernie angewiesen, ihn in die Klinik zu bringen, damit sein Fuß untersucht und verbunden würde. Das hatte sie getan und ihn anschließend nach Hause gefahren. Heute war sie nach ihrem Dienstschluss wieder vorbeigekommen, um sich um ihn zu kümmern. In ihrer Freizeit.

Sie bewegte sich sehr anmutig, fand er, aber er schob den Gedanken gleich wieder beiseite, weil er sein selbstmitleidiges Grübeln über die erlittene Schmach nicht so schnell aufgeben mochte. Doch dann wanderte sein Blick unwillkürlich wieder zu der zierlichen Gestalt am Herd. Während er darüber nachsann, dass sie von hinten ebenso hübsch anzusehen war wie von vorn, ging ihm plötzlich auf, dass er sie, ohne sich dessen bewusst zu sein, die ganze Zeit über mit Janet Pete verglichen hatte. Bernie besaß nicht Janets strahlenden Zauber, ihre perfekte Figur – wobei Perfektion immer auch eine Sache der Definition war – noch ihre kultivierte Bildung, doch auch hier stellte sich die Frage, was man darunter verstand. Orientierte man sich an den Normen der amerikanischen Eliteuniversitäten und der durch sie geprägten amerikanischen Upper Class? Oder gründete man sein Urteil auf die Werte der schafzüchtenden Stammesgenossen in den Chuska Mountains? Dort bedeutete Bildung, dass man sich um eine Weisheit bemühte, die einem ermöglichte, unter immer schwieriger werdenden Bedingungen in innerer und äußerer Harmonie zu leben. Chee musste plötzlich lächeln, als ihm aufging, dass Bernadette Manuelito sicher auch Hosteen Sam Nakai gefallen hätte. Doch durch diese Überlegungen drohten die erlittenen Demütigungen in den Hintergrund zu treten, sodass Chee sich eilig wieder Cabots zynisches Grinsen vergegenwärtigte.

In diesem Augenblick klingelte das Telefon. Es war der «Legendäre Lieutenant». Ausgerechnet. Wenn Leaphorn nicht den Einfall gehabt hätte, diese Ute-Überlieferung beim Wort zu nehmen, wäre ihm die gestrige Blamage erspart geblieben.

«Haben Sie das FBI informiert, dass Sie die Mine gefunden haben?»

«Ja«, antwortete Chee knapp.

Schweigen. Leaphorn hatte offenbar eine ausführlichere Antwort erwartet. «Und was wollen die Feds unternehmen?»

«Nichts.»

«Nichts?», fragte Leaphorn ungläubig.

«Ja, Sie haben richtig gehört, nichts», wiederholte Chee.

Im selben Moment merkte er, dass er dabei war, mit Leaphorn dasselbe kindische Spiel zu treiben wie gestern mit Cabot. Er schämte sich. Leaphorn war sein Vorbild und, auch wenn es ihm schwer fiel, das zu begreifen, sein Freund. Er beendete sein Schweigen. «Der für den Fall zuständige Agent sagte, sie hätten das Bergwerk durchsucht und dort nur Tierfährten und Mäusekot entdeckt. Er gab mir meine Fotos zurück, und ich durfte mich trollen.»

«Verdammt», sagte Leaphorn und schwieg. Eine Weile hörte Chee nur sein Atmen. «Hat er zufällig erwähnt, wann diese Durchsuchung vorgenommen wurde?»

«Kurz nachdem man den Pickup entdeckt hatte. Er sagte, damals habe man die ganze Umgebung weiträumig durchkämmt.»

«Hm», knurrte Leaphorn. «Was ist eigentlich von der ursprünglichen Einrichtung oben auf der Mesa noch vorhanden?»

«Nur ein paar Mauern, schon ziemlich verfallen, und ein Teil des Dachs. Und in der Mitte drei Balken in Form einer Pyramide.»

«Wahrscheinlich waren daran die Seile befestigt, an denen die Kohleschütten nach oben gezogen wurden.»

«Möglich», sagte Chee. Wozu jetzt noch die vielen Fragen, dachte er. Die Feds hatten dem Bergwerk einen Besuch abgestattet und niemanden angetroffen.

«Und sie haben die ganze Gegend abgesucht, sagen Sie? Noch am selben Tag?»

«Ja», antwortete Chee. Plötzlich wurde ihm klar, worauf Leaphorns Fragen abzielten. Er spürte auf einmal wieder so etwas wie Hoffnung.

«Wenn ich mich recht erinnere, wurde der verlassene Pickup doch erst gegen Mittag entdeckt, oder?»

«Ja, das stimmt», sagte Chee. «Und danach hat man sich dann sofort darangemacht, die ganze Gegend abzusuchen.»

«Die Zeit dürfte also nur für einen flüchtigen Blick in das Bergwerk gereicht haben», sagte Leaphorn.

«Ja, vermutlich. Aber glauben Sie nicht, das hätte ausgereicht, um festzustellen, ob die Gangster sich dort aufhalten oder nicht?»

Leaphorn überging die Frage. «Ich denke, ich werde selbst hochfahren und mich dort einmal umsehen. Sind die Straßensperren noch da?»

«Ja – jedenfalls bis gestern», sagte Chee. Dann fügte er, weil er wusste, dass sich Leaphorn genau das wünschte, hinzu: «Ich werde Sie begleiten. Dann gibt es keine Schwierigkeiten.»

«Das wäre natürlich das Beste», antwortete Leaphorn. «Ich bin im Moment in Two Grey Hills. Professor Bourebonette ist auch hier, aber sie hat sich eben im Trading Post zwei Kollegen angeschlossen, die mit dem Ladenbesitzer um einen Schafwollteppich feilschen. Können Sie einen Augenblick dranbleiben, bitte? Ich will nur gerade fragen, ob sie heute noch zurückfahren nach Flagstaff und Louisa mitnehmen könnten.»

Chee wartete.

Kurze Zeit darauf war Leaphorn wieder am Apparat. «Es klappt», sagte er. «Dann komme ich gleich zu Ihnen und hole Sie ab.»

«Gut, ich sehe zu, dass ich fertig bin.»

Bernadette Manuelito sah Chee aufgebracht an. «Augenblick mal», sagte sie. «Wen begleiten? Und wohin? Sie haben einen verstauchten Knöchel, falls Sie das vergessen haben sollten, und der gehört hochgelegt und gekühlt.»

Chee schloss die Augen, lehnte sich entspannt zurück

und gestand sich ein, dass er sich schon wieder besser fühlte. Sehr viel besser sogar. Wie Leaphorn das jedes Mal schaffte, ihn wieder aufzumuntern, wusste er selbst nicht. Aber dass er dabei war, wieder Mut zu fassen, lag natürlich auch an Bernie. Ihrer Sorge um seinen Knöchel, ihrer liebevollen Bevormundung. Er öffnete die Augen. Bernies Miene drückte noch immer Unmut aus, doch das störte ihn nicht, er fand sie einfach bezaubernd und umwerfend hübsch.

Kapitel achtundzwanzig

Sergeant Jim Chee hatte es sich auf der Rückbank von Officer Bernadette Manuelitos arg mitgenommenem Streifenwagen einigermaßen bequem gemacht. Sein linkes Bein hatte er neben sich auf ein paar Kissen hochgelegt. Die verstauchte Stelle wurde von einem mit Eiswürfeln gefüllten Plastikbeutel gekühlt und schmerzte jetzt längst nicht mehr so. Der gestern in der Klinik fachgerecht angelegte Verband hatte Wunder gewirkt. Außerdem hatte es Chees etwas angeschlagener Moral ausgesprochen gut getan, dass sein alter Chef ihm seine Wertschätzung so deutlich gezeigt hatte.

Bernie fuhr in westlicher Richtung auf dem Bundeshighway 160. Die Red Mesa School hatten sie gerade hinter sich gelassen, jetzt waren sie unterwegs zu der Kreuzung mit der Navajo-Landstraße 35 bei Mexican Water. Chee saß hinter dem Beifahrersitz, mit dem Rücken gegen die Verkleidung der rechten hinteren Tür gelehnt, und blickte auf Leaphorns allmählich grau werdenden Bürstenhaarschnitt.

Der Lieutenant war heute nicht annähernd so wortkarg,

wie er ihn in Erinnerung hatte. Gerade erzählte er Bernie, wie Gershwin ihm den Zettel mit den drei Namen im Navajo Inn auf den Tisch gelegt hatte, wie er daraufhin zu Jories Ranch gefahren war, wie er Kenntnis davon erhalten hatte, dass Jorie Gershwin bei Gericht verklagt hatte, und die ganze übrige Geschichte. Bernie schien geradezu an seinen Lippen zu hängen, und offensichtlich genoss Leaphorn ihre Aufmerksamkeit.

Er hatte ihr auseinander gesetzt, wieso ihn so genannte Koinzidenzen immer eher misstrauisch machten. Als Chee noch in Window Rock Leaphorns direkter Untergebener war, hatte er diese Gedankengänge so oft gehört, dass er sie jetzt Wort für Wort hätte mitsprechen können. Im Grunde waren das nichts anderes als essentielle Aussagen der Navajo-Philosophie. Alles ist mit allem verbunden. Es gibt keine Wirkung ohne Ursache. Der Flügelschlag eines Käfers hat Einfluss auf den Hauch des Windes. Der Gesang einer Lerche stimmt den Krieger weich. Eine Wolke teilt sich am westlichen Horizont, lässt die Strahlen der sinkenden Sonne durch, vergoldet die Berge, erreicht den Sinn der Navajo-Ältesten und gibt ihrem Ratschluss Weisheit ein. Ein englischer Dichter hat es vor Jahrhunderten anders ausgedrückt: «Niemand ist eine Insel.»

Und Bernie, freundlich und einfühlsam, wie sie war, erkannte das Bedürfnis eines einsamen Mannes, sich mitzuteilen, und stellte genau die richtigen Fragen. Eine wunderbare junge Frau.

«Ist das Ihre Methode, mit der Landkarte zu arbeiten, von der Sergeant Chee mir schon so viel erzählt hat?»

Ja genau, das war sie, seine Methode.

«Ich glaube, Jims Verstand arbeitet auf die gleiche Art und Weise wie meiner», sagte Leaphorn. «Hoffentlich korrigiert er mich, falls ich etwas Falsches sage. Diese Spielbanksache zum Beispiel. Die Spielbank liegt am Sleeping Ute Mountain. Das Fluchtauto wird hundert Meilen weiter westlich auf der Casa Del Eco Mesa stehen gelassen. Gleich in der Nähe befindet sich eine Scheune mit einem Flugzeug darin. Am selben Tag wird das Flugzeug als gestohlen gemeldet. Also eine große Übereinstimmung sowohl zeitlich als auch räumlich. Ganz in der Nähe ist aber auch ein altes Bergwerk. Es spielt in den Erzählungen der Ute eine Rolle als Fluchtweg für den Vater eines der Räuber. Wirklich eine Häufung von Koinzidenzen.»

Bernies «Ja» klang etwas zögernd.

«Es gibt noch mehr Koinzidenzen», fuhr Leaphorn fort. «Denken Sie an die Großfahndung von 1998. Man sucht nach drei Tätern. Ein Polizeibeamter ist erschossen, das gestohlene Fluchtfahrzeug stehen gelassen worden. Eine riesige Aktion wird eingeleitet. Der mutmaßlich führende Kopf der Gangster wird tot aufgefunden. Das FBI entscheidet, es war Selbstmord. Die beiden anderen Männer verschwinden spurlos in den Canyons.»

Jetzt, da der Schmerz in seinem Knöchel aufgehört hatte, begann Chee sich schläfrig zu fühlen. Er gähnte. Sein Kopf rutschte nach links zum Polster der Rückenlehne. Eine Ewigkeit schon hatte er nicht mehr richtig geschlafen.

«Sie haben Recht», stimmte Bernie zu, «das sind wirklich auffallende Koinzidenzen. Glauben Sie, es steckt auch hier mehr als bloßer Zufall dahinter?»

«Könnte es nicht sogar sein, dass das Verbrechen damals jemandem die Anregung zu dem jetzigen gegeben hat?», sagte Leaphorn.

Chee war auf einmal wieder wach. Was meinte der «Legendäre Lieutenant» damit?

«Oh», sagte Bernie, «diese Frage erfordert natürlich, dass man ungleich mehr Fakten als gewöhnlich in die Überlegungen einbeziehen muss. Aber mir leuchtet ein, dass das was bringt. Auch bei anderen Fällen. Nehmen wir zum Beispiel Mr. Timms mit seinem versuchten Versicherungsbetrug. Er hört im Radio von dem Raubüberfall und sieht plötzlich die Möglichkeit, eine Menge Geld für sein Flugzeug zu bekommen. Er schafft es weg, meldet es einfach als gestohlen und reicht eine Schadensmeldung ein.»

Leaphorn nickte. «Da hätten wir also auch wieder die Verknüpfung von Ursache und Wirkung», sagte er. «Aber möglicherweise war das Flugzeug ja auch der Grund dafür, dass das Auto ausgerechnet an jener Stelle stehen gelassen wurde, wie das FBI ursprünglich annahm.»

Chee setzte sich gerade hin. Worauf zum Teufel wollte Leaphorn hinaus?

«Da komme ich nicht ganz mit», sagte Bernie.

«Ich versuche mal, Ihnen eine ganz neue Theorie dieser Tat zu entwerfen», sagte Leaphorn. «Es könnte sich doch so abgespielt haben: Irgendjemand hier oben im Grenzland hat das Verbrechen im Jahr 1998 sehr aufmerksam verfolgt, und es brachte ihn auf die Idee, wie er ein eigenes Problem lösen könnte. Eigentlich sogar gleich zwei Probleme. Erstens, wie er an Geld kam, zweitens, wie er einen Feind beseitigen konnte. Diese Person, nennen wir sie ‹X›, hat Beziehungen zur Miliz oder den militanten Umweltschützern oder einer dieser radikalen Gruppierungen. Nehmen wir an, Mr. X sucht sich in diesen Kreisen zwei oder drei Kumpane und überredet sie unter dem Vorwand, sie würden Geld für ihre politischen Ziele beschaffen, bei seinem Coup mitzumachen. Im Zuge der Tatvorbereitungen gerät auch Timms in die Sache hinein. Entweder Mr. X mietet sein

Flugzeug, oder er weiht ihn in die Planung ein und verspricht ihm einen Anteil von der Beute.»

«Sie sprechen von Everett Jorie», sagte Bernie.

«An den soll man denken, ja», antwortete Leaphorn. «Aber in meinem Szenario spielt Jorie die Rolle des Feindes, der aus dem Weg geräumt werden soll.»

Chee räusperte sich. «Moment mal, Lieutenant», sagte er. «Was ist mit dem Abschiedsbrief und den anderen Begleitumständen seines Todes?»

Leaphorn drehte sich zu Chee um und schüttelte langsam den Kopf. «Ihnen gegenüber hatte ich den Vorteil, an Ort und Stelle zu sein. Ich konnte mir einen Eindruck verschaffen, wie er wohnte. Ich sah seine Bibliothek, welche Bücher er las, was ihm wichtig war, was sein Leben ausmachte. Wenn ich mir das jetzt noch einmal vergegenwärtige, komme ich zu dem Schluss, dass ich langsam alt werde. Hätten Sie oder Officer Manuelito seine Leiche gefunden und all das gesehen, hätte das Ihren Argwohn sicher viel schneller erregt als bei mir.»

Chee musste sich innerlich eingestehen, dass sein Argwohn noch gar nicht geweckt war. Doch er fragte: «Verstehe, aber wie ist es bewerkstelligt worden?»

Bernie hatte das Tempo verringert. «Ist das die Stelle, wo ich abbiegen soll? Die Sandpiste da?»

«Sie ist ziemlich holperig, aber die Strecke ist wesentlich kürzer, als wenn man hier bis zur 191 weiterfährt und dann wieder zurückmuss.»

«Für Abkürzungen bin ich auch», sagte Bernie, und der Wagen rollte vom Asphalt und rumpelte über die Schlaglöcher.

«Ich schätze, das ist auch der Weg, den die Kasino-Gangster genommen haben», sagte Leaphorn. «Wenn sie aus der

Gegend sind, dann müssen sie diese Hochebene gekannt und auch gewusst haben, dass man hier irgendwann nicht weiterkommt. Aber erst auf die 191 einzubiegen und sich dann hier zu verfahren, das erschiene mir wirklich unwahrscheinlich.»

«Lieutenant», sagte Chee, «erzählen Sie doch weiter. Was hat sich denn auf Jories Ranch abgespielt?»

«Also, ich stelle es mir folgendermaßen vor», begann Leaphorn. «Unser Mr. X klopft an Jories Tür und zwingt ihn, als der öffnet, mit vorgehaltener Pistole, in sein Büro zu gehen und sich an den Schreibtisch zu setzen. Er erschießt ihn aus kürzester Distanz, damit es wie Selbstmord aussieht. Dann schaltet er den Computer ein, tippt, indem er sich auf den Toten stützt, den angeblichen Abschiedsbrief in die Tastatur, lässt den Rechner an und geht.»

«Aber wieso?», fragte Chee. «Ehrlich gesagt kommen mir da gleich mehrere Fragen. Ich kann mir zwar ungefähr vorstellen, in welcher Richtung das Motiv zu suchen wäre, aber ganz deutlich ist es mir nicht.»

«Jorie war einer der Leute, die es lieben, zu prozessieren. Als Rechtsanwalt und weil er in Utah bei Gericht zugelassen war, konnte er nach Herzenslust Klagen einreichen, ohne dass ihn das viel gekostet hätte. Zwei hatte er gegen unseren Mr. X anhängig. Sogar Timms hat er vor Gericht gezogen. Dessen kleines Flugzeug hätte sein Vieh in Panik versetzt, die Rinder hätten an Gewicht abgenommen, trächtige Tiere hätten Kälber verloren und so weiter. In einer weiteren Klage beschuldigte er Timms, seinen Pachtvertrag durch eine nicht genehmigte Landebahn zu verletzen. Aber in Timms sehe ich nicht unseren Mr. X. Gegen diesen allerdings ließ Jorie eine Klage los, die darauf abzielte, dass das Bureau of Land Management ihm den Pachtvertrag kündigte.»

«Wir sprechen jetzt natürlich von Gershwin», sagte Chee. «Den meinen Sie doch?»

Leaphorn nickte. «Ja, aber bedenken Sie, noch ist es nicht mehr als ein Gedankenspiel.»

«Also gut», sagte Chee. «Wie ging's weiter?»

«Ein Problem hat Mr. X jetzt gelöst – den Feind, der ihm mit einem Prozess hätte gefährlich werden können, auszuschalten. Bleibt noch Problem Nummer zwei.»

«Das Geld», sagte Bernie. «Er hätte nur ein Drittel davon bekommen.»

«In meiner Theorie liegt die Sache etwas komplizierter», erwiderte Leaphorn. Er wandte sich nach hinten zu Chee. «Sie erinnern sich, wie Mr. X in der angeblichen Abschiedsbotschaft den FBI-Leuten mitteilte, wo sie seine Komplizen finden würden, wie er ausdrücklich darauf hinwies, dass sie sich niemals lebendig fassen lassen wollten. Wenn man sie stellen sollte, dann wollten sie in die Geschichte eingehen wegen der Zahl der Polizisten, die sie getötet hätten.»

«Ein raffinierter Plan, sie sich endgültig vom Hals zu schaffen», sagte Chee. Er stieß ein bitteres Lachen aus. «Und fast hätte er funktioniert. Mit der Information, dass es sich bei den beiden um Miliz-Männer handelt, die zu allem entschlossen sind, würde ich als Mitglied eines Sonderkommandos ehrlich gesagt auch sofort das Feuer auf sie eröffnen.»

«Und doch muss ihm ein Schwachpunkt in dem Plan aufgefallen sein. Mr. X musste sich fragen, wie irgendjemand den ‹Abschiedsbrief› denn finden sollte. Es gab für niemanden einen Grund, Jorie aufzusuchen, er stand ja nicht unter Verdacht. Dieses Problem löste X, indem er sich einen nicht allzu intelligenten Cop im Ruhestand auswählte. Bei diesem konnte er sicher sein, dass er seinen Tipp ans FBI weitergeben, ihn selbst aber aus den Ermittlungen raushalten würde.»

«Verdammt», sagte Chee. «Mir kam es doch von Anfang an komisch vor, dass ausgerechnet Sie Jories Leiche fanden.»

«Aber wieso die Eile?», fragte Bernie. «Früher oder später hätte bestimmt jemand Jorie vermisst und nach ihm gesehen. Sie wissen ja, die Leute hier draußen achten noch auf ihre Nachbarn.»

«Darauf konnte unser Mr. X nicht warten. Auf keinen Fall wollte er das Risiko eingehen, dass die Polizei seine Komplizen verhaftete, noch ehe sie deren angebliche Absicht kannte, sich einer Festnahme unter allen Umständen mit Waffengewalt zu widersetzen. Denn wenn sie lebend gefasst würden, dann wäre ihnen natürlich sofort klar, wer sie verraten haben musste. Sie würden über ihn auspacken und damit noch ihr Strafmaß verringern.»

«O ja», sagte Bernie, «das ergibt Sinn.»

Chee beugte sich vor und tippte Leaphorn auf die Schulter. «Ich hoffe, Lieutenant, Sie haben mich eben nicht so verstanden, als würde ich das akzeptieren: Sie wären nicht allzu intelligent. Es hat sich vielleicht so angehört.»

«Aber Tatsache ist, so habe ich mich wirklich verhalten. Um ein Haar hätte er von mir genau bekommen, was er wollte.»

Das stimmte allerdings. Chee mochte dazu weiter nichts sagen.

«Nun müssen seine Komplizen aber doch irgendetwas geahnt haben. Da Sie in der Nähe des Fluchtautos nur zwei Paar Spuren entdeckt haben, gehe ich davon aus, dass sie Mr. X unterwegs abgesetzt haben. Wahrscheinlich wartete irgendwo sein Pickup. Sie hatten abgemacht, dass X die Beute zunächst auf seiner Ranch in Sicherheit brachte.

Doch Baker und Ironhand fuhren nach der Tat nicht wie abgemacht zu sich nach Hause, in dem sicheren Bewusstsein, dass die Polizei keinerlei Hinweis auf sie hätte. Sie warteten nicht darauf, dass ein Sonderkommando kam und sie abknallte, sondern sie wichen aus und versteckten sich irgendwo.»

«Und als Schlupfloch diente ihnen das alte Mormonen-Bergwerk», warf Chee ein. «Aber warum hat das FBI sie dort nicht gefunden?»

«Das weiß ich nicht», antwortete Leaphorn. «Vielleicht waren sie gerade woanders, als der Agent die Stelle untersuchte. Es kann auch sein, dass die Feds einfach nicht gründlich genug nachgesehen haben. Sie wussten ja auch nichts von dem zweiten Zugang weiter unten.»

«Das stimmt», sagte Chee. «Den kann man vom Grund des Canyons auch nicht sehen. Aber wir wissen bis jetzt noch immer nicht sicher, ob der Stollen eine begehbare Verbindung zu dem Schacht oben auf der Mesa hat.»

Bernie lachte. «So genau muss ich das gar nicht wissen», sagte sie, «ich glaube gern alten Legenden. Sogar wenn Ute sie erzählen.»

«Ich bin eigentlich nur einfach so mitgefahren», sagte Chee. «Dachte, es könnte meinem Fuß nicht schaden, wenn er mal an die frische Luft kommt. Aber jetzt frage ich mich», er wandte sich Leaphorn zu, «was Sie vorhaben. Ich hoffe, Sie planen nicht, dass wir zu der Kohlemine marschieren und Baker und Ironhand auffordern, mit erhobenen Händen herauszukommen.»

«Nein, nein», lachte Leaphorn, «keine Angst.»

«Bernie müsste dann nämlich alles allein übernehmen», sagte Chee. «Sie sind nicht mehr im Dienst, und ich bin krankgeschrieben.»

«Aber Ihre Pistole haben Sie ganz bestimmt mit», sagte Bernie.

«Ja, die muss ich hier irgendwo haben. Sie kennen ja die eiserne Regel: Geh nie ohne deine Waffe aus dem Haus.»

«Ich würde allerdings gern einmal bei Mr. Timms vorbeischauen», sagte Leaphorn. «Es dürfte uns nicht allzu schwer fallen, ihn zur Zusammenarbeit zu überreden. Und wenn er sich darauf einlässt und meine Vermutungen sich als richtig erweisen, fordert Officer Manuelito über Funk Verstärkung an.»

«Warum können wir nicht gleich um Unterstützung bitten und dann ...» Chee brach seinen Satz ab. Er stellte sich vor, wie Leaphorn dem Special Agent Cabot seine Theorie auseinander setzte und dann um Unterstützung beim Durchsuchen eines Bergwerks bat, das vom FBI bereits für sauber erklärt worden war. Und dann stellte er sich Cabots höhnisches Grinsen vor. Er wechselte das Thema.

«Kennen Sie Mr. Timms eigentlich?», fragte er. Auch eine dumme Frage, denn natürlich kannte er ihn. Leaphorn kannte jeden im Four-Corners-Gebiet. Jedenfalls jeden über sechzig.

«Nicht besonders gut», antwortete Leaphorn. «Hab ihn eine halbe Ewigkeit nicht gesehen. Aber ich glaube, wir kriegen ihn dazu, offen mit uns zu reden.»

Chee lehnte sich zurück gegen die Autotür und sah zu, wie die Wüstenlandschaft draußen vorbeiglitt. Und wenn Timms nun sagte, sie sollten gefälligst sein Grundstück verlassen und sich zur Hölle scheren?

Aber dann entspannte er sich. Pensioniert oder nicht, Leaphorn war für alle immer noch der «Legendäre Lieutenant».

Kapitel neunundzwanzig

Bernie hielt ein paar Meter vor Timms' Veranda an. Wie es in dieser menschenleeren Gegend üblich war, blieben sie erst noch sitzen, um dem alten Mann die Möglichkeit zu geben, sich gegebenenfalls schnell etwas überzuziehen und sich innerlich auf den Besuch einzustellen. Nach einer Weile wurde die Tür des Wohnhauses geöffnet, und ein großer, magerer, leicht gebeugt aussehender Mann erschien auf der Schwelle.

Leaphorn stieg als Erster aus, dann Bernie. Chee blieb zurück. Er war damit beschäftigt, seinen Fuß vom Kissen zu heben und auf den Boden zu setzen. Der Knöchel tat zwar immer noch weh, aber der Schmerz war erträglich.

«Hallo, Mr. Timms», sagte Leaphorn. «Wissen Sie noch, wer ich bin?»

Timms trat auf die Veranda, in seinen Brillengläsern spiegelte sich das gleißende Sonnenlicht. «Ich denke schon», antwortete er. «Sind Sie nicht Joe Leaphorn? Ist lange her, dass wir uns gesehen haben. Sie waren damals Corporal bei der Navajo Tribal Police und haben mir gegen diesen durchgeknallten Nachbarn geholfen, der immer auf mich schoss, wenn ich über seine Ranch flog.»

«Ja genau», sagte Leaphorn. «Die junge Frau hier neben mir ist übrigens Officer Bernadette Manuelito.»

«Kommen Sie erst mal rein, damit Sie aus der Sonne raus sind», sagte Timms.

Chee fühlte sich ausgeschlossen. Mit seinem gesunden Fuß stieß er die Wagentür auf, griff nach seinem Stock und humpelte, die Augen auf den Boden gerichtet, zur Veranda. Er wollte nicht noch einen Sturz riskieren. Der offene Hausschuh an seinem verletzten Fuß füllte sich sofort mit Sand, und er blieb einen Moment stehen, um ihn auszuschütten.

«Und dies», sagte Leaphorn, als Chee die Veranda erreicht hatte, «ist Sergeant Chee. Wir beide haben schon oft zusammengearbeitet.»

«Ah so», murmelte Timms und gab Chee die Hand. Aber nicht mit Druck, sondern sehr sanft, wie es Sitte bei den Navajo ist. Ein Veteran der Four Corners, der die Gebräuche hier kannte und respektierte, dachte Chee. Und augenscheinlich im Moment sehr nervös, wie der heftig zuckende kleine Muskel in seiner rechten Wange verriet.

«Ich habe nicht mit Besuch gerechnet und deswegen nichts vorbereitet, aber ich kann Ihnen etwas Kaltes zum Trinken anbieten», sagte er, während er sie in einen dunklen kleinen Raum an der Rückseite des Hauses führte. Die spärlichen, zusammengewürfelten Möbel sahen aus, als hätte er sie aus Sonderangeboten zusammengesucht.

«Ich fürchte, wir können Ihre Einladung nicht annehmen, Mr. Timms», sagte Leaphorn, «wir sind nämlich dienstlich hier.»

«Wohl wegen der Versicherungssache, nehme ich an», sagte Timms. «Ich habe denen schon einen Brief geschrieben und meine Forderung zurückgezogen. Alles erledigt.»

«Die Versicherung interessiert uns nicht, Mr. Timms», sagte Leaphorn. «Die Angelegenheit, wegen der wir hier sind, ist sehr viel ernster.»

«Wissen Sie, das ist das Problem mit dem Alter. Man wird so furchtbar vergesslich», sagte Timms. Er redete hastig, ohne Atem zu holen. «Nachts stehe ich auf, um ein Glas Wasser zu trinken, aber wenn ich dann in der Küche vor dem Kühlschrank stehe, weiß ich schon nicht mehr, weswegen ich überhaupt heruntergekommen bin. Genauso mit dem Flugzeug. Ich bin nach Blanding geflogen, um dort ein paar Sachen zu erledigen, und dann hat mir jemand angeboten, mich im Wagen mit nach Hause zu nehmen, und ich hab das Flugzeug stehen lassen und bin mit ihm mitgefahren. Unterwegs haben wir im Autoradio von dem Überfall auf das Kasino gehört, und als ich dann nach Hause kam und das Scheunentor offen stand und ich die leere Scheune sah, da dachte ich auf einmal ...» Timms brach unvermittelt ab. «Sehr viel ernster, sagen Sie?»

Leaphorn sah ihn an und schwieg.

«Um was geht es denn?», fragte Timms und setzte sich langsam in einen alten, staubigen Sessel.

«Sie erwähnten doch eben den Nachbarn, der auf Sie schoss, weil er verhindern wollte, dass Sie über seine Ranch flogen. Sein Name war Everett Jorie.»

«Nachdem Sie ihn zur Rede gestellt hatten, hat er das sein gelassen», sagte Timms. Er versuchte zu lächeln, doch es wurde nur eine jämmerliche kleine Grimasse. «Ich war Ihnen damals sehr dankbar. Nach allem, was man so hört, ist Jorie ja zuletzt noch richtig kriminell geworden. Hat die Spielbank überfallen und sich dann anschließend umgebracht.»

«Das hat man anfangs angenommen, ja», sagte Leaphorn.

Timms rutschte noch tiefer in den Sessel, so als wolle er darin verschwinden. Mit fahrigen Bewegungen strich er sich die Haare aus der Stirn. «Wollen Sie sagen, es war gar kein Selbstmord, jemand hat ihn umgebracht?»

Leaphorn tat, als hätte er Timms' Worte nicht gehört. «Kennen Sie Roy Gershwin?», fragte er.

Timms öffnete den Mund, schloss ihn wieder und blickte stumm vor sich hin. Chee empfand Mitleid mit ihm. Der alte Mann schien völlig verängstigt.

«Mr. Timms», begann Leaphorn in eindringlichem Ton, «Sie haben jetzt die Möglichkeit, Ihre Situation zu verbessern. Wie Sie sich vorstellen können, ist das FBI alles andere als erfreut über das, was Sie getan haben. Die Feds wurden dadurch, dass Sie Ihr Flugzeug versteckten und anschließend als gestohlen meldeten, auf eine falsche Fährte gelockt, und das hat den Gangstern ein paar Tage Vorsprung verschafft. So etwas merkt man sich beim FBI. Da können Sie sicher sein. Es sei denn, es gäbe einen Grund, die ganze Sache mit Nachsicht zu betrachten. Wenn Sie sich vernünftig zeigen und bereit sind, mit der Strafverfolgungsbehörde zu kooperieren, dann wird man großzügig sein und sagen, nun ja, dieser Mr. Timms ist nicht mehr der Jüngste. Da kann einen das Gedächtnis schon mal im Stich lassen. Falls nicht …» Leaphorn hob die Hände. «In der Regel landen solche Fälle wie der Ihre vor einer Grand Jury, die dann darüber befinden wird, ob Sie als Begünstigter des Verbrechens zu betrachten sind. Und damit wir uns recht verstehen – wenn ich Verbrechen sage, dann spreche ich nicht von Versicherungsbetrug, sondern von Mord.»

«Mord», wiederholte Timms leise. «Sie meinen Jorie.»

«Mr. Timms», sagte Leaphorn, «was wissen Sie über Roy Gershwin?»

«Er war heute hier», sagte Timms. «Kurz bevor Sie kamen. Sie wären sich fast noch begegnet.»

Leaphorn sah ihn überrascht an. «Was wollte er von Ihnen?»

«Ich sollte ihm sagen, wie man zu dem alten Mormonen-Bergwerk kommt. Er schien es furchtbar eilig zu haben. Nachdem ich ihm den Weg dorthin erklärt hatte, war er gleich wieder draußen.»

«Wir sollten jetzt besser los», sagte Leaphorn und wandte sich zur Tür.

Timms sah elend aus. Er versuchte aufzustehen, sank

aber gleich wieder kraftlos in den Sessel zurück. «Soll das heißen, dass Gershwin Jorie auf dem Gewissen hat? Sagen Sie, dass das nicht wahr ist!»

Leaphorn und Bernie waren schon draußen. Chee, der wegen seines verletzten Fußes nur langsam hinterherkam, hörte noch, wie Timms stöhnte.

«O mein Gott, genau wie ich befürchtet habe.»

Kapitel dreißig

Es war unschwer zu erkennen, wo Gershwins Pickup von der Sandpiste abgebogen war. Man konnte auch leicht sehen, wo er im Treibsand Spuren hinterlassen und wo er Büschel von Natterwurz flach gedrückt hatte. Weniger leicht war allerdings, den Spuren hinterherzufahren. Gershwins Fahrzeug war viel geländegängiger und stärker als Bernies Streifenwagen, der – darüber konnte die schwarzweiße Polizeilackierung hier nicht mehr hinwegtäuschen – eben nur eine ältere und etwas mitgenommene Chevy-Limousine war.

An einer großen Sandverwehung, wie sie der Wind oft an Schachtelhalmstauden in Wüstengegenden anhäuft, verloren die Hinterräder die Bodenhaftung und drehten durch. Der Wagen brach mit dem Heck seitlich aus und rührte sich nicht mehr. Mit einem scharf gezischten «Nicht!» hinderte Leaphorn Bernie daran, ihrem ersten Impuls zu folgen und Vollgas zu geben.

«Ich glaube, wir sind schon dicht genug herangefahren», sagte er. «Ich werde mal nachschauen.»

Er nahm den Feldstecher, der zur Ausrüstung des Streifenwagens gehörte, aus dem Handschuhfach, stieg leise aus und ging auf den kleinen Hügel, an dessen Fuß das Auto stecken geblieben war. Etwa eine Minute blieb er oben und blickte durch das Fernglas, dann kam er zurück.

«Das Bergwerk ist ungefähr eine Viertelmeile entfernt», berichtete er und zeigte nach vorn. «Dort drüben, wo es zum Canyon abfällt. Gershwins Pickup steht etwa zweihundert Yards vor uns. Er scheint nicht drin zu sitzen. Offenbar hat er ihn absichtlich so geparkt, dass man ihn von der Mine aus nicht sehen kann. Nach der Seite hat das Steingebäude keine Fenster.»

«Und was nun?», fragte Chee. «Fordern wir jetzt über Funk Verstärkung an?»

Kaum hatte er die Frage ausgesprochen, wurde ihm bewusst, wie seltsam die Bitte und erst der sich anschließende Dialog klingen mussten. Ein Rancher aus der Gegend hatte also seinen Kleinlaster oberhalb eines verlassenen Kohlebergwerks abgestellt. Aha. Und warum benötigen Sie nun Verstärkung? Weil wir annehmen, dass die Kasino-Gangster sich dort verstecken. Um welches Bergwerk handelt es sich denn überhaupt? Ach, eines, das kürzlich erst vom FBI gründlich durchsucht worden ist, und die haben keine Menschenseele da gefunden. Hmhm.

Leaphorn sah ihn fragend an.

«Oder was?», schloss Chee vage. Im Stillen hoffte er nur, Leaphorn werde nicht vorschlagen, sie sollten einfach hingehen, laut fragen, ob jemand drin sei, und dann den Befehl geben, sich zu ergeben und herauszukommen.

«Auf dieser Seite können sie uns nicht sehen», sagte Leaphorn. «Wir können ruhig näher ran, um zu erfahren, was vor sich geht. Sie haben Ihre Pistole ja dabei, und ich werde mir Officer Manuelitos Waffe ausleihen. Und Sie, Officer Manuelito, stellen sich bitte auf den Hügel und beobachten, was passiert. Aber seien Sie darauf gefasst, dass Sie sehr schnell ans Funksprechgerät müssen. Geben Sie mir dann bitte Ihre Waffe?»

«Meine Waffe?» Bernie zögerte.

Chee kletterte vorsichtig aus dem Wagen. Offenbar hatte der «Legendäre Lieutenant» seine Pensionierung einseitig rückgängig gemacht, dachte er, und seine alte Stellung wieder eingenommen.

«Ihre Pistole bitte», sagte Leaphorn und schien schon danach greifen zu wollen.

Die zögernde Unschlüssigkeit in Bernies Gesicht wich jetzt einer energischen Bestimmtheit. «Nein, Sir. Das ist das Erste, was man bei der Polizei lernt – nie die eigene Waffe aus der Hand zu geben.»

Leaphorn blickte sie überrascht an. Dann nickte er. «Sie haben Recht. Ich nehme das Gewehr.»

Sie löste es aus der Halterung und reichte es ihm, mit dem Kolben voran. Er sah nach, ob es geladen war.

«Eigentlich wäre es sinnvoller, Manuelito, wenn Sie doch schon gleich Funkkontakt aufnähmen. Geben Sie denen unsere Position möglichst genau durch. Sagen Sie ihnen, dass Sergeant Chee ein altes Bergwerk überprüfe und wir unter Umständen Hilfe bräuchten. Sie selbst würden für ein paar Minuten den Wagen verlassen, um Ihrem Kollegen notfalls Deckung geben zu können, sie möchten bitte solange auf Empfang bleiben. Dann beobachten Sie wie vereinbart vom Hügel aus, was passiert. Was zu tun ist, entscheiden Sie selbst.»

«Ich fände es besser, wenn Sergeant Chee hier am Funkgerät bliebe», sagte Bernie. «Er kann nicht gut laufen. Ich werde mit Ihnen gehen.»

Jetzt griff Chee ein. In dem dienstlichen Ton des Ranghöheren sagte er: «Manuelito, Sie machen den Funkverkehr, das ist ein Befehl.»

Was auch immer der Grund war, die Erregung, der heftige Adrenalinausstoß oder die nicht sehr angenehme Vorstellung, dass schon in wenigen Augenblicken ein in Vietnam hoch dekorierter Scharfschütze auf ihn schießen könnte – jedenfalls humpelte Chee den Hügel hinauf, ohne dass er an den verbundenen Knöchel oder den Sand in seinem Pantoffel auch nur dachte.

Jetzt konnte er die Ruine der Förderanlage sehen, die er neulich aus dem Hubschrauber von der anderen Seite her fotografiert hatte. Wie Leaphorn es schon geschildert hatte, war von hier aus nur die glatte, fensterlose Rückwand sichtbar.

Leaphorn machte eine stumme Handbewegung, um ihm anzudeuten, dass er den Eingang auf der linken Seite vermutete. Er zeigte ihm, wo er am bequemsten von dem Hügel wieder herunterkam und gleichzeitig jederzeit in Deckung gehen konnte, falls jemand aus dem Gebäude kam. Er war jetzt offensichtlich ganz in seinem Element. Leaphorn war wieder der Offizier der Navajo Tribal Police, der das Kommando führte.

«Ich gehe rechts runter», sagte er. «Achten Sie auf mein Zeichen. Falls jemand herauskommt, lassen wir ihn gehen, bis er sich in einiger Entfernung von dem Bau befindet. Das Ziel wird ja Gershwins Pickup sein. Mal sehen, welche Gelegenheit sich uns bietet.»

«Ja, Sir», sagte Chee. Er kontrollierte seine Pistole noch einmal und tat genau, was Leaphorn ihm gesagt hatte.

In den nächsten fünf Minuten arbeiteten sich die beiden Männer mit äußerster Behutsamkeit etwa fünfzig Yards voran. Dann hörte Chee eine Stimme.

Er blieb stehen, winkte Leaphorn und zeigte in Richtung auf die Mauer, indem er mit der Hand pantomimisch einen sich öffnenden und schließenden Mund nachmachte. Leaphorn verstand, er nickte.

Einen Augenblick später hörten sie Gelächter.

Dann ein kurzer, trockener Knall wie von einer Tür, die zugeschlagen wird: ein Schuss. Ein zweiter und ein dritter.

Chee sah zu Leaphorn hinüber und fing dessen Blick auf. Leaphorn bedeutete ihm, unten zu bleiben. Sie warteten. Minuten vergingen. Jetzt gab Leaphorn ihm ein Zeichen, zu ihm aufzuschließen, er selbst schlich langsam auf die Ruine zu. Chee folgte ihm.

Ein groß gewachsener älterer Mann kam hinter der Mauer hervor. In einer Hand hielt er einen kleinen Rucksack, wie sie bei Studenten beliebt sind. Sein weißes Hemd trug er über den Jeans. Auf dem Kopf hatte er einen hellbraunen Strohhut. Wie Leaphorn es vorhergesagt hatte, ging er in Richtung auf Gershwins Pickup.

Chee duckte sich hinter einem dichten Strauch Melde, er hielt seine Pistole schussbereit. Die Distanz betrug kaum zwanzig Yards. Der Mann war nicht zu verfehlen.

Leaphorn war aus der Deckung getreten. Er stand da, mit dem Gewehr quer vor der Brust. «Mr. Gershwin!», rief er. «Roy, was machen Sie hier draußen?»

Gershwin blieb einen Moment wie angewurzelt stehen, dann drehte er sich um und sah Leaphorn an. «Also, ich weiß gar nicht, wie ich Ihnen das erklären soll. Aber ich könnte Sie umgekehrt dasselbe fragen.»

Leaphorn lachte. «Und wenn ich versucht hätte, Ihnen weiszumachen, dass ich hier Wachteln jage? Aber dann hätten Sie bestimmt gesehen, dass dies keine Vogelflinte ist. Sie hätten mich schnell durchschaut.»

«Ja, wahrscheinlich», sagte Gershwin. «Ich hätte angenommen, Sie wären beim Nachgrübeln, wo die ganze Beute aus dem Kasino geblieben ist, auf die Idee gekommen, dieses Bergwerk könnte das Versteck sein.»

«Na ja», sagte Leaphorn, «die Nation der Navajo zahlt ihren Pensionären tatsächlich keine besonders üppige Rente. Aber wie steht's mit Ihnen? Sind Sie vielleicht selbst auf der Suche nach etwas unmarkiertem Papiergeld?»

«Fragen Sie das als Polizeibeamter, oder sind Sie noch Zivilist?»

«Derselbe Zivilist, dem Sie Ihre Namensliste brachten», sagte Leaphorn. «Wenn man mal draußen ist, lassen sie einen nicht wieder rein.»

«Na, dann wünsche ich Ihnen mehr Glück, als ich hatte. Da hinten gibt's kein Geld. Ich hab jeden Stein umgedreht und jedes Stückchen Dreck aufgehoben. Nichts. Reine Zeitverschwendung.» Gershwin schien seinen Weg fortsetzen zu wollen.

«Vorhin fielen ein paar Schüsse», sagte Leaphorn. «Was war denn da los?»

Gershwin drehte sich um und ging jetzt wieder in Richtung der Kohlemine. «Kommen Sie», sagte er, «ich werd's Ihnen zeigen. Und auch erklären. Wissen Sie noch, wie ich zu Ihnen sagte, ich könnte das nicht aushalten, zu Hause abzuwarten, bis diese Bastarde von der Miliz vor meiner Tür stehen, um mich abzuknallen? Ich würde lieber abhauen und mich irgendwo in einem Motel verkriechen? Aber ich bin ein zu alter Knochen, um vor solchen kleinen Halunken noch wegzulaufen. Also, auf dem Weg zum Motel hab ich mir's doch anders überlegt. Ich wollte es drauf ankommen lassen und denen mit der Waffe in der Hand entgegentreten.»

«Einen Moment», sagte Leaphorn, «ich will Ihnen noch einen Freund vorstellen.»

Er gab Chee ein Zeichen, aus seiner Deckung herauszukommen. Chee steckte seine Pistole ins Holster, trat hinter dem Busch hervor und hob seine Hand zum Gruß. Falls Gershwin eine Waffe trug, so war das jedenfalls nicht zu sehen. Eine Faustfeuerwaffe von auch nur einem gewissen Kaliber passte kaum in die Hosentasche. Die konnte er sich nur unter den Gürtel gesteckt haben, wo das Hemd sie verbarg. Und die Schüsse eben hatten nach einem ernst zu nehmenden Revolver geklungen, sicherlich nicht nach einem kleinen 22er.

«Das ist Sergeant Jim Chee», sagte Leaphorn. «Und das Roy Gershwin.»

Gershwin schien einen Schreck bekommen zu haben. «Okay», murmelte er und nickte Chee zu.

«Chee ist auch kein reicher Mann», sagte Leaphorn. «Zwar unverheiratet, aber das Polizistengehalt ist doch ziemlich knapp.»

Gershwin sah Chee von der Seite an, nickte noch einmal und setzte seinen Weg zum Bergwerk fort. «Also, ich fuhr hier raus, um die Geschichte mit diesen Bastarden zu Ende zu bringen. Entweder um sie mir zu schnappen und die Belohnung für sie zu kassieren, oder um sie in die Flucht zu schlagen, oder um sie zu erschießen, wenn es nicht anders ging. Das Kopfgeld gilt ja in beiden Fällen, ob ich sie nun tot oder lebendig abliefere. Wie ich Ihnen sagte, ging es mir einfach gegen den Strich, vor denen wegzulaufen. Dazu bin ich verdammt zu alt.»

«Sie haben sie erschossen?», fragte Leaphorn.

«Nur einen. Baker. George Ironhand ist davongekommen.»

Sie hatten den verfallenen Bau erreicht. Der Eingang, durch den sie ihn betraten, bildete eine breite Öffnung in der teilweise eingestürzten Außenwand. Drinnen war es dämmrig. Durch Spalten und Lücken des baufälligen Daches fielen Sonnenstrahlen auf den Ziegelfußboden und erzeugten unregelmäßige Muster aus Licht und Schatten. Der große Raum war leer bis auf allen möglichen Müll und verstreuten Schutt, ähnlich wie Special Agent Smythe ihn beschrieben hatte. Herabgefallene Schindeln und verzogene Sperrholzplatten lagen umher. In den Ecken hatte der Wind im Laufe der Jahre kleine Gebirge von Flugsand angehäuft. An der Rückwand türmten sich Ballen von Tumbleweed. Daneben lag ein Toter in einem graugrünen Tarnanzug.

Gershwin zeigte auf die Leiche. «Das ist der Hundesohn. Baker. Er hat versucht, mich zu erschießen.»

«Erzählen Sie uns, wie es sich abgespielt hat», sagte Leaphorn.

«Also, ich hab den Wagen etwas weiter hinten abgestellt, damit mich keiner hörte. Dann bin ich ganz leise hergekommen und hab hier reingelinst. Der da», Gershwin wies auf den Toten an der Wand, «lag in der Ecke und schien zu schlafen. Der Große von den beiden saß hier drüben. Als ich reinkam, griff er nach seiner Waffe, und ich schrie ihn an, er soll das lassen. Aber er hatte sie schon in der Hand, ich schoss auf ihn, und er fiel hin. Dadurch wurde der andere wach und sprang auf und zog eine Pistole raus. Ich brüllte, er soll sie fallen lassen, aber er schoss auf mich, und da habe ich auch auf ihn geschossen.»

«Und der, auf den Sie zuerst geschossen hatten», fragte Chee, «wo ist der geblieben?»

«Wenn ich das wüsste», antwortete Gershwin. «Ich dachte ja, ich hätte ihn richtig erwischt und der steht nicht wieder auf, und hab mich mit dem andern befasst. Aber als ich mich umdrehte und nach ihm sehen wollte, war er weg. Ich schätze, irgendwie ist er hier rausgekommen. Haben Sie ihn denn nicht wegrennen sehen?»

«Nein», antwortete Leaphorn. «Und wir gehen jetzt besser zu unserem Wagen, um Meldung zu machen. Die Leiche muss geholt werden und die Fahndung nach dem Flüchtigen anlaufen.»

«Komisch, dass Sie ihn nicht gesehen haben», sagte Gershwin.

«Wo ist Ihre Waffe?», fragte Leaphorn. «Sie müssen sie Sergeant Chee geben.»

«Die hab ich weggeworfen», sagte Gershwin. «Ich habe noch nie einen Menschen erschossen. Und als ich merkte, was ich getan hatte, war mir ganz elend. Ich bin zu der seitlichen Tür da gegangen, weil ich mich übergeben musste, und dann warf ich meine Pistole runter in den Canyon.»

Sie waren durch den schadhaften Eingang wieder nach draußen ins Sonnenlicht getreten. Chee achtete darauf, seine Hand immer in der Nähe des Griffes seiner Waffe zu halten. Leaphorn konnte diesem Geschwätz doch wohl keinen Glauben schenken, dachte er. Irgendwo hatte Gershwin die Pistole bestimmt bei sich, entweder in dem Rucksack oder im Gürtel unter dem Hemd.

«Ein schreckliches Gefühl war das», sagte Gershwin, «einen Mann zu erschießen.» Und noch während er das sagte, fuhr seine Hand blitzschnell unter das Hemd und kam mit einem Revolver wieder zum Vorschein.

Aber Chee hielt seine Pistole schon auf Gershwins Brust gerichtet. «Fallen lassen!», sagte er. «Weg damit, oder Sie sind tot.»

Gershwin knurrte wütend und ließ seine Waffe fallen.

Im selben Moment rief Leaphorn: «Achtung!» Aus dem dunklen Raum hinter ihnen kam ein Krachen. Gershwin fiel getroffen in den Dreck und streckte alle viere von sich.

«Da! Unter der großen Sperrholzplatte ist er», rief Leaphorn. «Ich habe gesehen, wie sie sich an einer Ecke hob, und dann kam das Mündungsfeuer.»

Die Platte lag direkt unter dem massiven Gerüst aus Balken, welches über das Dach hinausragte. Chee und Leaphorn näherten sich ihr mit äußerster Vorsicht, so wie man sich in der Prärie auf eine Klapperschlange zubewegt. Chee schlich außen herum und kam durch die Seitentür herein. So hatte er bessere Deckung und war als Erster da. Er winkte Leaphorn, dass er jetzt auch kommen könne. Dann standen sie einander gegenüber, die Holzplatte zwischen sich, die sie nicht aus den Augen ließen.

«Gershwin ist tot», sagte Leaphorn laut.

«Sieht ganz danach aus», antwortete Chee.

«Man würde doch denken, dass man in einen tiefen Schacht runterblickt, wenn man die Platte wegzieht», sagte Leaphorn. «Aber wer immer sie über das Loch gelegt und eben den Gewehrlauf hat rausgucken lassen, der muss auf irgendwas stehen.»

«Vielleicht hat er eine Strickleiter», sagte Chee. «Oder sie haben sich eine Art Stufe in die Wand des Schachts gegraben.» Er versuchte sich vorzustellen, was er da zu sehen bekommen würde, aber es gelang ihm nicht recht.

Leaphorn blickte ihn aufmerksam an. «Wollen Sie das Ding wegräumen und nachschauen?»

Chee lachte. «Ich glaube, ich warte lieber, bis Special Agent Cabot mit seinen Leuten hier ist. Sonst ist er noch sauer, weil ich den Tatort in einem Fall des FBI verändert habe.»

Kapitel einunddreißig

Wieder lag Chee der Länge nach ausgestreckt auf der Rückbank von Einsatzfahrzeug Nr. 11. Sein pochendes Fußgelenk, das er mit einem Kissen abgestützt hatte, erinnerte ihn schmerzhaft an die Worte des Arztes, der ihn eindringlich davor gewarnt hatte, es zu belasten, bevor es völlig wiederhergestellt wäre. Aber abgesehen davon fühlte Chee sich gut. Er war entspannt und zufrieden. Gut, Ironhand lief noch frei in den Canyons herum – ob verletzt oder nicht, war unbekannt –, aber das war nicht mehr seine Sorge.

Jetzt hörte er den Scheibenwischern zu, die gegen die Regenschauer ankämpften, und schnappte hier und da etwas von der Unterhaltung zwischen dem «Legendären Lieutenant» und Officer Manuelito auf, die dieser jetzt Bernie nannte. Sie gingen noch einmal die aufregenden Ereignisse des Tages miteinander durch.

Kurz vor Sonnenuntergang erst war die Verstärkung bei ihnen eingetroffen. Als Erste kamen zwei große Hubschrauber der Bundespolizei, die zunächst über ihren Köpfen schwebten, weil sich zwischen den vielen kleinen um Schachtelhalmbüsche angehäuften Sanddünen nicht leicht einen Platz zum Aufsetzen finden ließ. Die Special Agents schwärmten aus. Mit ihrer fast kriegsmäßigen Ausrüstung, den Kampfanzügen und kugelsicheren Westen wirkten sie ausgesprochen martialisch. Wichtigtuerisch rannten sie umeinander und fuchtelten mit ihren Maschinenpistolen herum, auch vor Leaphorns Nase, aber der ließ sich davon nicht beeindrucken.

Dann folgte das harte Stück Arbeit, ihnen zu erklären, was hier geschehen war. Dem befehlshabenden Special Agent, der bei allem und jedem nachfragte, musste erläutert werden, welche Rolle Gershwin gespielt hatte. Ihm schien nicht in den Kopf zu gehen, dass seine Hypothese – Everett Jorie war der Kopf der Banditen gewesen und durch Selbstmord geendet – sich als falsch erwiesen hatte. Aber am härtesten traf ihn, dass der Mann, der ihm das alles auseinander setzte, sich dann noch als Zivilist herausstellte.

Chee grinste, als er sich dieses Bild wieder ins Gedächtnis rief. Leaphorn hatte die uferlosen Gegenargumente des Befehlshabenden mit dem Vorschlag abgekürzt, er solle doch ein paar Mann zu Gershwins Pickup hinüberschicken. Er, Leaphorn, sei ganz sicher, dass sie dort die Beute aus dem Spielbankraub vorfinden würden. Gershwin sei im Begriff gewesen, sich für einige Zeit in einem Motel einzumieten, und das Geld hätte er nie und nimmer zu Hause gelassen. Vielleicht werde das ja die Zweifel des FBI ausräumen. Der Agent gab den Befehl, und es erwies sich, dass Leaphorn Recht gehabt hatte. Das meiste von dem Geld war, fein säuberlich doppelt in weiße Haushaltsmüllbeutel gewickelt, unter Gershwins Gepäck versteckt. Die größeren Banknoten lagen in einer dicken Schicht unter der Kleidung in seinen Koffern.

Während sich das alles abspielte, rückten die Bodentruppen an. Zwei Dienstwagen von Sheriffs und je einer von der Utah State Police und der Polizeibrigade des Bureau of Indian Affairs, außerdem Patrouillenbeamte von der mexikanischen Grenze mit ihren Spürhunden. Diese auf Spurensuche spezialisierten Polizisten bevorzugten jederzeit Tageslicht und trockenen Boden und blickten deshalb nervös zu den Gewitterwolken hinüber. An ihrer Oberseite wurden diese malerisch von der allmählich untergehenden Sonne beschienen, an der grauschwarzen Unterseite wetterleuchtete es aber schon. Sie kündigten den längst überfälligen Regen an. Als Letzter war dann ein Ambulanzwagen eingetroffen, um die beiden Leichen abzutransportieren.

Und jetzt lag Chee hier gemütlich im Trockenen und genoss es, nach Hause kutschiert zu werden. Interessiert lauschte er der Unterhaltung zwischen Leaphorn und Manuelito und war überrascht, wie freimütig der ihr von seinem Privatleben erzählte.

«Ich habe sie ja erst kürzlich kennen gelernt», sagte Bernie, «aber ich hatte den Eindruck, dass sie wirklich sehr nett ist.»

«Ja», bestätigte Leaphorn enthusiastisch, «und sehr klug. Ich glaube, ich darf sie als Freundin betrachten.» Er lachte. «Jedenfalls ist sie immer bereit, mir zuzuhören, wenn ich ihr etwas erzählen möchte. Wenn man wie ich mit seiner Frau zusammen alt geworden ist, dann kann man sich nur schwer daran gewöhnen, auf einmal allein zu sein. Man braucht einfach ab und zu einen Menschen, mit dem man reden kann.»

So wie jetzt zum Beispiel gerade, dachte Chee. Ihm selbst war Leaphorn immer eher wortkarg vorgekommen. Ein verschlossener Mann, der es seinem Gegenüber nicht leicht machte, mit ihm ins Gespräch zu kommen. Aber Bernie war eben eine ganz besondere Person. Er selbst redete ja auch gern mit ihr. Oder besser gesagt, er mochte es, dass sie ihm zuhörte, wenn er redete.

Er dachte zurück an die unzähligen Unterhaltungen mit Janet Pete. In diesem Punkt hatte es zwischen ihnen beiden keine Probleme gegeben. Dann sah er unvermittelt wieder Bernie vor seinem inneren Auge, wie sie sich über ihn beugte, um den Eisbeutel auf seinen geschwollenen Knöchel zu legen, spürte wieder, wie ihr Haar sanft über sein Gesicht strich. Und gleich darauf erneut die Erinnerung an Janet.

Janet, die ihn küsste. Ihr langes schwarzes Haar, das immer nach Blumen zu duften schien. Bernie dagegen verströmte den Geruch von Wind und das leicht bittere Aroma des Wacholder.

«Ich finde nicht, dass Sie alt sind», sagte Bernie gerade. «Mein Vater ist genauso alt wie Sie und noch immer jung.»

«Es ist nicht allein das Alter», antwortete Leaphorn. «Emma und ich waren ein halbes Leben lang verheiratet, länger, als Sie auf der Welt sind. Wir haben uns als Studenten an der Arizona State kennen gelernt und uns sofort Hals über Kopf ineinander verliebt. Als sie dann starb …»

Es hatte aufgehört zu regnen, und Bernie stellte den Scheibenwischer ab. «Ich glaube, es wäre ihr nicht recht, dass Sie so allein und zurückgezogen leben – wie ein Einsiedler. Sie würde bestimmt wollen, dass Sie wieder heiraten.»

Wow, dachte Chee. Ganz schön gewagt. Wie er wohl darauf reagiert?

Doch Leaphorn schien die Bemerkung völlig in Ordnung zu finden. Er lachte. «Stimmt», sagte er. «Aber nicht Professor Bourebonette. Als sie damals ins Krankenhaus musste, sagte sie mir, wenn die Operation schief ginge, dann solle ich mich an die alte Navajo-Tradition halten.»

«Das heißt, Sie sollten ihre Schwester heiraten?», fragte Bernie. «Emma hatte also eine unverheiratete Schwester?»

«Ja», sagte Leaphorn. «Emmas Ratschläge waren eigentlich immer klug und vernünftig, aber was diese Ehe anging, da hatte sie sich geirrt. Weder ihre Schwester noch ich konnten uns vorstellen, als Eheleute miteinander zu leben.»

«Wenn Emma Professor Bourebonette gekannt hätte, dann wäre sie sicher einverstanden gewesen», sagte Bernie. «Ich meine, dass Sie sie zur Frau nähmen.»

Wenn Chee nicht erst vor ein paar Stunden mit eigenen Augen gesehen hätte, wie Bernie sich standhaft geweigert hatte, Leaphorn ihre Waffe auszuhändigen, hätte er jetzt wohl geglaubt, sich verhört zu haben. Doch so wartete er gespannt ab. Einen Moment lang herrschte absolute Stille.

Dann sagte Leaphorn: «Wissen Sie, Bernie, jetzt, wo Sie es ansprechen, denke ich, dass Sie Recht haben – Emma hätte wohl wirklich nichts dagegen.»

Was für eine kluge, einfühlsame Frau Bernadette Manuelito doch war, dachte Chee. Hosteen Sam Nakai hätte es sicher begrüßt, wenn sie sich näher kämen. Er erinnerte sich des diffusen Unbehagens, das er gespürt hatte, als Bernie vor etwas mehr als einer Woche unerwartet bei ihm zu Hause aufgetaucht war und ihn gebeten hatte, ihr dabei zu helfen, die Unschuld ihres verletzten Freundes zu beweisen. Dieses Unbehagen, das wusste er jetzt, war schiere Eifersucht gewesen, die er sich an jenem Tag nur nicht hatte eingestehen wollen. Doch nun musste er der Wahrheit über sich ins Gesicht sehen, denn jetzt gerade spürte er sie wieder, die Eifersucht – ganz deutlich.

«Bernie», fragte er, «wie geht es eigentlich Teddy Bai?»

«Schon sehr viel besser.»

«Durften Sie schon mit ihm sprechen?»

«Ich nicht, aber Rosemary», antwortete Bernie. «Sie sagt, dass er schon bald ganz wiederhergestellt sein wird und sie ihre Hochzeit nicht zu verschieben brauchen.»

«Oh», sagte Chee. «Toll. Das ist wirklich eine gute Nachricht.» Die Worte kamen ihm von Herzen.